장의 男
강세 女

장의男 강시女 1

노기혁 新무협 판타지 소설

초판 1쇄 찍은 날 § 2005년 2월 19일
초판 1쇄 펴낸 날 § 2005년 2월 28일

지은이 § 노기혁
펴낸이 § 서경석

편집장 § 문혜영
편집 § 장상수 · 김희정 · 한지윤
마케팅 § 정필 · 강양원 · 이선구 · 김규진 · 홍현경

펴낸곳 § 도서출판 청어람
등록번호 § 제1081-1-89호
등록일자 § 1999. 5. 31
어람번호 § 제2-0533호

주소 § 경기도 부천시 원미구 심곡1동 350-1 남성B/D 3F (우) 420-011
전화 § 032-656-4452 팩스 § 032-656-4453
http://www.chungeoram.com
E-mail § eoram99@chollian.net

ⓒ 노기혁, 2005

ISBN 89-5831-440-0 04810
ISBN 89-5505-439-7 (SET)

男 男 女
장의 男
강시 女

노기혁 新무협 판타지 소설

Fantastic Oriental Heroes

1

잘못된 만남

도서출판
청어람

목차

서문—전패문(全敗門)의 전설

슈팟!

천지를 가르려는 듯 거대한 빛 한줄기가 쏟아졌다.

쩌저저정.

털썩!

"와아아아."

쥐 죽은 듯 고요하던 벌판에 함성이 울려 퍼졌다.

"전패문 만세!"

"전패문주 만세!"

벌판에 외롭게 서 있는 한 사람을 향해 벌 떼처럼 달려드는 수만의 사람들. 그 사람들을 바라보며 한 사내가 그렇게 서 있었다. 그러나 그가 바라보는 것은 자신을 향해 환호하며 달려오는 사람들이 아니다.

전방.

사내가 바라보는 것은 전방에 반으로 갈라진 채 피로 대지를 적시고 있는 한 구의 시신이다.

조금 전까지 중원무인들을 공포로 몰아넣으며 그 이름 하나만으로도 능히 우는 아이의 울음을 그치게 했던 사내.

한참 동안 말없이 반으로 갈라져 대지를 뒹구는 시신을 바라보던 사내가 천천히 고개를 들었다.

먼 산.

그곳에 또 다른 사람들이 있었다.

환호하며 자신을 향해 달려드는 수만 명의 사내들과는 전혀 다른 표정의 사내들.

축 처진 어깨가 간혹 들썩거린다.

"이것이 그대와 나의 운명이니 어쩔 것인가?"

휙!

순간 사내의 모습이 한줄기 빛이 되어 벌판에서 사라졌다.

"……!"

멍한 시선.

사내를 향해 달려오던 수만 명의 사람들이 마치 석상이 된 듯 멈춰 서서 벌판을 바라보았다.

*   *   *

"우와! 할아버지, 그거 진짜예요?"

노인의 품에 안겨 입을 벌린 채 자신을 품고 있는 노인을 바라보는 꼬마.

노인의 입가에 미소가 가득하다.

"그렇단다. 이 할아버지의 할아버지가 직접 보았다는구나."

아이의 벌어진 입이 조금 더 크게 벌어졌다.

꼬마아이. 그는 할아버지로부터 전패문의 전설을 들었다. 벌써 열 번이 넘게 들었지만 들을 때마다 입이 벌어지는 것은 어쩔 수 없나 보다.

전패문의 전설.

무림이 생성된 이래 가장 치욕적인 문파를 들라면 그것은 전패문(全敗門)일 것이다. 문파가 생성된 이래 단 한 번도 실전을 통한 승리의 기쁨을 누려

보지 못한 문파.

무림이 생성된 이래 가장 위대한 문파를 들라고 하면 이 또한 전패문일 것이다. 소림사를 능가하는 신화(神話) 속의 문파.

본래 전패문은 정식 명칭이 아니었다. 그저 일인으로 전승되는 이름도 없는 그런 문파였다.

그런 전패문이 알려지게 된 것은 사백여 년 전이다. 스스로 일승문(一勝門)의 문주라는 자가 강호 유수의 문파 장문인과 비무를 벌이겠다며 비무행(比武行)을 시작한 때부터 전패문은 그 모습을 드러냈다.

처음 일승문 문주가 비무행을 시작할 때만 해도 강호 사람들은 그에게 관심조차 두지 않았다. 그저 단순히 싸움에 미친놈 한 명이 주제도 모르고 큰소리를 치는 것이라고 생각했다. 하나 그에 관한 이야기는 점점 부풀어 오르기 시작해 마침내 하나의 신화가 되었다.

일승문 문주가 처음 비무를 벌인 곳은 중원의 남쪽 끝인 해남(海南)의 보타문(普陀門)이다. 비록 구파일방에 속하지는 못하지만 보타문은 구파일방과 어깨를 나란히 하는 거대 문파다. 보타문이 구파일방에 속하지 않은 것은 그 실력이 모자라서가 아니라 구파일방의 대부분이 모여 있는 하남성 호북성과 멀리 떨어져 있기 때문이라는 것이 거의 정설처럼 되어 있을 정도로 보타문의 힘은 엄청났다.

그런 보타문에 어느 날 자신을 일승문의 문주라 자칭하는 자가 찾아와 당시 보타문 문주인 해월 신니(海月神尼)에게 비무를 청한 것이다.

해월 신니의 정중한 거절에도 불구하고 일승문 문주는 한 달 동안 보타문의 정문을 떠나지 않았다.

그의 요구 조건은 단 하나, 일 합(一合)의 비무였다.

더 이상의 비무는 청하지도 않고 단 일 합의 비무만을 원했다. 한 달간이

나 일승문 문주의 청을 거절하던 보타문 문주, 해월 신니도 더 이상은 견디기 힘들었던지 일승문 문주의 청을 들어주었다.

일 합의 승부.

그 결과는 들어도 믿을 수 없는 것이었다.

해월 신니의 패배와 보타문의 십 년 봉문(封門).

당시 중원 최고의 여검사였던 해월 신니가 이름도 알려지지 않은 일승문 문주의 한 칼도 받아내지 못하고 패한 것이다.

해월 신니는 '빛을 보았다' 는 말 한마디를 남기고 보타문의 십 년 봉문을 선언한 후 자신은 만각동(萬覺洞)에 들어 면벽(面壁)으로 생을 마쳤다.

그것은 충격이었다. 그러나 그 충격은 신화의 시작에 불과했다. 그 후로 백 일에 걸쳐 열 번의 비무가 더 벌어졌다. 상대는 모두 구파일방의 장문인, 그리고 일승문 문주는 모두 일 합의 겨룸으로 구파일방의 장문인들을 물리쳤다.

일승문 문주의 승리 소식에 강호의 군소문파(群小門派)는 모두 들떴다. 알게 모르게 구파일방에 눌려 있던 자신과 같은 군소문파인 일승문이라고 하는 문파의 문주가 자신들이 넘을 수 없는 산이라 여겼던 구파일방을 일 합에 깨버렸으니 이는 전설이 되어버린 것이다.

하나 그 이후 들려온 소식은 더욱더 믿을 수 없는 것이었다.

비무를 마치고 어디론가 돌아가던 일승문 문주가 동네 파락호(破落戶) 두 명과 싸우다 어이없게 죽임을 당하고 만 것이다. 정식으로 익힌 무공도 없는 파락호 둘과 싸우다 한 녀석의 목을 베고 자신은 나머지 한 녀석이 휘두른 몽둥이에 맞아 머리가 박살나 죽었다는 믿을 수 없는 소식. 그렇지만 그것은 사실이었다.

그 후, 다음대 일승문 문주는 오십 년을 주기로 꾸준히 구파일방에 도전하였고 이후 계속된 다섯 번의 비무에서 단 한 차례도 패하지 않았다.

비무를 마친 일승문 문주의 황당한 죽음은 그 후에도 계속되었다. 술 먹고 주사 부리는 두 사람과 싸우다 한 놈을 죽이고 나머지 한 사람에게 죽임을 당했다. 홍등가 창기 두 명과 싸우다 역시 한 명을 죽이고 나머지 한 명에게 죽임을 당하기도 했다. 그래서 사람들이 일승문에 새로 붙인 이름이 전패문이다.

비무 불패에 실전 전패의 일승문, 그것이 바로 전패문이다.

그런 전패문이 마지막으로 모습을 드러낸 것은 일백 년 전이었다.

일백 년 전 중원 무림은 최대의 위기를 맞았다.

변방 세력을 일통(一統)한 새외무림(塞外武林)의 제왕 비류성(飛流城)의 성주가 중원을 노리고 침입한 것이다.

당시 중원의 구파일방은 최고의 전성기였다. 그것은 구파일방이 다시는 일승문에게 치욕을 당할 수 없다는 생각에 무공 수련에 정진했기 때문이다.

처음 새외무림이 중원에 들어왔을 때 구파일방과 수많은 군소문파가 힘을 합쳐 비류성을 잘 막았다. 하나 비류성 성주 은하대제(銀河大帝)가 출현하면서 싸움은 중원의 완벽한 패배로 기울었다.

은하대제, 그는 인간이 아니었다. 몸 어디에도 검도가 통하지 않음은 물론이요, 그 내공이 오 갑자에 육박하는 그야말로 마신(魔神)이었다.

은하대제의 막강한 무공 앞에 구파일방은 그야말로 추풍낙엽(秋風落葉)처럼 나가떨어졌다.

실로 중원이 새외의 무림에 정복되고 말 절체절명의 위기였다.

그 순간, 이미 전패문으로 바뀐 일승문의 이십이 대 문주라 자신을 밝힌 중년인이 모습을 드러냈다.

그리고 은하대제를 향해 일 대 일의 싸움을 청했다.

사람들은 모두 은하대제의 승리를 예상했다.

비무라면 모를까, 실전이라면 단 일 승도 없는 전패문의 문주가 은하대제를 이길 것으로 예상하는 사람은 아무도 없었다.

그렇지만 역시 하늘은 중원을 버리지 않으셨는지 일승문 이십이 대 문주는 단 일 합에 중원 구파일방을 두려움에 떨게 했던 은하대제의 몸을 반으로 갈랐다.

실전 전패의 전패문이 처음으로 실전에서 일승을 거둔 것이다. 하나 그것도 잠시, 이십이 대 일승문 문주는 은하대제를 베고 돌아오다가 선령채라는 이름도 알려지지 않은 녹림의 신입 산적에게 목이 달아나 죽어버렸다.

참으로 이해할 수 없는 불가사의(不可思議)한 죽음이었다.

혹 둘이라면 모를까, 이번에는 한 명이다.

금강불괴에 오 갑자가 넘는 내공을 가진 은하대제를 단 일 합에 벤 일승문 문주가 이제 갓 산적이 되어 첫 번째로 움직인 녀석에게 목이 달아나다니…….

그러나 중원은 이십이 대 일승문 문주의 공적을 잊지 않고 그를 일승대제라 칭하고 그의 무공을 비류성의 은하대제를 벤 검이라 하여 비류은하참(飛流銀河斬)이라 불렀다. 그리고 그의 제자가 중원에 다시 모습을 드러내기를 기다렸다.

그렇지만 그것은 헛된 기대였다.

그 이후 다시는 일승문 문주라 칭하는 자는 모습을 드러내지 않았다. 오십 년을 주기로 꾸준히 행했던 비무행도 벌써 백오십여 년째 벌이지 않았다.

사람들은 전패문이 멸문(滅門)한 것으로 생각했다. 그리고 이제 전패문과 일승대제는 희미한 전설이 되어 할아버지로부터 손자에게 전해지는 이야기로만 남았다.

평생 모은 재산 한입에 털어먹고 세상에 나왔다

추전호(秋田鎬)!

강서성(江西省)에서 이 이름을 모르는 자는 없다.

평상시에 이 사람을 찾는 사람 또한 없다. 그렇지만 일생에 단 한 번 강서성 사람들은 이 사람을 만나기를 소망한다.

그것은 그의 직업 때문이다.

그의 직업은 장의사. 그것도 강서성 제일의 장의사다. 죽어서 이 추전호를 만난다는 것은 강서성 사람의 자랑이다.

추전호가 염습(殮襲)을 했다고 하면 그가 치른 장례식이 어떤 모습인지 궁금해서라도 장례식에 참석하는 사람이 늘어날 정도로 강서성에 이름이 자자한 장의사다.

그렇지만 그의 염(殮)을 받는 것은 쉬운 일이 아니다. 평소에는 아무리 찾으려 해도 찾을 수 없다가 이따금씩 나타나 염을 하고 사라지는 괴상한 장의사. 그가 바로 추전호다.

방 안.

이 집의 주인인 듯 보이는 노인 한 명과 청년 한 명이 서로를 바라보고 있다.

'후우! 나 추전호가 십 년만 더 살아도 이 녀석에 대한 고민을 하지는 않을 것을……'

추전호. 지금 청년을 바라보고 있는 노인은 강서성 제일의 장의사로 이름을 날리고 있는 추전호다.

병색이 완연한 추전호는 몸을 일으켜 앉아 있기조차 힘에 겨운 듯 이불을 덮고 누워 걱정스러운 얼굴로 이제 겨우 열여덟에 불과한 자신의 유일한 제자 진가운을 바라보고 있다.

"클럭!"

추전호가 급히 손을 입으로 가져갔다.

입가에 손을 댄 채 한참 동안 어깨를 들썩이던 추전호가 기침이 멎자 조심스럽게 손을 떼어냈다.

주루루룩!

피!

놀랍게도 추전호가 입에서 토해낸 것은 침이 아니라 피였다. 그것도 아직 맑은 빛을 띠고 있는 선혈. 그것을 보는 진가운의 얼굴에 언뜻 경련이 스치고 지나갔다.

"가운아!"

"예, 사부님!"

찬찬히 가운을 훑어보던 추전호가 이불 속을 주섬주섬 뒤척거렸다.

잠시 후 추전호가 작은 열쇠를 꺼내 들었다.

진가운의 눈이 반짝였다. 탐욕. 언뜻 스치듯 지나간 눈길이지만 그 것은 분명 탐욕의 눈빛이다.

"꺼내오너라."

"예, 사부님!"

진가운이 추전호가 건넨 열쇠를 받아 들고 방구석에 있는 철궤가 있는 곳으로 걸어갔다.

철궤!

허름한 방 안과는 어울리지 않는, 그야말로 단단한 백련제강의 철궤였다. 그곳에 굳게 잠겨 있는 자물통.

백련제강의 철과는 다르게 은은히 검은빛을 띠고 있다.

만년한철!

놀랍게도 거대한 철궤의 자물통은 만년한철이다.

단단하기가 금강석과 같아 날에 철과 섞어 검을 만든다면 일반 청강장검을 간단히 잘라내는 보검이 되고 온전히 그것으로 검을 만들면 그야말로 신검이 된다는, 같은 크기의 금과도 바꾸지 않는다는 만년한철.

철궤 안에 어떤 물건이 들어 있기에 그 귀한 만년한철이 자물통이 되어 있는지…….

철궤를 향해 걸어가는 진가운의 어깨가 들썩거린다.

쿵쾅쿵쾅!

가슴이 뛰는 소리가 누워 있는 추전호의 귀에도 들릴 정도로 진가운은 그렇게 흥분했다.

'우하하하! 드디어 이 안에 있는 은자가 모두 내 것이란 말이지?'

벌써 십팔 년이다.

사부 추전호의 손에 거두어져 자신이 살아온 세월이.

물론 그동안 자신이 죽지 않고 살아온 것은 순전히 사부 추전호의 덕이다. 그것만은 진가운 역시 사부 추전호에게 감사한다.

그렇지만 그동안 염을 하며 악착같이 돈을 모으기만 할 뿐 쓸 줄은 모르는 사부 때문에 하고 싶었지만 뒤로 밀었던 일이 너무 많았다.

'그래, 사부님이 돌아가시는 거야 아쉬운 일이지만 어차피 누구나 한 번은 죽는다. 이제 사부의 것은 모두 내 것이다. 인간답게 살아보자.'

열쇠를 들고 철궤로 향하는 와중에 이 안에 사부가 평생 동안 악착같이 모아둔 돈으로 무엇을 할 것인가를 생각했다.

갑자기 많은 돈, 그것도 상상도 할 수 없는 어마어마한 거금이 생긴다고 생각하니 그 돈으로 무엇을 먼저 해야 할지 정리가 되지 않았다.

진가운이 슬쩍 고개를 숙였다.

누더기에 가깝도록 이곳저곳 기워 입은 마의. 그 마의를 본 진가운이 천천히 고개를 끄덕였다.

'그래, 제일 먼저 멋진 옷을 한 벌 마련하는 거다. 그리고 옷을 쫙 빼입은 다음 려진이 그 계집애에게 달려가는 거다.'

제일 먼저 시장으로 달려가 멋진 옷부터 한 벌 사 입기로 결정했다.

'얼마나 될까? 이만 냥? 삼만 냥?'

그렇게 이런저런 생각을 하면서 철궤에 다가간 진가운이 열쇠를 자물통에 푹 꽂았다.

철컥!

묵직한 소리와 함께 자물통이 진가운의 손으로 떨어졌다.

툭!

진가운이 자물통을 자신의 옆에 놔두고 철궤 안에 손을 집어넣었다.

두 개의 보따리.

진가운이 두 개의 보따리를 양손에 들고 이상하다는 듯 고개를 갸웃거렸다.

은자 이, 삼만 냥이면 들기도 힘들 정도로 무거울 줄 알았는데 의외로 무게가 얼마 되지 않았다.

'참! 전표로 바꿔서 보관하겠구나.'

진가운이 천천히 고개를 끄덕였다. 그제야 보따리가 이렇게 가벼운 이유가 이해되었다.

진가운이 보따리 두 개를 사부 추전호의 앞에 내려놓았다.

사부 추전호가 보따리를 풀자 진가운이 눈동자를 똑바로 뜨고 안을 들여다보았다.

세 권의 책!

진가운의 얼굴이 일그러졌다. 그 안에 들어 있는 세 권의 책은 진가운이 익히 알고 있는 것이었다.

꿀꺽!

침을 삼키며 추전호가 풀고 있는 나머지 보따리로 시선을 돌렸다. 추전호가 평생 모아둔 재산이 들어 있는 보따리. 오늘따라 보따리를 푸는 추전호의 손이 더욱 느려 보인다.

그러나 기다리다 보면 그 끝은 있는 법. 마침내 보따리가 풀리고 보따리 안에서 한 가지 물건이 모습을 드러냈다.

자그마한 나무 상자.

나무 상자로 향하는 추전호의 손이 파르르 떨렸다.

덜컥하는 소리와 함께 추전호가 뚜껑을 열자 진가운의 몸이 나무 상자가 있는 곳으로 저절로 움직였다.

“……!”

진가운의 눈이 커졌다.

“제길!”

입에서 자기도 모르게 욕이 터져 나왔다.

분명 추전호가 평생에 걸쳐 모은 전표가 가득 들어 있을 것이라고 생각했는데 나무 상자에 들어 있는 것은 복숭아 한 개였다.

달랑 한 개.

‘쓰벌, 저게 뭐야!’

눈앞이 캄캄했다. 사부가 땅에 묻히는 순간 사부의 전 재산을 들고 이 망할 놈의 산골짜기를 떠나서, 자신을 죽도록 괴롭히는 려진이에게 도망쳐 남창에 나가 그야말로 부러운 것 없이 떵떵거리며 살겠다고 다짐하고 다짐했는데 달랑 복숭아 한 개라니…….

그야말로 눈이 뒤집힐 일이다.

“망할 놈의 복숭아!”

눈에 핏발까지 선 진가운이 획 하고 손을 나무 상자 안에 집어넣더니 복숭아 한 개를 꺼내 들었다.

“……!”

추전호의 눈이 커졌다.

쏘옥!

그렇지만 진가운은 이미 제정신이 아니었다.

사부 추전호가 뭐라 할 틈도 없이 자신의 입속으로 복숭아를 집어넣었다.

“네, 이놈~”

추전호가 깜짝 놀라 진가운에게 악을 썼지만 이미 눈이 뒤집힌 진가운은 귀마저 막혀 아무 소리도 들리지 않았다.

와작! 와자작!

씨까지 그대로 씹어 먹는 진가운!

꿀꺽!

진가운이 마침내 원한의 복숭아를 뱃속으로 꿀꺽 삼키고 추전호를
바라보았다.

"……."

추전호. 어디서 기운이 솟았는지 이불 속에 누워서 꼼짝도 못하던
추전호가 방바닥에 앉아서 진가운을 넋 놓고 바라보고 있었다.

"왜요? 제자가 복숭아 하나 먹은 것이 그렇게 마음에 안 드십니까?
그래, 십팔 년 동안 은자 한 푼 받지 않고 군말없이 소처럼 일한 제자
가 먹은 복숭아 한 개가 그렇게 아까우세요?"

진가운의 반항이 의외였는지 추전호가 넋을 잃고 멍한 눈으로 진가
운을 바라보았다. 추전호의 입가를 감도는 씁쓸한 미소.

"허허, 아니다. 어차피 너에게 주려고 은자 오만 냥을 들여 산 복숭
아거늘 무엇이 아깝겠느냐."

'뭐? 은자 오만 냥?'

진가운이 놀란 얼굴로 사부에게 다시 시선을 돌렸다.

믿을 수가 없다.

세상에 어떤 복숭아가 한 개에 은자 오만 냥이란 말인가?

"그렇지만 때가 좋지 않았다. 천년설도(千年雪桃)는 만년교룡단(萬年
蛟龍丹)과 함께 먹어야 하거늘… 허허, 그래도 불행 중 다행으로 그 먹
기 힘들다는 씨까지 통째로 먹었으니 앞으로 3년은 살 수 있겠구나. 그
래, 이것이 너의 운명이라면 어쩔 것이냐. 따를 수밖에. 허허허!"

‘삼… 삼 년? 뭐야, 내가 삼 년밖에 못 산다니 이게 무슨 개소리야?’

“사… 사부님! 그게 무슨 말씀이십니까? 삼 년이라니요? 삼 년 이래 봐야 제자의 나이 겨우 스물하고도 한 살인데…….”

“그것이 다 네놈의 부족한 수양 때문이니 어쩌겠느냐?”

그날 밤. 추전호와 그의 제자 진가운이 사는 아담한 오두막에 등이 켜졌다.

등에 쓰인 두 글자 근조(謹弔).

그랬다.

강소성 제일의 장의사인 추전호가 죽은 것이다.

염에 있어서는 이미 신의 경지에 이르렀다는 추전호가 오늘 밤은 염습을 하고 있는 것이 아니라 염습을 당하고 있는 것이다.

추전호의 염습을 하고 있는 진가운.

입이 댓발이나 나온 것이 불만이 가득하다.

“아, 니미럴 사부. 뒈지려면 땅 파기 좋은 여름에나 뒈질 것이지 하필이면 땅 파기 제일 더러운 한겨울에 뒈진다냐?”

마땅치 않다는 듯 입술과 눈썹을 함께 씰룩거리며 잠시 잠을 자듯 편하게 누워 있는 추전호를 한번 바라본 진가운이 추전호의 옷을 벗기고 물수건으로 온몸을 깨끗하게 닦았다.

이를 수세(水洗)라 한다.

수세를 하는 진가운의 얼굴은 짜증이 가득했지만 손놀림 하나만은 섬세하기 그지없다. 온몸 구석구석 이승의 때는 단 하나 없이 모셔야 한다는 염원을 담은 듯 추전호의 몸을 닦는 진가운의 모습은 진지하기만 하다.

진가운의 얼굴에 땀이 흐른다.

"제기랄, 한겨울에 땀까지 흘리고 거 참 기분 더럽네."

그렇게 불평 한마디를 터뜨린 진가운이 손에 수의를 들었다.

씨익!

수의를 든 진가운의 입가에 미소가 번진다.

도저히 사부의 주검을 수습하는 제자의 모습이라고는 상상할 수도 없는 미소가 진가운의 입가에 가득하다. 수의를 든 진가운이 발가벗은 채 깨끗이 씻겨진 그의 스승 추전호를 바라보았다.

"사부, 미안해. 사부가 미리 장만해 둔 비단 수의는 내가 지난번에 성주 아범 장례식 때 쓰라고 이미 팔아먹었어. 그게 다 사부가 천년설 도인가 하는 망할 놈의 복숭아 산다고 악착같이 굴어서 그래. 나도 은자는 있어야 할 것 아냐. 안 그래? 그리고 죽었는데 그깟 비단옷 입어봐야 뭐 하겠어. 그래도 발가벗지 않고 베옷이라도 입고 가는 것을 다행으로 알아."

진가운이 이미 명이 다한 사부 추전호에게 한마디를 내뱉더니 깨끗한 베 수의를 추전호의 몸에 입혔다.

이제 수의도 입혔으니 염포(殮布)를 할 차례다. 염포는 시체를 입관하기 전 움직이지 못하도록 베로 시신을 꽁꽁 묶는 일이다.

진가운은 베로 만든 끈으로 추전호의 몸을 꽁꽁 묶기 시작했다. 참으로 놀라운 일이 아닐 수 없다. 일반적으로 염포는 두 사람이 한다. 사람이 죽으면 몸이 경직된다. 그래서 어지간한 힘이 아니면 묶을 수가 없는 법이다. 그래서 염포는 두 사람이 이를 악물고 묶는 것이 일반적이다. 그렇지만 진가운은 그런 사실도 모르는 듯 태연히 혼자 추전호의 시신을 묶어갔다.

시신이 두렵지도 않은지 양손으로 베 끈을 조이며 몸을 움직이지 못하게 하려고 발을 사용해 추전호의 흔들림을 막았다. 이따금 손에 침까지 '퉤퉤' 뱉어가며 그냥 짐 묶듯이 묶는다.

시신에 대한 존경의 모습은 찾으려야 찾을 수가 없었다. 저렇게 염을 하다가는 관에서 시신이 흔들려 엉망이 되는 법이다. 그러나 진가운은 이에 전혀 개의치도 않고 시신을 묶고 있었다.

"아, 힘 좀 썼더니 목마르네. 어디 술이나 한잔할까."

진가운이 슬쩍 옆을 보았다. 조금 전 아랫마을에 내려가 사온 탁주 병이 보였다. 탁주 병을 집어 든 진가운이 주둥이를 입에 댔다.

진가운의 목젖이 꿈틀거리는 것으로 보아 입 안으로 술이 들어가고 있는 것이 분명하다.

주루룩!

입에서 흘러내린 술이 턱을 타고 흘러내리더니 추전호의 시신에 떨어졌다. 진가운은 신경도 쓰지 않고 계속해서 술을 목구멍 안으로 들이부었다.

"크아~ 좋다."

진가운이 슬쩍 고개를 숙였다. 흘러내린 술이 추전호의 시신을 흥건할 정도로 적시고 있었다.

진가운의 얼굴이 슬쩍 일그러졌다. 하긴 수의가 더럽혀졌으니 낭패가 아니고 무엇인가?

잠시 생각하던 진가운이 내뱉은 말은 실로 의외였다.

"사부, 사부도 마지막으로 술 한잔 했다고 생각해. 오해하지 마. 내가 그깟 수의 하나 새로 입히는 것 아까워서 그러는 것 아니니까. 그리고 원래 술이 좀 들어가면 더 잘 썩어. 그냥 그렇게 생각해. 알았지?"

술 한잔이 들어가니 힘이 솟아서인지 진가운의 손이 점점 빨라졌다. 여전히 죽은 사부에 대한 존경심 따위는 어디에서도 찾을 수 없다. 잠시 후 시신에 대한 염습이 모두 끝났다.

혼자 염포를 했음에도 불구하고 어디 하나 흠잡을 스 없을 정도의 완벽한 염습이다. 도저히 한 사람이 해냈다고는 믿을 수 없는 그런 솜씨. 그것으로 보아 진가운 역시 사부 추전호에 뒤지지 않을 솜씨를 갖고 있었던 것이다.

그렇게 말없이 수의를 입은 채 온몸이 꽁꽁 묶인 추전호를 물끄러미 바라보다가 방 한구석에 있는 관으로 진가운이 다가갔다.

관을 끌고 온 진가운의 손이 추전호가 누워 있는 곳을 향해 슬쩍 움직였다. 그와 동시에 온몸이 꽁꽁 묶인 추전호의 몸이 공중으로 둥실 떠올랐다.

허공섭물(虛空攝物)!

실로 믿을 수 없는 모습이다.

진가운은 추전호의 제자가 분명하다. 그런 장의사 추전호의 제자 진가운의 손에서 전설의 수법이라 할 수 있는 허공섭물이 아무렇지도 않게 펼쳐지다니…….

더구나 진가운은 이제 겨우 열여덟이다. 약관(弱冠)의 청년이 무림에서 다섯 손가락 안쪽에 이르는 고수가 펼치는 것보다 훨씬 능숙한 허공섭물의 절기를 펼친 것이다.

둥실!

공중에 떠오른 장의사 추전호의 시신이 천천히 관으로 움직이더니 한 치의 흔들림도 없이 관 안에 들어갔다.

진가운이 다시 관에 들어가 있는 추전호를 바라보았다. 그러기를 잠시, 진가운의 손이 관의 뚜껑을 향해 슬쩍 손을 들어 올렸다. 관 뚜껑 역시 조금 전 추전호의 시신과 마찬가지로 공중에 슬쩍 떠올라 관으로 움직이기 시작했다.

턱!

관 뚜껑이 한 치의 오차도 없이 관 위에 올려졌다.

천천히 몸을 일으켰다. 그리고 관 뚜껑에 양손을 댔다.

"헛!"

입에서 기합 소리가 흘러나왔다. 그와 동시에 관 뚜껑이 '스르륵' 하며 관을 밀고 안으로 들어갔다.

그와 함께 관 뚜껑이 관에 박히며 완전히 밀착되었다.

일반적으로 관 뚜껑은 못을 박아 덮는다. 관에는 쇠를 사용하지 않는다. 그래서 사용하는 것이 나무못이다. 그러나 진가운은 아무런 못을 사용하지 않고 관 뚜껑을 관에 밀어 넣는 희한한 방법으로 관과 뚜껑을 연결하였다.

정말이지 보고서도 믿을 수 없는 엄청난 공력이다.

입관까지 마치고 난 후 방 안에 놓인 추전호의 관을 향해 조심스럽게 큰절을 두 번 반 올렸다.

"사부! 솔직히 말해 얼굴도 보지 못한 윗대 문주들은 몰라. 단지 사부의 제자인 진가운(陳佳雲)으로서 사부의 소원인 사문의 숙원을 반드시 풀게. 솔직히 사문인 일승문에는 관심도 없어. 알았어?"

처음으로 터지는 진지한 한마디다.

그런데 일승문?

백여 년 전 중원의 위기를 불러온 은하대제를 일검(一劍)에 베고 중원을 구한 일승대제의 사문을 말하는 것인가?

비무 불패, 실전 전패의 신화가 깃든 백 년간 모습을 드러내지 않은 일승문.

그런데 바로 이곳 강소성의 장의사 추전호에게 전승되고 있었다니 실로 놀라운 일이었다.

사부 추전호의 관을 바라보는 청년 진가운이 입술을 꽉 깨물었다.

칠흑 같은 어둠.

추전호의 제자 진가운은 산길을 오르고 있다.

한겨울의 매서운 칼바람이 춥지도 않은지 진가운은 얇은 베옷 하나만 달랑 걸치고 아무렇지도 않은 듯 눈 쌓인 산길을 그렇게 올랐다. 그의 뒤에 따르고 있는 것은 상여다.

상여꾼 부리는 돈도 아까웠는지 상여꾼 한 명 없는 상여가 그대로 공중에 뜬 채 마치 주인을 따르는 강아지처럼 천천히 산을 오르는 가운의 뒤를 따르고 있었다.

실로 괴이하다면 괴이한 광경이지만 그런 느낌보다는 신비한 느낌을 주는 것이 참으로 이상한 모습이다.

그렇게 가운은 뒤에서 자신을 따르는 상여는 의식도 하지 않고 뒷짐까지 진 채 천천히 산을 올랐다.

산 중턱!

이미 묘 자리로 봐둔 듯 우거진 잡목(雜木) 사이로 작은 공터가 모습을 드러냈다. 땅까지 파져 있는 것이 벌써 오래전부터 준비해 둔 묏자리인 듯했다.

한 가지 이상한 것은 땅을 팠으면 주변에 흙이 수북이 쌓여 있어야 할 것인데 그것이 보이지 않는다는 점이다.

진가운이 묫자리를 보고 걸음을 멈췄다.

쿵!

진가운의 뒤를 따르던 상여가 조용히 바닥에 내려앉았다.

진가운이 천천히 상여로 다가가 덮개를 풀었다. 추전호가 안치된 관이 모습을 드러냈다.

진가운이 천천히 한 손을 들어 올리자 처음 염습을 마친 후 입관할 때와 마찬가지로 관이 공중으로 붕 떠올랐다.

휙!

진가운의 손이 움직이며 구덩이를 향했다.

손의 움직임에 따라 공중에 떠올랐던 추전호의 관이 구덩이 속으로 천천히 들어갔다.

진가운이 구덩이 옆을 손으로 파기 시작했다. 한겨울 꽁꽁 얼은 땅을 파면서도 진가운은 아무렇지도 않은 표정이었다. 추전호의 관이 들어간 구덩이 옆에 새로운 구덩이가 파지기 시작했다. 진가운은 구덩이를 판 곳에서 나온 흙으로 사부의 관이 들어간 구덩이를 메우기 시작했다.

그렇게 원래 있던 구덩이는 추전호의 무덤이, 그리고 추전호의 무덤 옆에는 새로운 구덩이가 생겼다. 무덤을 완성한 진가운이 추전호의 주변에 자라고 있는 나무를 손으로 베기 시작했다.

'휙휙' 하는 간단한 손놀림 한 번에 주변에 있는 작은 나무들은 물론이고 제법 큰 나무도 간단히 베어졌다. 마치 보도로 종이를 자르듯 나무를 자르고 나니 깨끗이 정돈된 주변으로 상당히 많은 무덤들이 모습을 드러냈다. 그러고 보니 이곳에는 추전호의 무덤만이 있는 것은 아니었다.

주변까지 깨끗이 정리한 진가운이 사부 추전호의 무덤 앞에 섰다. 손으로 그렇게 깊은 구덩이를 파 무덤을 만들고 주변의 나무까지 정리한 사람이라고는 생각되지 않을 정도로 진가운의 손에는 흙 하나 묻어 있지 않았다.

"사부! 이제 내 무덤 자리의 흙으로 사부의 묘를 완성했어. 그러니까 이제 일승문은 사부로부터 나에게 완전히 전승되었다 이 말이거든. 그러니 더 이상 잔소리하지 마! 알았지? 물론 죽음의 비밀을 해결하고 사부의 숙원인 장백천신(長白天神)인가 뭔가 하는 영감쟁이 조사(祖師)의 무공 비밀을 찾기는 할게. 아니, 살아남기 위해서는 먼저 은자를 모아야겠지. 아직 만년교룡의 내단이 어디에 있는지는 모르지만 은자만 있으면 그깟 것 어디에 있든 못 구하겠어."

날이 밝자 진가운은 간단히 짐을 챙겼다.

이제 이곳을 떠나기로 한 것이다.

사부를 비롯한 그의 사문 문주들은 이곳을 지키며 의뢰한 시신들에 대한 염을 하고 장례식을 치러주며 사문 무공의 비밀을 파헤치려고 했다. 하나 진가운의 생각은 달랐다.

좀 더 적극적인 방법을 생각해 낸 것이다.

손님이 찾아오기를 바라는 것보다는 좀 더 큰 곳으로 나가 버젓이 영업을 하기로 한 것이다.

사부는 그저 죽음의 비밀을 파헤치겠다는 일념에 무료 장례도 수없이 치러주었다. 사실 그래서 그렇게 바빴는지도 몰랐다. 그러나 진가운은 생각이 달랐다. 대처(大處)에 나가면 좀 더 많은 사람들이 찾아올 거라 생각했다. 그러면 공짜로 시신들을 봐주지 않아도 사람들은 넘칠

것이라 생각했다. 재수가 좋으면 대문파의 사람들이 죽은 것도 많이 볼 수 있을 것이라 생각했다. 사문의 비밀을 풀기 위해서는 무인이나 적어도 싸우다 죽은 사람들의 죽음에 관한 연구가 더 필요했다.

그러나 지금까지 이곳을 찾는 사람 중 그런 사람은 거의 없었다. 그것은 이곳이 그만큼 한적하고 사부가 까다롭게 시신을 골랐기 때문이었다.

물론 그것보다 더 큰 이유는 삼 년 이내에 오만 냥 이상의 은자를 모아야 자신이 살 수 있기 때문이다.

사부의 보따리에 들어 있던 복숭아는 평범한 복숭아가 아니었다.

천년설도.

지상에서 가장 음기가 강한 영약. 그것을 먹으면 바로 몸이 얼음덩이가 되어버린다. 다행히 진가운은 사문의 무공을 익히기 위한 내공심법과 천년설도의 음기를 어느 정도 완화시켜 주는 천년설도의 씨까지 먹는 바람에 삼 년은 살 수 있게 되었다. 그렇지만 삼 년이 지나면 진가운도 차가운 얼음덩어리가 되어버린다. 그것을 막을 수 있는 것은 지상에서 가장 양기가 강한 영약인 만년교룡의 내단뿐이다.

천년설도가 오만 냥이라 하니 그와 함께 거론되는 만년교룡단 역시 그만한 값은 나갈 것이다.

삼 년 안에 은자 오만 냥을 모으려면 하루 은자 오십 냥은 모아야 한다. 아니, 만년교룡단이 있는 곳을 찾을 시간도 필요하니 하루에 칠십 냥은 모아야 할 것이다.

은자 칠십 냥!

말이 좋아 은자 칠십 냥이지 그게 어디 적은 돈인가? 한가족이 일 년은 남부럽지 않게 먹고살 수 있는 돈이다.

그렇지만 살기 위해서는 모아야 한다. 그러니 이런 산골에 있으면 안 되는 것이다. 사부가 오십 년 이상 모은 은자를 삼 년 안에 모으기 위해서는 대처에 나가 부지런히 염을 하는 외에는 다른 방법이 없다.

간단히 짐을 정리한 진가운이 마지막으로 손에 든 것은 세 권의 책이었다.

상당히 오래된 고서(古書)로 보이는 책 한 권과 비교적 최근에 작성된 것으로 보이는 책 두 권.

고서는 그 제목조차 알아볼 수 없을 정도로 낡아 보였다. 흐릿하게 보이는 파천광선검(破天光線劍)이라는 것이 이 책의 제목인 듯 보인다.

그리고 나머지 두 권에 적혀 있는 제목은 각각 구파일방비무행(九派一幫比武行)과 사인록(死因錄)이다. 진가운이 잠시 들고 온 세 권의 책을 들여다보았다.

파천광선검!

그야말로 망할 놈의 비급이다.

중원 사람들은 이것이 비류성의 은하대제를 베었다 하여 비류은하참이라 부르며 경외의 대상으로 삼을지 모르지만 진가운에게는 망할 놈의 비급 이상도 이하도 아니다.

이 비급에 기록된 무공은 단지 파천광선검뿐이 아니다. 파천광선검을 펼치기 위한 사문의 독문심공 한 가지가 더 기록되어 있다.

그러나 심공의 이름은 나와 있지 않다.

이름도 없는 한 가지의 심공.

이것이 바로 문제의 원인이다.

파천광선검을 배우기 위해서는 반드시 익혀야 하지만 사람을 살해할 경우 기가 역류해 심공을 익힌 자의 목숨도 앗아간다.

그야말로 버릴 수도 먹을 수도 없는 계륵과 같은 존재다.

나머지 두 개의 비교적 최근에 만들어진 책은 이러한 사문 무공의 저주를 풀기 위해 일승문의 역대 문주들이 노력해 만든 것이다.

일승문의 역대 문주들은 사문 무공의 저주를 풀기 위해 타 문파의 무공을 보고 싶었다. 그렇지만 사문의 무공, 그것도 최고 무공을 외인에게 보여주는 문파는 강호 어디에도 없다. 그래서 택한 것이 비무로써 이렇게 만들어진 것이 바로 구파일방비무행이다.

구파일방비무행은 일승문 문주와 비무하며 펼친 구파일방 최고의 무공은 물론 그에 대한 장, 단점. 파해술 등을 연구해 적어놓은 것이다. 그러나 그러한 노력은 허사로 끝났다. 아무리 타 문파의 무공을 분석하고 연구해도 자신의 사문 무공의 저주를 풀 수는 없었다.

그 다음 일승문 문주들이 택한 방법은 죽음에 대한 연구다. 사문 무공의 문제가 죽음에 있으니 그 죽음을 정면에서 풀어보자는 생각을 한 것이다. 그래서 택한 것이 바로 장의사다. 가장 합법적인 방법으로 많은 죽음을 대할 수 있는 사람이 장의사였기 때문이다.

그렇게 삼대에 걸친 연구 끝에 만들어진 것이 사인록이다.

사인록에는 사람을 죽음에 이르게 할 수 있는 병과 부상 등 죽음에 관한 모든 기록이 모아져 있다. 죽지 않기 위해 목숨을 걸고 죽음을 연구했지만 그 결과 역시 실패였다.

그렇지만 한 가지 소득이 있었다.

사문의 심법으로 무공을 펼쳐도 죽지 않는 방법을 조금 알아낸 것이다. 파천광선검이 아닌 다른 무공을 펼친다면 죽지 않을 수 있다는 것이다. 그것이 바로 천년설도와 만년교룡의 내단이다. 그것을 몸속에

녹여 보관하고 있다가 상대방이 죽을 때 역류하는 기를 막으면 막을 수 있다는 것을 알아낸 것이다. 그렇지만 파천광선검의 경우는 역류하는 기가 너무 강해 만년교룡의 내단과 천년설도로도 막을 수 없었다.

그러나 그것은 큰 소득이었다.

적어도 구파일방비무행에 적혀 있는 무공만이라도 완벽하게 펼칠 수 있다면 그야말로 강호제일인이 될 수도 있는 것이다. 물론 그것은 은하대제와 같은 악마가 나타나지 않는다는 것을 전제로 하지만 말이다.

진가운의 사부 추전호는 자신이 평생 모은 재산을 모두 쏟아 부어 천년설도를 구했다. 그리고 마지막 유언으로 만년교룡의 내단을 구하라고 말하려는데 성질 급한 진가운이 천년설도를 먹어버린 것이다.

추전호로서는 땅을 치며 통곡할 일이었다. 물론 그 덕분에 삼 년 이내에 만년교룡의 내단을 구해야 하는 진가운으로서도 안타까운 일이지만 말이다.

진가운이 책 세 권을 보따리에 넣고 방을 나섰다.

쏘옥!

사립문 안쪽으로 머리를 들이밀고 허름한 통나무집을 조심스럽게 살피는 진가운.

"젠장, 마지막 인사라도 하려고 했는데 아무도 없네."

"없긴 뭐가 없어?"

"……!"

진가운이 급히 고개를 돌렸다.

이제 이십이 갓 넘어 보이는 처자 한 명이 손에 몽둥이를 든 채 콧김을 뿜어대며 씩씩거린다.

전려진(田麗袗).

진가운이 사는 오두막 가장 가까이에 사는 사냥꾼 전씨의 무남독녀. 가깝다고는 하지만 산길을 걸어 십 리가 넘는 길이다. 그래도 이곳 산골에서 사는 단 한 가구의 이웃. 그러나 진가운에게 있어서 전려진은 이웃 이상의 의미가 있는 여인이다.

친구. 그랬다. 진가운은 자신이 알고 있는 유일한 또래의 친구다. 친구라고는 하지만 전려진은 진가운보다 세 살이 많다. 방년 이십일 세.

사부 추전호보다 백배는 무서운 여인이다.

전려진이 들고 있는 몽둥이. 그것은 진가운에게 있어서 그야말로 공포의 대상이다.

부르르.

몽둥이를 보자마자 몸이 떨린다.

그깟 몽둥이 손으로 막으면 단박에 부러져 나갈, 그야말로 솜방망이건만 전려진의 몽둥이는 특별하다.

어려서부터 나이 어린 진가운은 자기보다 나이가 세 살이나 많은 전려진만 대하면 기를 펴지 못했다. 특히 전려진이 몽둥이를 들면 진가운은 오금이 저려 마음대로 움직이지도 못했다. 마치 고양이를 만난 생쥐처럼 몸을 떨며 전려진의 자비만을 구할 뿐이었다.

처음에는 그저 힘이 없어 그런 것으로 알았다. 그러나 힘이 생긴 지금도 마찬가지다. 습관이 된 것인지 진가운은 전려진이 몽둥이만 들면 몸부터 떤다.

아무리 '아무것도 아니다'를 골백번도 넘게 입술을 달싹거리며 생각했지만 전려진의 몽둥이에 대한 공포는 진가운의 고질이다.

이제 그 공포가 점점 커져서 여인들만 만나면 일단 간이 오그라든
다.

'제길. 마지막에는 멋진 모습을 보이려 했건만……'

"너 오늘도 쌀 훔치러 왔지?"

"아… 아니야."

"거짓말하지 마! 지난번에도 몰래 들어와 부엌에서 쌀 한 바가지 훔
쳐 간 거 누가 모를까 봐."

"이… 이… 이번에는 진짜 아니라니까?"

"그런데 왜 떨어?"

"그… 그냥!"

획!

전려진의 나무 몽둥이가 진가운의 몸뚱이를 향해 날아들었다.

"아… 아니라니까. 이… 이… 이번에는 진… 진짜 아니라니까."

"닥쳐!"

몽둥이를 머리 위로 치켜든 전려진이 진가운을 향해 달려들었다.

"사… 사람 살려!"

진가운이 기겁하며 전려진의 몽둥이를 피해 산 아래로 몸을 움직였
다. 사부가 평생 동안 모은 재산을 한입에 털어먹고 나름대로 멋진 강
호 출사를 생각하던 진가운이 마침내 세상을 향해 한 발을 내디딘 것
이다.

제2장
장의사 진가운 망할 위기에 빠지다

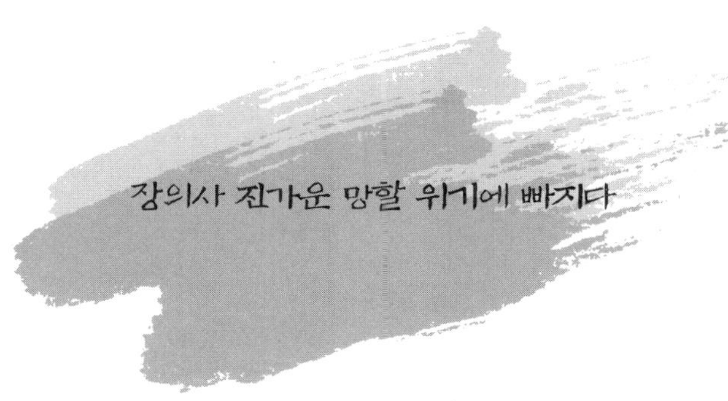

강서성(江西省) 남창(南昌)!

날이 이미 저문 남창의 외곽 대로인 연강남로(沿江南路) 우측의 연강소로(沿江小路)를 따라 수십 개의 등이 켜져 있다.

등(燈).

사월 초파일도 아니요, 큰 사찰이 있는 것도 아니며, 그렇다고 명절을 앞둔 날도 아닌데 길 좌우로 길게 늘어선 모습이 색다르다.

근조(謹弔)!

등에 써 있는 두 글자.

이렇게 도로를 따라 쭉 써진 글이 모두 근조라니 이곳에서 무슨 떼죽음이라도 벌어졌단 말인지…….

그렇지만 근조라 쓰여진 큰 글씨 밑의 작은 글씨들이 이 등의 정체를 말해 준다.

영변장의점, 남창장의점, 제일장의점, 극락장의점…….

장의점(葬儀店).

그랬다. 연강 소로를 따라 길게 늘어선 등은 가족 중 누군가 저승으로 가서 켜둔 등이 아니라 그런 사람을 모으기 위한 현판과 같은 역할을 하는 등인 것이다.

연강 소로.

이곳은 남창, 아니, 남창을 포함하는 강소성에 있는 모든 장의사들이 자신들의 가게를 마련하고 있는 장의거리다.

근조라는 근엄한 글씨와는 어울리지 않게, 손님을 끌겠다는 듯 온갖 화려한 치장을 하고 있는 등. 그렇지만 그런 화려한 등이 무색하게 사람들의 모습은 그렇게 많지 않다. 어쩌면 켜져 있는 등보다 사람들의 숫자가 적을지도 모를 정도다.

쓸쓸함마저 느껴지는 연강 소로.

그 연강 소로의 다른 곳과는 다르게 사람들이 북적이는 곳이 보인다.

"아, 밀지 말아요!"

"이 사람이 왜 새치기를 하고 그래!"

"뭐, 새치기?! 아줌마, 내가 새치기하는 거 아줌마가 봤어!"

"뭐, 아줌마?! 이 인간아! 아직 시집도 안 간 처자에게 아줌마!"

"그래, 성질이 그따위니까 아직도 시집을 못 갔지."

"뭐야!"

마치 난장바닥인 듯 북적거리는 사람들 사이에서 작은 소동이 연이어 벌어지고 있었다.

인근 장의점 주인인 듯 보이는 사람들이 그 모습을 보며 부럽다는 표정을 짓고 있었다.

가운장의점(佳雲葬儀店).

연강 소로에 있는 여타 화려한 등과 비교하면 그야말로 초라하기 그지없는 작은 등 하나.

사람들은 그 초라한 등이 걸린 집 앞에서 이렇게 법석을 떨고 있었다.

그런 혼란스러운 곳으로 한 중년인이 가운장의점의 문을 열고 밖으로 나왔다.

우루루루!

마치 어미를 발견한 오리새끼들처럼 사람들이 일제히 방금 나온 중년인의 앞으로 몰려들었다.

"아이고, 사람 살려."

"밀지 마! 젖가슴 터지겠어!"

여기저기서 터지는 고성과 음담. 그런 사람들을 흐뭇한 미소를 지으며 바라보던 중년인의 입이 슬쩍 벌어졌다.

"줄 똑바로 서고 조용히 하세요. 그렇지 않으면 오늘은 예약 안 받습니다."

"……."

중년인의 한마디에 아우성을 치던 사람들이 언제 그렇게 소란스러웠냐는 듯 줄을 똑바로 서며 입을 꾹 다문 채 눈을 동그랗게 뜨고 감시하듯 주변을 둘러보았다.

마치 한마디라도 떠들면 가만두지 않겠다는 듯 서로를 바라보는 눈매가 매섭기 그지없었다.

그런 사람들을 잠시 바라보던 중년인이 가장 앞에 있는 사람을 보며 고개를 끄덕였다.

후닥닥!

중년인의 눈빛을 받은 사내가 급히 가운장의점 안으로 달려갔다.

"빨리 뛰세요. 그렇게 꾸물꾸물거리면 제일 뒤쪽에 세울 테니까."

중년인의 한마디에 얼굴이 파랗게 질린 사내.

후다다다닥!

발이 보이지도 않을 정도의 빠른 달음박질. 조금 전과는 비교도 되지 않게 중년인의 발길이 빨라졌다.

"휴우!"

숨이 가쁜지 불이 켜진 방문을 바라보며 큰 숨을 내쉬는 중년인. 그래도 일착이라는 사실이 흡족한지 입이 귀에 걸려 있다. 잠시 동안 가쁜 숨을 몰아쉬던 중년인이 불이 켜진 방을 보며 조심스럽게 입을 열었다.

"계십니까?"

"들어오십시오."

대답이 들리기 무섭게 중년 사내가 급히 안으로 들어갔다.

방 안!

흰색 금의(錦衣)를 걸친 젊은 사내가 탁자를 앞에 두고 방 안에 들어온 중년인을 빤히 들여다보더니 손을 들어 자신의 앞을 가리켰다.

"앉으시지요."

"예."

중년 사내가 젊은이를 앞에 두고 재빨리 다가와 앉았다.

획!

사내가 앞에 앉자마자 청년이 탁자 밑에서 종이 하나를 꺼내서 중년인에게 내밀었다.

"시간이 없으니 이곳에 집의 간략한 위치를 적어주십시오. 그리고 일인지 이인지 삼인지 사인지 오인지도 적으십시오."

"예!"

사내가 급히 고개를 돌렸다.

종이를 받아 든 중년인이 청년이 건넨 종이에 무엇인가를 열심히 적다가 슬쩍 고개를 돌렸다.

벽면.

방 벽면에 있는 커다란 글이 눈에 들어왔다.

일(一), 오동나무 관, 비단 수의에 은자 일곱 냥.

이(二), 소나무 관, 비단 수의에 은자 다섯 냥.

삼(三), 오동나무 관, 베 수의에 은자 다섯 냥.

사(四), 소나무 관, 베 수의에 은자 세 냥.

오(五), 폐목(廢木) 관, 재생 수의에 은자 한 냥.

돌아가신 부모님에 대한 마지막 정성임을 깊이 생각하시어 결정해 주시기 바랍니다. 그리고 장례에 꼭 필요한 상주 지팡이는 무료로 드립니다.

―가운장의점 점주 백.

마치 객잔에서 음식과 그 가격을 써놓고 벽에 걸려 있듯 입관에 필요한 관과 수의의 가격표가 벽에 붙어 있었다.

진가운.

그렇다.

이곳 가운장의점의 점주는 강서성 제일의 장의사로 이름을 날리던 죽은 추전호의 제자 진가운이다.

산을 내려온 진가운은 만년한철 자물통을 판 은자를 밑천으로 장의 거리로 유명한 이곳 연강 소로에 자리를 잡고 장의점을 시작한 것이다. 진가운이 그 유명한 추전호의 제자라는 소문이 나면서 그야말로 가운 장의점은 매일 밤 입관을 예약하려는 사람들로 인산인해였다.

가운장의점의 성업에 따라 피해를 보는 것은 이곳 연강 소로에 가게를 차린 다른 장의사들이다. 물론, 그전에도 유명한 장의사는 손님이 많고 실력이 부족한 장의사의 장의점에는 손님이 조금 적었지만 가운 장의점으로 사람들이 몰리면서 다른 장의점들은 그야말로 갑자기 일감이 줄어들어 파리를 날리는 신세가 되었다.

급해진 다른 장의점의 장의사들이 자신의 집 앞에 있는 등에 화려한 치장을 하고 가격까지 내렸지만 사정은 전혀 달라지지 않았다.

상황이 이렇게 되자 가언장의점, 가윤장의점, 가원장의점 등 가운장의점과 이름을 비슷하게 하여 손님들을 유혹하는 장의점들도 속속 나타났다. 그렇지만 그것 역시 별다른 효과가 없었다. 처음 며칠은 이름을 혼동한 몇몇 사람들이 찾아왔지만 이내 그들로부터의 항의가 쏟아져 문을 닫아야 했다.

눈엣가시.

연강 소로의 다른 장의사들에게는 진가운이 눈엣가시지만 사람들은 그런 장의사들의 심정에는 상관없이 진가운이 운영하는 가운장의점으로만 모여들었다.

한참 동안 벽을 바라보던 중년인이 고개를 돌리더니 진가운이 준 종이에 글을 적었다.

택일(擇一).

진가운이 그럴 줄 알았다는 듯 입가에 빙긋 미소를 지었다.

사실 가운장의점을 찾는 대부분의 사람들은 일을 선택한다. 돌아가신 분의 마지막 길을 잘 보내주고 싶은 것은 인지상정.

열이면 아홉은 가장 비싼 일을 택했다.

턱!

모든 것을 적었는지 중년인이 붓을 내려놓고 종이를 진가운에게 내밀었다.

중년인이 내민 종이를 대충 훑어본 진가운이 붓을 들었다.

진시(辰時) 초(初).

입관 시간이다.

입관 시간을 적은 진가운이 종이를 둘둘 말아 자신의 탁자 밑에 집어넣더니 중년인을 향해 손을 내밀었다.

땡그랑!

은자 일곱 냥이 진가운의 손에 떨어졌다.

"살펴가십시오."

"감사합니다. 그럼 내일 뵙도록 하겠습니다."

중년인이 자리에서 일어나더니 여전히 앉아서 자신을 바라보는 진가운에게 깊숙이 허리를 숙이고는 밖으로 나갔다.

"계십니까?"

중년인이 나가자마자 다시 밖에서 소리가 들렸다.

‘제길, 나가면 그냥 들어올 것이지 사람 귀찮게 하고 있어.’

진가운이 입술을 한번 씰룩거린 후 다시 입을 열었다.

“들어오십시오.”

드르륵!

대답이 끝나기가 무섭게 다시 한 사내가 진가운의 방으로 들어왔다.

그렇게 진시 초부터 신시 말까지 예약이 끝나면 더 이상은 예약을 받지 않았다. 아니, 예약을 받더라도 더 이상 입관할 수 없으니 하나마나다.

그렇게 예약되는 사람들이 하루에 정확히 열 명이다.

하루에 단 열 명의 사람만이 진가운에게 염을 받을 수 있는 것이다. 사람들은 그래서 더욱 몰렸다.

열 명 안에 들기 위해서 조금 전처럼 집 밖에서부터 난리 법석을 떠는 것이다.

“제길, 그게 불과 열흘 전인데…….”

집 마당을 서성이던 진가운이 볼멘소리를 터뜨리며 마당을 가로질러 대문이 있는 곳으로 걸어갔다.

끼이익!

대문을 열고 목을 길게 밖으로 빼는 진가운.

텅 빈 집 앞이 썰렁하다.

불과 열흘 전만 해도 난전을 연상시킬 듯 북적거렸던 집 앞이었건만 지금은 개미새끼 하나 보이지 않게 썰렁하다. 오히려 그동안 파리만 날리던 다른 장의사의 집 앞은 들락거리는 사람이 이따금씩 눈에 들어온다.

“휴우…….”

입을 타고 나오는 것은 한숨뿐이다.

겨우 열흘 사이에 이 모양 이 꼴이 되다니…….

이렇게 나가다가는 자신이 살기 위해서 구해야 할 만년교룡의 내단을 구하지 못하고 삼 년 내에 죽게 된다.

진가운이 괴로운 얼굴로 머리를 좌우로 힘껏 흔들었다.

"안 돼! 내 인생 이렇게 끝낼 수는 없어."

혼자 그렇게 소리쳐 보았지만 지금으로서는 방법이 없었다. 진가운의 얼굴이 서서히 일그러지더니 눈까지 붉게 변했다.

지금과 같은 일이 벌어진 것은 오직 한 놈 때문이다.

꽈지직!

진가운이 손을 꽉 움켜쥐었다.

"한 냥, 두 냥, 세 냥, 네 냥, 다섯 냥, 여섯 냥. 일곱 냥."

오늘 하루 종일 번 돈이다. 겨우 일곱 냥.

은자 일곱 냥을 바라보는 진가운의 얼굴에 슬쩍 그림자가 내비쳤다.

"주인님!"

"뭐야?"

밖에서 자신을 부르는 장 서방의 목소리에 진가운이 신경질적으로 고개를 치켜들었다.

"방금 장가장에서 사람이 도착했습니다."

장가장이라는 말에 진가운의 얼굴이 파랗게 질렸다. 장가장이라면 오늘 자신이 유일하게 염을 하고 입관한 곳이다. 지금 손에 들고 있는 일곱 냥을 벌게 해준 곳.

그곳 장가장에서 손님이 왔다면 원인은 그것뿐이다.

"뭐야? 또야?"

진가운(陳佳雲)이 자리에서 벌떡 일어나 급히 밖으로 달려나갔다.

관을 만들다 만 나무판들이 널려 있는 공터를 달려가던 진가운이 갑자기 걸음을 멈추고 다시 쪼르륵 방 안으로 들어갔다. 나가려다 생각하니 오늘의 수입으로 받은 은자 일곱 냥을 방에 그대로 남겨둔 것이다.

진가운은 급히 탁자에 있는 은자 일곱 냥을 쓸어 모아 함에 담았다. 예전 같으면 하루에 번 은자를 천하전장에 맡겨두겠지만 겨우 일곱 냥을 전장에 맡기기에는 낯이 뜨겁다.

함을 들고 벽 앞에 도착한 진가운이 좌우를 조심스럽게 살폈다.

아무도 없음을 확인한 진가운이 벽 이곳저곳을 더듬더니 한 부분을 손가락으로 힘껏 눌렀다.

크르르릉!

짐승의 울음소리와 비슷한 소리와 함께 벽의 일부가 앞으로 툭 튀어나왔다. 툭 튀어나온 벽의 중간에 함이 딱 들어갈 정도의 빈 공간이 있었다.

다시 한 번 좌우를 살핀 진가운은 함을 그곳에 집어넣고 손으로 슬쩍 두드렸다. 튀어나온 벽이 다시 안쪽으로 밀리며 처음의 모습처럼 그렇게 흔적 하나 없이 완벽하게 벽의 일부가 되었다.

흐뭇한 미소로 벽을 바라보는 진가운. 그렇지만 그 미소는 오래가지 않았다.

놀란 듯 커지는 진가운의 눈.

"아참! 내가 지금 이럴 때가 아니지."

후닥닥!

진가운은 부서져라 방문을 열더니 그대로 전력을 다해 밖으로 뛰어나갔다.

　진가운이 달려간 곳은 마을 뒷산의 공동묘지였다. 끝이 보이지도 않을 정도의 황량한 벌판.
　진가운은 벌판을 가로질러 한곳을 향해 달려갔다.
　특별한 날이 아니기에 사람들이 그렇게 많지는 않았다. 그런 황량한 벌판을 가로질러 달려간 진가운의 눈에 멀리 사람들이 잔뜩 모여 있는 곳이 보였다.
　진가운이 사람들을 옆으로 거의 밀치듯 제치며 안쪽으로 파고들었다.
　"헉!"
　새로 만든 듯 흙조차 미처 마르지 않은 무덤 한 기가 절반 정도 파헤쳐져 있었다.
　"떨그럭!"
　진가운의 무심한 한마디를 알아들었는지 한 사람이 자리에서 벌떡 일어나더니 진가운에게 득달같이 달려들며 멱살을 바짝 움켜잡았다.
　"이 자식아! 어떻게 할 거야? 어떻게 할 거냐고?"
　얼굴이 시뻘겋게 달궈진, 상복을 입은 사내. 그것으로 보아 진가운이 상복을 입은 사내에게 잘못을 해도 큰 잘못을 한 모양이었다.
　"캑! 캑!"
　진가운은 얼굴이 벌게져서 숨을 헐떡이며 사내의 손에서 벗어나려고 발버둥을 쳤다.
　"이… 이… 이러시지 말고 일단 말로 합시다. 이러다가 성한 놈 골로 가겠소."

“오냐, 이놈!”

멱살을 움켜잡고 있던 사내가 진가운을 한번 노려본 후 손을 ‘확’ 하고 뿌렸다. 사내의 힘이 얼마나 센지 진가운의 몸이 공중으로 붕 떠오르더니 바닥에 박혔다.

“아이고, 엉덩이야.”

하필이면 나무뿌리에 엉덩이가 걸릴 게 뭐란 말인가.

말도 못할 고통이 엉덩이로부터 머리끝까지 짜르르 하고 올라왔다.

“그래, 말로 할 테니 어디 그 주둥이 한번 놀려봐, 이 망할 자식아!”

“……”

진가운은 말 대신 조금 전 보았던 무덤이 있는 곳으로 천천히 걸어갔다.

파헤쳐진 무덤 밖으로 관 하나가 나와 있었다.

조심스럽게 관으로 다가간 진가운이 관 뚜껑을 열었다.

끼이익!

등골에서 식은땀이 흐를 정도의 오싹한 소리와 함께 관이 열렸다.

진가운은 눈을 감은 채 무슨 주문이라도 외는 듯 입술을 달싹거리더니 관 안쪽을 향해 얼굴을 가까이 들이밀고 두 눈을 번쩍 떴다.

“……!”

진가운의 눈이 바람 넣은 돼지 오줌통처럼 터질 듯 부풀었다.

“으아아악!”

괴성과 함께 급히 뒤로 물러나는 진가운.

얼굴이 파랗게 질려 있는 것이 분명 관 안에 있는 시체에 무슨 변고가 일어난 것이 틀림없었다.

조금 전 진가운의 멱살을 잡고 흔들던 사내 역시 그 사실을 깨달은 듯 사색(死色)이 되어 관이 있는 곳으로 조심스럽게 다가가 안쪽을 살폈다.

일그러지는 사내의 얼굴.

'뭐야? 아무것도 아니잖아.'

다행이 관 안에 누워 있는 여인의 시체에는 별다른 이상이 없어 보였다. 다행이라는 마음도 잠시, 진가운에게 속았다는 생각에 파랗게 질려 있던 사내의 얼굴이 시뻘겋게 달아올랐다.

"이 망할 자식이 이 외중에도 장난을 쳐?!"

사내가 벌떡 일어서더니 다시 진가운의 멱살을 한 손으로 틀어쥐었다.

진가운이 억울하다는 듯 사내를 보더니 연신 고개를 가로저었다.

"자… 자… 장난 아니다. 눈… 떴… 다!"

뽀그르르!

진가운이 입에 거품을 물더니 눈을 까뒤집으며 축 하고 늘어졌다.

사내가 진가운의 멱살을 풀고 급히 관이 있는 곳으로 다시 돌아가 안을 살폈다. 진가운의 말대로 여인이 눈을 뜬 채 관 안에 누워 있었다.

벌떡!

관 안에 누워 있던 여인이 갑자기 허리를 꼿꼿이 세우고 일어섰다.

"으아~악!"

"엄마야~!"

혼비백산(魂飛魄散)!

무덤 근처에 있던 사람들이 일제히 놀라 자리에서 벌떡 일어나 '걸음아, 나 살려라'를 외치며 달아났다.

통통통!

관에서 뛰쳐나온 여인이 한동안 양 발을 모아 통통거리며 토끼처럼 팔짝팔짝 뛰었다.

그러나 그 시간이 길지는 않았다. 잠시 동안 통통거리던 여인이 이내 힘을 잃더니 진가운의 배 위에 포개듯 푹 하고 쓰러졌다.

'잉? 이게 뭐야?'

정신이 들어 몸을 일으키려던 진가운은 뜨려던 눈을 다시 감았다.

알 수 없는 중량감. 무게로 보아 사내가 아닌 여인이다. 입술에 전해지는 야릇한 느낌, 그것은 진가운으로 하여금 자신의 몸 위에 포개진 자가 여인이라는 확신을 더욱 갖게 했다.

가슴이 두근두근 방망이질을 친다.

여인에 대한 진가운의 고질병이 서서히 머리를 쳐들었다. 그러나 전려진에게서 느꼈던 공포는 아니다. 두렵기는 하지만 그렇게 싫지는 않은 느낌이다.

'내가 기절하니까 강제 호흡을 시키고 있군. 푸하하하. 그렇다면 지금 일어날 필요는 없지?'

좀 더 드러누워 있기로 했다. 굳이 지금 일어나 일생일대 처음으로 찾아온 행운의 순간을 일찍 끝낼 필요는 없다고 생각한 것이다.

'차다.'

이상하다.

일반적으로 아무리 강심장의 여인이라 하더라도 남자의 입술에 자신의 입술을 대면 어느 정도 뜨거워지는 것이 당연하다. 그렇지만 지금 자신과 입술을 맞추고 있는 여인의 입술에서는 전혀 온기를 느낄 수가 없었다.

'진짜로 이상한데…….'

그러고 보니 이상한 점이 하나 더 있다.

강제로 호흡을 시키기 위해 입술을 맞추고 있다면 자기의 입 안으로 공기가 들어와야 하건만 전혀 그렇지가 않았다.

'남자도 많았잖아…….'

아무래도 이상했다. 무엇인가 잘못되었다는 생각에 진가운이 눈을 번쩍 떴다.

낯익은 얼굴.

'어라, 누구지?'

잠시 생각에 잠겼던 진가운이 덜덜 몸을 떨기 시작했다.

"으… 으아악!"

가운은 소리를 버럭 지르며 자신을 덮고 있는 여인을 양손으로 밀치고 바닥에서 벌떡 일어났다.

여인!

자신을 짓누르고 있는 여인은 오전에 자신의 손으로 염을 했던 그 여인이었다. 장가장의 안주인. 관 속에 처박혀 있어야 할 이 여인이 어떻게 자신의 몸 위에 포개져 있는지 이해가 되지 않았다.

휙휙!

진가운이 급히 주변을 둘러보았다.

황량한 벌판.

이곳에 모여 있던 사람들은 다 어디로 갔는지 주변에 개미새끼 한 마리 보이지 않았다.

"이거 진짜 미치겠네."

진가운이 조심스럽게 바닥에 누워 있는 여인에게 다가갔다.

진가운의 손이 누워 있는 여인을 손으로 가리켰다.

여인의 몸이 공중으로 둥실 떠올랐다.

허공섭물(虛空攝物). 사부 추전호의 시신을 염할 때 보였던 그 허공섭물의 수법이 다시 한 번 모습을 드러냈다.

떠오른 시신이 다시 관으로 들어갔다.

아직도 놀람이 가시지 않은 듯 진가운의 입꼬리가 부르르 떨렸다.

집에 돌아와서도 진가운은 마음을 안정시킬 수가 없었다.

물론 그것은 죽은 여인이 자신을 품고 있었다는 것 때문이기도 했지만 그보다 더 중요한 이유가 있었다.

앞으로 사업을 어떻게 이끌어갈지 그야말로 고민이었다. 이대로 문을 닫자니 굶어 죽는다. 아니, 당장이야 그동안 번 은자가 있으니 살아간다 하더라도 삼 년 후면 천년설도의 냉기로 인해 얼음덩어리가 되어 죽는다.

죽음을 기다리며 삼 년을 딩가딩가 놀면서 사느냐, 아니면 지금부터라도 악착같이 새 마음으로 은자를 모으느냐 그야말로 결정을 내릴 수가 없었다.

'제길, 조금만 참고 그 망할 놈의 복숭아만 먹지 않았어도…….'

그날, 잠시 울분을 참지 못해 천년설도를 홀딱 목구멍으로 집어넣은 것을 후회했다. 그렇지만 후회해 봐야 무엇 하겠는가? 이미 포구 떠난 배인 것을…….

'죽을 수는 없다. 여지껏 시체만 만지다 이대로 뒈질 수는 없다. 반드시 살아남는다. 그리고 벽에 똥칠할 때까지 강호를 호령하며 살아간다.'

진가운은 결심했다. 살아남기로. 그러려면 먼저 그놈부터 해결해야한다. 지금 자신을 죽음의 길로 내몰고 있는 그 쳐 죽일 자식.

지금 진가운을 괴롭히고 있는 그 때려죽일 놈은 도굴범이다.

도굴(盜掘).

최근 들어서 부쩍 늘어난 도굴 때문에 진가운은 지금 이 꼴이 되었다. 물론 도굴은 중원 어디에서나 간간이 발생하는 일이고 이는 어제오늘의 문제도 아니다.

그렇지만 이번 강서성에서 벌어지고 있는 도굴은 진가운에게 있어서 이만저만한 골칫거리가 아니다.

처음 자신이 장례를 치러준 왕(王) 서방의 무덤이 도굴되었다는 말을 들었을 때만 해도 진가운은 신경조차 쓰지 않았다. 그러나 그것은 착각이었다. 도굴은 한 번이 아니었다. 연이은 도굴이다.

그것도 다른 사람이 치른 장례에는 아무 문제가 없는데 유독 강서성 최고의 장의사라는 진가운이 치른 무덤에만 도굴이 발생했다. 그래도 처음 몇 번은 어떤 후레자식이 은자가 필요해서 그런 것이라 그렇게 생각했다.

진가운이 치른 장례 가운데 평범한 인물의 장례식은 없었다.

강서성의 고관대작이나 대부호, 기타 명망(名望)있는 집안의 장례만을 담당했기 때문에 은자를 노린 도둑이 자신이 치른 무덤만 도굴할 수도 있다고 생각했다. 하나 지금은 생각이 달랐다.

도굴된 무덤을 몇 번 살펴본 이후 내린 결론이다.

도굴된 무덤을 꼼꼼히 살폈다. 희한하게 도굴꾼은 무덤에서 은자가 될 만한 부장품(副葬品)에는 손도 대지 않았다. 처음어는 이상하다고 생각했다. 그 의문은 자신이 염하고 입관한 관을 살피면서 해결되었다. 도굴꾼이 노린 것은 무덤 속의 귀중품이 아니라 놀랍게도 관 안에 들어 있는 시신이었다.

오늘도 마찬가지다.

오늘 무덤의 주인인 여자는 강서성 남창에서도 알아주는 알부자인 장가장 안주인이다. 나이 채 삼십도 되지 않아 급살(急煞)을 맞고 죽은 여인.

그녀의 묘에는 장가장의 안주인답게 돈이 될 만한 많은 부장품들이 함께 묻혔다. 그러나 이 망할 놈의 도굴꾼 자식은 부장품에는 손도 대지 않았다. 오직 관 속에 있는 장가장의 안주인에게 손을 댔을 뿐이다. 이는 염포로 꽁꽁 묶어 가린 여인의 얼굴이 드러나 있고 더구나 몇 번이고 확인해 감겨둔 눈이 떠져 있다는 것으로 알 수 있었다.

흩어진 무덤이야 정리하고 관을 다시 묻으면 그만이다. 도굴이 되었다고 해서 염을 한 자신이 책임질 것은 아무것도 없다. 도굴이 걱정스러우면 큰 바윗돌로 무덤을 만들면 되는 것이다. 바위를 쌓아 무덤을 만들건 땅을 파 무덤을 만들건 그것은 염과 입관을 한 장의사와는 무관하다. 그러나 지금은 그렇게 끝날 문제가 아니다.

어느덧 도굴의 소문이 퍼져 진가운에게 모여들던 손님의 발길이 뚝 끊긴 것이다.

그 덕분에 신이 난 사람들은 진가운의 등장으로 거의 망해가던 연강 소로의 다른 장의사들이었다. 그야말로 살판 났다는 듯 얼굴에 화색이 돌았다.

오늘도 놀란 가슴을 진정시키고 집으로 돌아오는 길에 슬쩍 보니 근처에 사는 장의사 허영면의 집 앞에는 장례를 의뢰하려는 자들이 줄을 설 지경이다. 그에 반해 자신의 집은 한산한 정도를 넘어 파리만 날리고 있었다.

불과 열흘 전만 해도 상상도 할 수 없는 일이 현실로 벌어지고 있는 것이다.

진가운은 그것을 고민하고 있다.

지금처럼 도굴범을 그냥 놔두었다가는 그야말로 머지않아 쪽박을 차게 생겼다. 어떻게든 도굴범을 잡아 열흘 전의 영화를 되찾을 생각에 진가운은 다시 머리를 쥐어뜯었다.

턱!

한참을 그렇게 머리를 쥐어짜며 방 안을 어슬렁거리던 진가운이 걸음을 멈췄다.

뽀드득!

눈을 부릅뜬 채 이를 갈며 온몸을 부르르 떠는 진가운.

"어떤 놈이든 걸리면 죽는다."

진가운으로서는 미치고 환장할 노릇이었다.

염을 해서 장례를 치러야 자신이 염(殮)한 묘만 골라가며 도굴하는 그 쳐 죽일 도굴꾼 놈을 잡을 수 있을 텐데 사흘이 지나도록 염을 해달라는 손님은 나타나지 않았다.

어쩔 수 없이 공짜로 염을 해주겠다는 방까지 써서 남창 시내 곳곳에 붙였다. 그런데도 진가운에게 염을 해달라는 사람은 한 명도 보이지 않았다. 하긴 잘못하면 도굴을 당할 텐데 아무리 공짜라 해도 해달라는 사람이 없는 것은 어찌 보면 당연한 일이었다.

오늘도 진가운은 자신의 방에 앉아 자신을 지금의 이 지경까지 몰고 간 그 도굴꾼을 생각하며 이를 갈고 있었다.

도굴꾼 놈을 잡기 위한 미끼가 될 시체를 구하는 일이 무엇보다 시급했다.

'제길, 어떻게 해야 하는 거야.'

한참 동안 서성거리던 진가운이 제자리에 석상인 듯 멈춰 섰다.

씨이~익!

'그래, 손님이 나를 찾지 않으니 내가 먼저 손님을 찾을 수밖에……'

진가운이 급히 아랫목으로 걸어와 앉았다.

"장 서방~! 장 서방~!"

"예, 주인님!"

"안으로 좀 들어와요."

"예!"

드르륵!

대답이 끝나자마자 마치 문 앞에서 기다리고 있기라도 했는지 곧바로 문이 열리며 가운장의점에서 진가운을 도와 일하는 장 서방이 방 안으로 들어왔다.

"부르셨습니까, 주인님?!"

"앉아봐요!"

"예!"

조심스럽게 다가온 장 서방이 진가운을 한번 힐끗 쳐다본 후 맞은편에 앉았다.

"장 서방! 지금부터 환용의원(煥鎔醫院)을 자세히 살펴봐."

"아니, 왜요?"

장 서방이 놀란 듯 진가운을 바라보았다.

환용의원.

그곳은 이곳 연강 소로에 있는 유일한 의원이다. 이곳의 주인은 복환용(卜煥鎔). 사람이 죽어야 먹고사는 장의점들이 늘어서서 영업을 하는 이곳 연강 소로에 사람을 살리는 의원을 차린 것으로 보아 그 성격이 정상은 아닌 듯한 사람이지만 그 의술만은 뛰어나 이곳 남창에서는 제법 알아주는 사람이다. 그래서인지 복환용이 운영하는 환용의원은 언제나 환자들로 북적거린다.

그런 환용의원을 살펴보라니…….

장 서방이 의문을 갖는 것은 어쩌면 당연했다.

"가까이 와봐!"

장 서방이 진가운에게 가까이 다가오며 귀를 들이댔다. 그런 장 서방에게 귓속말을 하는 진가운. 진가운의 귓속말을 들은 장 서방이 알겠다는 듯 연신 고개를 끄덕였다.

"알았지?"

"예. 그러니까 환용의원에서 힘없이 나서는 사람을 보면 즉시 주인님께 알려라 이 말씀 아니십니까?"

"그렇지. 복환용 그 늙은이가 포기한 사람이면 저승 가는 날 받은 거니까 보는 즉시 내게 알려라 이 말이야."

"알겠습니다, 주인님! 그럼 나가보겠습니다."

장 서방이 자리에서 일어나 진가운에게 슬쩍 고개를 한번 숙이고는 급히 밖으로 나갔다.

'왜 아직까지 연락이 없는 거야?

장 서방이 나간 지 근 두 시진이 흐르도록 소식이 없자 진가운의 얼굴에 다시 짜증스러운 빛이 조금씩 흘러나오기 시작했다.

"주인님!"

후닥닥.

장 서방의 부름에 얼굴을 찡그린 채 방 안에 앉아 있던 진가운이 벌떡 자리에서 일어나 방문을 열고 마당으로 달려갔다.

얼굴만 문밖으로 내밀고 있는 장 서방의 엉덩이가 눈에 들어왔다. 그 와중에도 급하다는 듯 빨리 오라는 손짓을 보내는 장 서방.

진가운이 급히 신발을 신고 그런 장 서방의 곁으로 다가갔다.

쭈우욱!

장 서방과 마찬가지로 진가운이 길게 머리를 문밖으로 빼 장 서방의 머리 위에 자신의 머리를 위치한 채 옆집 환용의원을 살폈다.

사내.

등에 자신의 아비인지 할아비인지는 모르지만 쪼글쪼글한 노인을 업고 있는 한 사내가 울상을 하고 있었다.

원망스러운 얼굴로 잠시 동안 환용의원을 바라보던 사내가 힘없이 몸을 돌리더니 발을 움직였다.

저벅저벅.

노인을 업고 발길을 옮기는 사내의 발걸음이 유난히 무겁다.

씨익!

그런 사내의 뒤를 바라보는 진가운의 입가에 야릇한 미소가 번졌다. 진가운이 고개를 숙여 아래에 있는 장 서방의 얼굴을 바라보았다. 언제부턴지 장 서방 역시 고개를 쳐들고 머리 위에 있는 진가운의 얼굴을 바라보고 있었다.

"주인님! 어떻습니까?"

“아주 수고 많았네.”

진가운은 급히 집 밖으로 나와서 고개를 푹 숙인 채 노인을 업고 힘없이 걸어가는 사내의 뒤를 따랐다.

“이보십시오.”

자기를 부르는 소리에 사내가 몸을 돌렸다.

“나 말이오?”

“그렇습니다. 보아하니 아버님이신 모양입니다.”

“그렇소. 아버님의 병이 심상치 않아 동네 의원이란 의원은 모두 돌아다니다가 내 이곳 의원이 용하다는 소리를 듣고 찾아왔건만 이곳의 의원마저 고개를 젓는구려.”

“그렇군요. 저도 그런 듯 보여 이렇게 급히 불렀습니다.”

“……”

진가운의 말에 이해할 수 없다는 표정을 지어 보이는 사내. 그런 사내를 향해 빙긋 미소를 지은 진가운이 조심스럽게 입을 열었다.

“사실, 남창, 아니, 강소성에서 이곳 의원 복환용이 손을 들었으면 그것은 저승 가는 날짜 잡아놓은 겁니다.”

“그래서?”

사내의 얼굴이 일그러졌다. 하기야 아버지가 돌아가시는 것이 확실하다고 말하는 외인을 곱게 보아줄 자식은 없는 법이다. 그런 사내의 얼굴은 살피지도 않고 진가운이 계속 입술을 달싹거렸다.

“그러니, 이제 준비를 하셔야 합니다.”

“준비? 무슨 준비?”

“그야, 물론 장사 준비지요. 본인으로 말씀드릴 것 같으면 강서성에서 가장 유명한 장의사인 추전호의 유일한 제자로서…….”

진가운의 말에 사내의 주먹이 그대로 진가운의 얼굴로 파고들었다.

퍽!

입을 놀리던 진가운의 눈이 튀어나올 듯 커졌다. 물론 갑작스러운 사내의 주먹질에 놀란 탓도 있지만 사내의 주먹이 하필 진가운의 눈두덩이에 떨어져 진가운의 눈 주변이 부어오르기 시작했기 때문이다.

"아니, 아직 이해를 하지 못하시는 모양인데, 저는 강소성 제일의 장의사 추전호 사부의 유일한……."

"주둥이 닥쳐, 이 망할 자식아!"

사내가 눈이 시뻘겋게 변한 채 진가운에게 버럭 소리를 지르더니 등에 업고 있던 다 죽어가는 노인네를 바닥에 내려놓았다.

휙!

노인을 바닥에 내려놓는 것과 동시에 사내가 땅을 박차고 공중으로 뛰어올라 진가운을 향해 다리를 쭉 뻗어 올렸다.

빠각!

"케에엑!"

진가운이 외마디를 지르며 뒤로 주르르 밀려났다. 발에 맞은 머리가 띵한 것이 잠시 동안 골이 흔들려 정신을 차릴 수가 없었다. 진가운이 정신을 차리기 위해 고개를 좌우로 휘두르는 사이 땅에 내려선 사내가 진가운에게 또다시 달려들었다.

와락!

진가운의 멱살을 움켜쥔 사내의 손이 부르르 떨렸다.

"아… 아니, 저는 강소성 제일의……."

"내 아가리 닥치라고 했지!"

빠악!

사내의 나머지 한 팔이 진가운의 얼굴을 향해 다시 날아왔다.

"커헉!"

파바박!

이번에는 한 번의 공격으로 끝낼 생각이 없었던 듯 비틀거리는 진가운을 향해 사내의 손발이 정신없이 날아왔다.

"아이고, 저러다 주인님 죽겠네."

비명 소리에 놀라 급히 문밖으로 얼굴을 내민 장 서방이 놀라 눈이 동그래진 채 일방적으로 얻어터지고 있는 진가운을 안타깝게 바라보며 혼잣말을 내뱉었다.

당장에라도 달려가 주인 진가운을 구하고 싶었다. 그렇지만 그러기에는 주인 진가운을 두드려 패는 사내의 주먹질이 예사롭지 않았다. 구하러 나섰다가는 자신도 진가운과 함께 송장이 될 것만 같았다.

빠바박!

그 와중에도 사내의 손발은 계속해서 진가운의 몸뚱이를 두드렸다. 여느 사람이라면 땅바닥을 굴러도 벌써 수없이 굴렀을 것이지만 진가운은 비틀거리면서도 여전히 서서 몸을 흐느적거리고 있었다.

'더 이상은 도저히 못 보겠다.'

장 서방이 질끈 두 눈을 감았다.

'진작에 좀 감지.'

장 서방이 눈을 질끈 감는 순간, 비틀거리던 진가운이 언제 그랬냐는 듯 몸을 꼿꼿이 세웠다.

그 모습에 놀란 듯 사내가 주먹질과 발길질을 멈추고 진가운을 노려보았다.

"어라?"

분명 조금 전까지 자신 앞에 서 있었던 진가운의 모습이 보이지 않았다. 사내가 사라진 진가운을 찾으려고 고개를 돌렸다.

"빨리도 본다."

푸욱!

진가운의 주먹이 사내의 복부에 깊숙이 박혔다.

"끄르륵!"

사내가 눈을 까뒤집더니 그대로 길바닥에 철퍼덕 주저앉았다.

뽀그르르.

사내의 입에서 조금씩 새어 나오는 거품.

간단히 한주먹에 사내를 제압한 진가운이 사내를 노려보았다. 성질 같으면 다리몽둥이라도 부러뜨리고 싶었지만 사실 실수는 자신이 한 것이라 더 이상은 공격하지 않았다.

"미안해! 내가 잠시 눈이 뒤집혀서 몹쓸 짓을 했어. 그래도 사람이 말로 해야지 주먹질을 하면 되겠어?"

귓속말을 하듯 잠시 의식을 잃은 사내를 향해 한마디를 읊조린 진가운이 비틀거리는 척 하며 천천히 가운장의점으로 걸어갔다.

"자… 자… 장 서방!"

눈을 질끈 감고 있던 장 서방이 눈을 번쩍 떴다. 얼굴이 퉁퉁 부은 채 입가에 피를 흘리는 진가운이 자신을 보며 비틀거리고 있다.

"주인님!"

장 서방이 얼른 진가운을 손으로 부축해 집 안으로 끌어들이고 문을 닫았다.

"아이고, 삭신이야."

어제 사내에게 맞은 아픔이 아직도 몸에 남아 몸 이곳저곳 욱신욱신 쑤시지 않는 곳이 없었다. 거기에 얼굴은 퉁퉁 붓고 시퍼렇게 멍든 것이 그야말로 몰골이 말이 아니었다.

열흘 전 같으면 염을 하러 나갈 준비로 바쁠 시간이지만 개점 휴업이나 다름없는 요즘은 그야말로 한밤중이다.

그렇지만 오늘은 몸이 쑤셔서 편안하게 누워 있을 수조차 없었다.

"응, 응."

입에서 신음 소리가 저절로 흘러나왔다.

"주인님!"

"무슨 일이야?"

자신의 일을 돕는 장 서방의 부름에 신경질적인 대답이 튀어나왔다. 진가운의 신경질적인 대답에 장 서방이 겁을 먹었는지 잠시 말을 잇지 못했다.

"무슨 일이냐니까?"

진가운의 목소리가 높아졌다.

"저… 손님이 오셨습니다."

"손님?"

진가운이 자리에서 억지로 일어났다. 만약 손님이라는 소리가 아니었으면 절대로 일어나지 않았을 진가운이지만 기다리고 기다리던 손님이라는 소리에 억지로 몸을 일으킨 것이다.

문을 열었다.

문 앞에 서 있는 세 명의 사내.

한 사람은 진가운의 일을 돕는 장 서방이고 나머지 두 명은 검은 무복을 걸친 무인이다. 진가운의 몸이 슬쩍 흔들렸다. 검은 무복에 간간이 보이는 얼룩. 그것은 핏물이 분명했다.

'자식들, 어지간하면 좀 빨아서 입지.'

진가운은 슬쩍 우측에 있는 사내에게 고개를 돌렸다. 무엇에 당했는지 알 수 없는 상처 자국이 가득한 얼굴의 한복판에 자리한 눈에서 차가운 빛이 흐르는 것이 한눈에 보기에도 별로 좋은 사람 같지는 않았다.

"염을 부탁하러 왔다."

말로는 부탁하러 왔다고 하면서 그 태도는 전혀 부탁하는 사람의 모습이 아니었다.

"어디……."

"흑사방(黑砂幇)!"

사내들이 용무가 끝났다는 듯 진가운의 대답을 들을 생각도 하지 않고 몸을 획 하고 돌렸다.

두 사람의 뒷모습을 바라보는 진가운의 눈초리가 파르르 떨렸다.

흑사방.

말이 좋아 방(幇)이지 그야말로 불량배 집단 그 이상도 이하도 아니었다. 강호에서 그렇게 욕을 먹는 하오배(下午輩)도 이들 흑사방 잡놈들에 비하면 그야말로 양반이었다.

이들이 하는 짓은 힘없는 사람들의 주머니를 털거나 제법 곱상한 여인들을 희롱하는 것이 전부다. 그야말로 잡놈의 집단 그 자체인 곳이 바로 이곳 흑사방이다.

평소의 진가운이라면 죽으면 죽었지 그런 인간 같지 않은 인간의 염은 하지 않을 것이다. 그렇지만 지금은 찬밥 더운밥 가릴 처지가 아니었다. 염이 목적이 아니라 자신의 사업을 완전히 망쳐 놓은 그 쳐 죽일 도굴꾼을 사로잡는 것이 목적이기 때문이다.

'그래, 해주마.'

그런 마음으로 방으로 들어가 염에 필요한 수의, 염포 등을 찾았다.

장 서방 역시 관 등을 준비하기 위해 부지런히 몸을 음직였다.

흑사방에 도착한 진가운과 장 서방이 안으로 들어갔다.

안쪽에 들어간 진가운의 눈에 사람들 십여 명이 모여 있는 곳이 보였다. 그중에 눈에 띄는 것은 흰 소복을 입은 여인이다.

'저곳이군.'

진가운이 장 서방과 함께 사람들이 모여 있는 곳으로 다가갔다.

"왔느냐? 안으로 들어가 시신을 잘 추스르거라."

아침나절. 자신의 집에 왔던 사내들 중 한 녀석이다.

진가운이 쓴 입맛을 한번 다시고 장 서방과 함께 방 안으로 들어갔다.

"으악!"

방 안에 들어가자마자 장 서방의 입에서 비명이 터졌다.

예상한 대로 방 안에는 시체 한 구가 있었다. 그런데 그 시체가 문제였다. 팔다리가 몸통에서 떨어져 나간 처참한 몰골의 발가벗은 사내의 시신.

시체라면 눈이 아프도록 봐왔던 진가운도 섬뜩함을 느낄 수밖에 없는 그런 참혹한 모습이었다.

"장 서방은 나가서 관을 준비해 주십시오."

"예, 주인님!"

장 서방이 마치 기다렸다는 듯 급히 문을 나섰다.

진가운이 심호흡을 한 번 한 후 오체(五體)가 된 시신이 누워 있는 곳으로 다가갔다.

왜 흑사방 놈들이 자신에게 염을 부탁했는지 알 수 있었다. 이런 시체를 염하기 위해서는 일반 시체보다 서너 배의 시간이 걸린다. 은자를 다섯 배 정도 더 주겠다고 한다면 모르겠지만 원래의 은자를 받고서 이런 시체를 염할 장의사는 없다. 그렇지만 흑사방 잡놈들이 그런 배려를 할 리 만무하다.

"그래, 네 몸뚱이는 내게도 귀한 것이니 잘 수습해 주마."

마치 살아 있는 사람을 대하듯 태연히 한마디를 뱉은 진가운이 몸통에서 떨어져 있는 오른손을 향해 손을 쭉 뻗었다. 떨어져 있던 오른손이 원래의 위치였던 오른쪽 어깨에 턱 하고 붙었다. 그렇지만 염을 하기 위해서는 지금의 상태만으로는 부족하다. 떨어져 나간 사지(四肢)를 본래 위치에 맞게 몸통에 붙여야 한다.

진가운의 손이 이리저리 움직이자 왼팔과 양다리가 원래의 위치에 다가왔다.

진가운은 품에서 작은 함을 꺼내놓았다.

툭!

함이 열리며 안이 드러났다.

보이는 것은 커다란 바늘들이다.

잠시 함 안에 있는 바늘을 살피던 진가운은 그중에 하나를 조심스럽게 꺼내 들었다. 바늘귀에 기다란 실을 꿴 진가운은 바늘을 시체의 입 안으로 집어넣었다.

턱!

입 안으로 바늘을 집어넣은 진가운이 손을 시체의 어깨 위로 가져가더니 지그시 눈을 감는다.

그러기를 얼마, 진가운이 손을 시체의 어깨 위에서 천천히 들어 올렸다.

쏘옥.

죽은 무사의 어깨를 뚫고 조금 전 입 안으로 들어갔던 바늘이 튀어 나왔다. 그렇게 수십 번을 시체의 어깨에 손을 댔다 뗐다를 반복하자 어깨에서 덜렁거리던 오른팔이 어깨에 고정되었다. 밖으로 보이지 않게 안쪽에서 팔과 어깨를 꿰맨 것이다.

그렇게 오른쪽 팔에 이어 왼쪽 팔, 오른 다리, 왼 다리를 표시가 나지 않게 잘 꿰맨 후 다시 입 쪽으로 손을 가져가자 바늘이 툭 하고 입 밖으로 튀어나왔다.

바늘을 함에 다시 집어넣고 시체를 찬찬히 살피는 진가운의 입가에 빙긋 미소가 번졌다.

스스로 보기에도 완벽한 수습이다.

"장 서방, 물 좀 가져다주십시오."

"예, 주인님!"

이미 준비를 하고 있었는지 장 서방이 대답과 거의 동시에 물이 담긴 함지박 하나를 들고 방 안으로 들어왔다.

함지박에는 물에 잠긴 헝겊 서너 개가 보였다.

장 서방이 함지박을 내려놓자 진가운은 물에 적신 헝겊 가운데 하나를 꺼내 들고 시체를 닦기 시작했다.

염의 시작이라 할 수 있는 수세(水洗)가 시작된 것이다. 수세에 이어 수의를 입히는 일까지 그야말로 일사천리(一瀉千里)로 진행되었다.

이제 가족들에게 떠나는 이의 마지막 모습을 보일 시간이다.

"자, 들어오십시오."

진가운의 말이 끝나자마자 소복을 입은 여인을 비롯해 밖에서 서성거리던 사람들이 모두 안으로 들어왔다.

어느새 목불인견의 고깃덩어리는 고운 수의로 갈아입은 평범한 한 구의 시신으로 변해 있었다.

소복 입은 여인 옆에 있던 말버릇 고약한 무사가 감탄한 듯 고개를 끄덕였다.

"자, 이제 염포를 묶을 것이니 다 보셨으면 물러가 계십시오."

진가운의 한마디에 방 안에 들어왔던 사람들이 썰물처럼 물러갔다. 사람들과 함께 나갔던 장 서방이 무사와 함께 밖에 있던 관을 들고 안으로 들어왔다.

툭 하고 관을 바닥에 내려놓자마자 무사 녀석이 급히 문밖으로 도망가듯 나갔다.

"장 서방!"

"예, 주인님!"

장 서방이 진가운의 반대편 쪽으로 가더니 시신을 묶을 염포 이십여 개를 발을 슬쩍 들고 밑에 받쳤다. 머리부터 촘촘하게 시신의 밑에 염포를 댄 후 진가운은 장 서방과 함께 시신을 꽁꽁 묶었다.

염포를 마지막으로 입관(入棺) 준비는 끝났다.

진가운은 장 서방과 함께 시신을 들어 관에 집어넣고 나무못을 박았다. 이제 진가운이 할 수 있는 모든 것이 완료된 것이다.

방을 나서던 진가운이 고개를 돌리더니 다시 한 번 관을 바라보았다.

'이제 그 망할 자식이 미끼를 물기만 하면 되는 것인가?

방문을 나서는 진가운의 입가에 슬쩍 미소가 번졌다.

처녀 도굴꾼 여하령의 신세 한탄을 듣다

"아, 추워!"

춘삼월. 비록 강서성이 비교적 따뜻한 곳이라고는 하지만 밤이 되면 온몸을 오싹오싹하게 하는 날씨다. 진가운은 이런 서늘한 밤임에도 불구하고 눈을 부릅뜬 채 오늘 자신이 염을 해 장례를 치른 흑사방 무사의 무덤을 노려보았다.

진가운의 머리 속에는 오직 자신의 사업을 망친 그 망할 놈의 도굴꾼을 잡겠다는 일념뿐이었다.

염을 마친 후 진가운은 오늘 흑사방 무사의 염을 자신이 했다는 소문을 동네방네 퍼뜨리도록 장 서방에게 지시했다.

장 서방이 자신의 말을 충실히 수행했다면 그 도굴꾼은 분명 이곳 무덤에 나타날 것이었다.

그때 무사의 무덤 반대편에서 무엇인가 움직이는 것이 진가운의 눈에 보였다.

'왔다.'

진가운이 더욱 긴장한 얼굴로 반대편을 향해 안력을 돋웠다.

너무 멀어 뚜렷하지는 않지만 사람으로 생각되는 그림자 하나가 조심스럽게 움직이고 있었다.

꽈지직!

진가운이 자신의 오른손을 왼손으로 말아 쥐며 힘을 주자 오른손 손가락 마디에서 소리가 퍼졌다. 진가운은 이를 꽉 깨물고 놈이 다가오기를 기다렸다.

사람이 없다는 것을 확인했는지 맞은편 그림자의 움직임이 조금 빨라졌다.

획!

바람 소리와 함께 나는 듯 무덤을 향해 달려오는 인영(人影)!

진가운의 얼굴에 그림자가 드리워졌다. 도굴꾼이라 믿어 의심치 않았건만 무덤 근처에 나타난 것은 여인이었다.

나이 이십이 채 안 돼 보이는 여인.

비녀를 꽂지 않고 단정히 줄로 묶은 머리로 보아 아직 혼인을 올리지 않은 여인이었다.

무슨 사연이 있는지 얼굴을 하얀 천으로 슬쩍 덮고 있어서 모습을 볼 수는 없지만 몸매 하나만은 그야말로 천하제일이었다.

한 손으로 움켜쥘 수 있을 것 같은 잘록한 허리에 봉긋 솟아오른 듯하면서도 뭇 사내의 시선을 압도할 만한 엉덩이가 진가운의 눈에 들어왔다.

꿀꺽!

자기도 모르게 침을 삼킨 진가운의 눈이 여인의 상체로 서서히 올라갔다.

‘우와, 죽인다.’

복숭아를 엎어놓은 듯 탐스럽게 솟아오른 가슴.

여인에게는 약간의 공포심을 가지고 있는 진가운이지만 이곳에 온 목적을 잊게 할 정도로 여인의 몸매는 그렇게 뇌쇄적이었다.

‘젠장, 바람은 안 부나?’

바람이라도 불어 여인의 얼굴을 가린 천이 흔들리기를 바랐다. 몸매가 저럴진대 그 얼굴은 어떨 것인가?

그야말로 몸매 하나만으로도 강호 열혈남아들의 간장을 녹여 버릴 천하의 우물(尤物)이다.

‘내가 무슨 생각을…….’

잠시 정신이 나갔던 진가운이 정신을 차린 듯 다시 여인을 지켜보았다. 여인이라고 도굴꾼이 되지 말라는 법은 없으니 그래도 하는 마음으로 서서히 무덤 가로 다가서는 여인을 바라보았다.

“이런 젠장.”

진가운의 입에서 실망의 탄식이 절로 흘러나왔다.

물론 여인이라고 해서 도굴꾼이 되지 말라는 법은 없다. 그렇지만 진가운이 실망한 이유는 따로 있다.

여인의 복장.

기다란 꽃무늬 치마다.

이것은 이 여인이 도굴꾼이 아니라는 결정적인 증거다. 아무리 여인이라 하더라도 거추장스러운 긴 치마를 입고 도굴을 할 수는 없는 일이다.

‘딸이군.’

진가운은 나타난 여인이 죽은 흑사방 무사의 딸이라고 생각했다.

그렇지 않아도 낮에 죽은 무사의 가족이라고는 부인처럼 보이는 소복 입은 여인 한 사람뿐이어서 이상하게 생각했다. 어디 다른 곳에 가 있다가 아버지의 사망 소식을 듣고 달려온 딸이 분명했다.

잠시 생각하던 진가운의 눈이 커졌다. 무엇인가 이상했다.

‘꽃무늬 치마?’

진가운은 고개를 갸웃거렸다.

아무리 아버지 죽음의 소식을 듣고 정신없이 달려왔다고 해도 돌아가신 아버지 무덤을 찾는 딸이 꽃무늬 치마를 입고 있다는 것은 말이 되지 않았다. 더구나 무덤을 찾아왔으니 집에 들러 아버지의 무덤 위치를 알아보고 왔을 것이다. 그렇다면 당연히 소복으로 갈아입고 이곳에 나타나야 하는 것이다.

‘그럼 뭐야?’

여인의 정체에 대한 궁금증이 밀려왔다.

다시 무덤 가에 있는 여인을 뚫어져라 바라보았다.

두려운 듯 몸을 부들부들 떨고 있는 여인.

잠시 동안 무덤을 보며 몸을 떨던 여인이 무덤 앞에 철퍼덕 주저앉았다. 그리고는 무덤 사방을 돌며 마구 절을 올리기 시작했다.

“젠장, 미친 여자잖아.”

어쩐지 처음부터 느낌이 이상했다.

“휴우!”

한숨을 내쉬고 다시 무덤으로 눈을 돌렸다.

“어라?”

진가운의 눈이 커졌다. 조금 전까지 무덤 주변을 춤추며 돌아다니던 꽃무늬 치마 여인이 사라졌다.

'뭐야, 하늘로 솟았어? 땅으로…….'

진가운이 벌떡 자리에서 일어났다.

다시 나타난 여인.

그 여인의 앞에 진가운이 낮에 흑사방 무사를 입관할 때 사용한 관이 놓여져 있었다.

'어떻게 저렇게 빨리…….'

보고도 믿을 수 없었다. 어떻게 저렇게 빨리 무덤을 파내 관을 끄집어낼 수 있는지 이해가 되지 않았다. 역시 복장부터 시작해서 무덤을 파는 솜씨까지 평범한 도굴꾼은 아닌 것이 분명했다.

성질 같으면 당장에 달려들어 요절을 내고 싶었지만 잠시 여인이 하는 모습을 지켜볼 요량으로 다시 바닥에 바짝 엎드렸다.

여인의 손이 몇 번 움직이더니 관 뚜껑을 벗겨냈다.

부르르르.

두려운 듯 몸을 떨던 여인이 조금씩 입술을 달싹거렸다.

"바라 바바라 무사리 무수!"

알 수 없는 주문.

"……!"

진가운의 입이 벌어졌다.

뚜껑이 열린 관에서 오늘 아침에 염을 한 흑사방 무사의 시신이 염포를 둘러쓴 채 관에서 벌떡 일어났다.

"타앗!"

여인의 기합과 함께 시체를 둘러싸고 있던 염포가 그대로 찢어져 나갔다.

통!

염포가 풀어지자 관에 있던 사내가 토끼새끼처럼 몸을 폴짝거리며 관 밖으로 깡충 뛰어나왔다.

털썩!

다리가 땅에 닿는 것과 동시에 억지로 보이지 않게 묶어두었던 두 다리가 그대로 몸에서 떨어져 나가며 몸통이 바닥으로 주저앉았다.

"으아악~!"

꽃무늬 치마를 입은 여인의 입에서 자지러지는 비명이 터져 나왔다.

"뭐… 뭐야? 이거 왜 이래? 이런 불량품으로 사람을 놀려! 진가운, 이 나쁜 자식!"

'자… 자… 자식? 불량품?

여인의 말에 진가운의 얼굴이 시뻘겋게 달아올랐다. 도굴꾼 입에서 어디 감히 자식이라는 소리가 나온단 말인가?

끓어오르는 분노를 억지로 삼키며 조심스럽게 자리에서 일어났다. 만약 도굴꾼 여인이 소리를 듣고 도망이라도 친다면 그야말로 다 잡은 고기 놓치는 격이다.

다가가면서도 진가운은 여인에게서 눈과 귀를 떼지 않았다.

진가운이 다가가는 것도 모르고 바닥에 널브러진 시체를 노려보는 여인의 눈썹이 부르르 떨렸다.

"또… 또 실패한 거야. 흑… 흑… 흑!"

여인이 얼굴을 가슴에 묻고 울음을 터뜨렸다.

무엇이 그리 슬픈지 진가운이 가까이 다가가도록 도굴꾼 여인은 어깨를 들썩이며 오열했다.

“너 왜 울어?”

“그… 그야 너… 너무 슬프니까 울지.”

“뭐가 그렇게 슬퍼?”

“말 안…….”

그제야 자신의 곁에 사람이 다가와 있다는 것을 알아챈 여자 도굴꾼의 고개가 획 하고 돌아갔다.

천으로 가리고 있어 어떤 모습인지는 볼 수 없지만 도굴꾼의 몸이 움직거린 것으로 보아 놀란 것이 분명하다.

“너 오늘 잘 걸렸어~!”

진가운이 큰 소리와 함께 여인을 향해 맹렬히 달려들었다.

여인이 깜짝 놀라며 진가운을 향해 손을 휘둘렀다.

여인의 손에는 류이 들려 있었다.

휘리링!

류이 바람을 가르며 진가운에게 날아들었다.

“어어어!”

진가운의 입에서 놀란 소리가 터져 나왔다. 급히 땅바닥에 몸을 붙였다.

슈우웅!

류이 아슬아슬하게 진가운의 머리 위를 스치고 지나갔다.

“이젠 여자고 뭐고 없어.”

자리에서 일어나는 진가운의 코에서 김이 팍팍 새어 나왔다.

“죽었어!”

한마디와 함께 진가운이 여자 도굴꾼을 향해 전력으로 다가가더니 손을 앞으로 쭉 뻗었다.

진가운이 노린 것은 여인의 복부다.

사실 여인과 싸우는 남자에게는 큰 고민이 있다. 그것은 가격(加擊)부위가 한정되어 있다는 것이다.

가슴을 때릴 수도, 얼굴을 때릴 수도 없다.

가슴을 때렸다가는 치한(癡漢)으로, 얼굴을 때렸다간 무식한 놈으로 치부되기 마련이다. 하긴 싸움에 그런 것이 있을 수 있을까 보냐마는 싸움의 당사자가 아닌 제삼자들은 그렇게 생각한다.

그래서 생각한 것이 복부다.

한데 웬걸?

여인이 자신의 복부를 노리고 날아오는 진가운의 주먹을 보더니 무릎을 살짝 구부렸다. 여인의 상체가 내려앉음에 따라 복부를 향하던 진가운이 다가가고 있는 곳은 엉뚱하게도 여인의 가슴이 되었다.

어쩔 수 없었다. 진가운은 주먹을 옆으로 틀어야만 했다.

휘이잉!

진가운의 주먹이 허공을 갈랐다.

여인의 입가에 미소가 번졌다. 그것으로 보아 처음부터 이 상황을 노리고 있었던 모양이다.

"핫!"

헛주먹질을 한 진가운이 미처 중심을 잡기도 전에 여인의 손이 진가운을 향해 움직였다.

휘리릭!

다시 한 번 진가운을 향해 날아오는 륜!

진가운의 얼굴이 순식간에 일그러졌다.

이대로 있다가는 여인이 휘두르는 무시무시한 륜에 몸이 두 쪽이 날판이다.

탁!

진가운이 발로 바닥을 차며 몸을 공중으로 띄워 올렸다.

착!

진가운의 몸이 바닥에 떨어지기 전에 여인이 급히 들고 있던 륜을 땅바닥에 대고 손을 빙그르르 돌렸다.

휘리링!

륜이 회전하며 순식간에 땅에 커다란 구멍이 뚫렸다.

조금 전 눈 깜짝할 사이에 무덤을 파고 무사의 관을 끄집어낸 것도 모두 이 륜의 덕분이었던 듯하다.

"오늘은 바빠서 이만!"

그래도 마지막 인사는 잊지 않았다.

인사와 함께 여인이 땅속으로 들어갔다.

공중에 떠 있는 진가운의 얼굴이 부르르 떨렸다. 지금 이 자리에서 이 불여우 같은 계집애를 놓쳤다가는 언제 다시 기회를 잡을지 모르는 일이다.

"타앗!"

진가운이 몸을 반대로 틀어 머리를 땅에 향하도록 하고 땅속으로 들어가는 여인을 향해 몸을 떨어뜨렸다.

턱!

진가운이 막 사라지려는 여인의 앙증스러운 발을 한 손으로 움켜잡았다.

파바박!

손을 떼어내려고 여인이 발버둥을 쳤다.

진가운의 입가에 비웃음이 번졌다.

"놀고 있네. 하야!"

진가운이 기합을 지르며 여인의 발을 잡고 있는 손에 힘을 주어 들어 올렸다.

쑤욱!

땅바닥에 대부분 들어갔던 여인의 몸이 무 뽑히듯 밖으로 뽑혀 나왔다.

휘릭!

여인이 몸을 틀며 발을 잡고 있는 진가운에게 륜을 휘둘렀다.

"헛!"

외마디와 함께 진가운이 손을 획 하고 뿌리쳤다.

슈웅!

던져진 여인의 몸이 저 멀리 날아갔다.

퍽!

"아악!"

여인의 입에서 날카로운 비명이 터졌다.

"뭐? 뭐야? 죽은 거야?"

진가운이 급히 여인에게 달려갔다. 머리에서 조금씩 피가 새어 나오고 있었다. 불행하게도 여인의 머리가 흑사방 무사가 들어 있던 관의 모서리에 부딪친 것이다.

"이… 이… 이런!"

진가운의 얼굴이 사색이 되었다. 얼굴만 사색이 된 것이 아니라 몸까지 부들부들 떨고 있었다.

"안 돼! 절대로 죽으면 안 돼!!"

진가운은 급히 예하령을 업고 남창 연강 소로를 향해 죽기 살기로
달려갔다.

쾅! 쾅! 쾅!

진가운은 도굴꾼 여인을 들쳐 업은 채 환용의원의 대문을 힘차게 두
드렸다. 그렇게 문을 두드리고 잠시 기다렸지만 문에서는 아무런 소식
도 들려오지 않았다.

"뭐야? 오늘 장사 안 하는 거야? 그렇다면 하게 해줘야지."

대문을 잠시 바라보던 진가운이 대문을 향해 발을 쭉 뻗었다.

쿵!

거대한 정문이 그대로 풍비박산(風飛雹散)나 바닥에 떨어졌다.

"어떤 자식이야?"

대문 부서지는 소리에 놀랐는지 안쪽에서 고함이 터졌다.

후닥닥.

누군가 꽁지에 불이라도 붙은 듯 재빨리 달려나왔다.

'노인네, 꼭 말로 하면 안 돼요.'

노인.

정문에 나타난 사람은 노인이다.

약간은 말라 보이지만 무엇을 그리 먹었는지 혈색 하나만은 청년에
뒤지지 않는 팽팽한 노인.

정문과 진가운을 번갈아 바라보던 노인의 얼굴이 파르르 떨렸다.

곧 일진광풍(一陣狂風)이 몰아칠 기세다.

아나나 다를까, 노인의 얼굴이 점점 붉어지더니 마당에 버려져 있는
빗자루가 있는 곳으로 달려갔다.

빗자루를 집어 들고 진가운을 향해 휘둘렀다.

휘리릭!

바람을 가르며 진가운에게 날아오는 빗자루.

진가운은 급히 고개를 숙였다.

퍽!

둔탁한 소리에 진가운이 고개를 갸웃거렸다. 분명 자기는 아무런 느낌이 없었지만 소리는 분명 누군가를 강타한 소리였다.

슬쩍 고개를 돌렸다.

"으악!"

등 뒤에 업혀 있는 도굴꾼 여인의 가려진 면천 사이로 피가 조금씩 흘러내리고 있었다.

"영감!"

노인도 놀란 듯 고개를 슬쩍 들었다.

"의원이 환자에게 이래도 되는 거야?"

"뭐라고 결혼할 여자라고? 거 참, 특이한 여자로구나. 장의사 하는 놈이랑 결혼을 하겠다니."

진가운은 이마를 손으로 짚으며 입을 꼭 다물었다.

눈앞에 있는 노인이 바로 이곳 연강 소로 장의사들에게 원성이 가득한 남창에서 알아주는 명의 복환용(卜煥鎔)이다.

처음 사부 추전호의 상을 지내고 이곳 남창, 연강 소로에 왔을 때 진가운 역시 다른 장의사와 마찬가지로 이 영감 때문에 피가 말랐다.

분명 며칠 이내로 숨을 거둘 것이 분명한 사람도 이곳에만 오면 태반이 멀쩡하게 살아 돌아갔기 때문이다.

물론 의원이니 사람을 살리는 것이야 당연한 것이지만 진가운이 보기에는 자신의 손님이 될 가능성이 충분한 사람들을 원천적으로 봉쇄하는 것과 같았다.

오래지 않아 진가운의 명성이 널리 알려져 장례를 치러야 할 시체가 널리고 널려 손발이 부족할 지경이 되었지만 처음에는 아니었다.

그렇게 티격태격하다가 정이 들었는지 이제는 서로 남남이라 생각하지 않을 정도의 사이가 되었다. 사실 그들이 이렇게 급격히 가까워진 것은 그들에게 한 가지 공통점이 있기 때문이었다. 연강 소로의 장의사들에게 욕을 엄청 먹는다는 공통점이 그것이었다.

그러나 아무리 명의라 하더라도 세월의 흐름에 따른 나이는 어쩔 수 없는 것인지 복환용은 귀가 잘 들리지 않았다.

"영감, 남의 병 고칠 생각 하지 말고 영감 귀나 좀 고쳐."

진가운의 말에 복환용의 얼굴이 빨갛게 물들었다.

"뭐라고? 업고 온 여인이 나랑 혼례를 올리고 싶어한다고?"

복환용의 말에 진가운은 입이 떡 하고 벌어졌다.

곧 자신의 손에 의해 염이나 치러야 할 늙은이가 어떻게 그런 터무니없는 생각을 할 수 있는지 불가사의다.

'영감, 꿈 깨!'

속으로 한마디를 던진 진가운이 급히 복환용에게 다가가 귀에 대고 버럭 고함을 질렀다.

"영감님! 그게 아니라 이 여인 좀 치료해 달라고. 절대로~ 절대로~ 죽으면 안 돼."

"미친놈! 사람이 죽어야 먹고사는 놈이 죽으면 안 된다니 그게 무슨 개소리야?"

"……"

‘쩝! 이럴 때는 잘 알아듣는다니까.’

복환용의 말에 진가운은 뭐라 대꾸할 말이 없었다.

자신 역시 지금과 같은 처지가 싫다. 그렇지만 자신으로 인해 다른 사람이 죽게 해서는 절대로 안 되는 운명을 타고났으니 어쩌겠는가? 운명이란 물리칠 수는 있어도 거부할 수는 없는 것이 아닌가?

“뭐 하고 있어, 이 썩을 놈아! 이대로 죽게 냅둘 거야?”

‘아참!’

그제야 진가운이 정신을 차리고 여인을 업은 채 안채로 향했다.

방에 들어와 조용히 여인을 내려놓자 복환용이 손목을 슬쩍 잡고 맥을 짚었다. 심각한 얼굴로 맥을 짚던 복환용이 한숨을 한번 내쉬고는 천천히 고개를 가로저었다.

그 모습에 진가운의 얼굴이 하얗게 질렸다.

“안 돼! 절대로 죽어서는 안 돼. 천년하수오건 만년삼왕이건 무조건 살려야 돼. 알았지?”

“시끄러워, 이놈아! 누가 죽는데! 침 한 방이면 벌떡 일어나 미친년 널 뛰듯 팔짝거릴 테니까 걱정 마!”

“휴우!”

복환용의 한마디에 안도의 한숨이 터졌다.

“거 참, 이상한 일일세……”

복환용이 고개를 갸웃거리며 여인의 얼굴을 가린 천을 슬쩍 들췄다. 진가운은 눈을 동그랗게 뜨고 여인의 얼굴을 향해 고개를 돌렸다. 그 역시 여인의 모습이 궁금했다.

꿀꺽!

침이 넘어갔다.

스르륵!

"……."

"……!"

천이 거두어지는 순간 복환용의 입이 굳게 닫혔다. 그와는 반대로 진가운은 입이 크게 벌어지더니 자리에서 일어나 문으로 움직였다. 울렁거리는 속을 진정시킬 수가 없었다.

몸을 보고 상상했던 것과는 달리 드러난 여인의 얼굴은 괴물의 형상이었다. 불에 덴 듯 이지러진 얼굴 사이로 눈, 코, 입은 그저 구멍난 것으로 확인할 수 있을 뿐이었다.

드르륵!

진가운이 급히 문을 열고 밖으로 나갔다.

"우왜엑!"

점심에 먹었던 음식물이 밖으로 쏟아져 나왔다.

"아이고! 사람 속 그만 뒤집고 뚜껑 닫아요."

진가운의 고함에도 불구하고 복환용은 아무렇지도 않다는 듯 입을 굳게 다문 채 여인을 천천히 살폈다. 그렇게 살피기를 얼마, 복환용이 천천히 고개를 한 번 끄덕이고는 처음처럼 천으로 얼굴을 가렸다.

"휴우~"

그제야 속이 안정되었는지 진가운이 천천히 방 안으로 다시 들어왔다.

복환용이 침통에서 침 하나를 꺼내더니 발목 부위에 깊숙이 찔렀다.

꿈틀.

이제껏 변화가 없던 여인의 몸이 꿈틀거렸다.

"됐어."

"휴우."

복환용의 말에 진가운이 안도의 한숨을 내쉬었다.

"이놈아, 네놈 색시냐?"

'미쳤어? 내가 눈이 얼마나 높은데 이런 괴물하고…….'

진가운의 일그러진 모습에 마음이 상했는지 복환용이 잠시 진가운을 노려보더니 손을 앞으로 쑥 내밀었다.

"얼마?"

"……."

'답답한 노인네. 꼭 결정적인 순간에 말귀를 못 알아먹어요.'

진가운이 복환용의 귀에 입을 바짝 대고 고함을 질렀다.

"치료비 얼마냐고요?"

"은자 아홉 냥!"

"……!"

진가운의 입이 떡 하고 벌어졌다. 그깟 침 한 방 놔주고 은자 아홉 냥이라니, 그야말로 칼만 안 들었지 녹림(綠林)의 무리나 다름없는 소리다.

복환용은 그런 진가운의 표정이 마음에 들지 않았는지 입술을 씰룩거렸다.

"이 썩을 놈아! 치료비 닷 푼, 대문 값이 은자 아홉 냥. 합이 은자 아홉 냥 닷 푼인데 닷 푼 깎아준 거야. 알았어?"

'제길, 더럽게 비싸네.'

진가운이 어쩔 수 없다는 듯 흑사방 무사를 염해주고 받은 은자 일곱 냥을 복환용에게 내밀었다.

복환용의 얼굴이 일그러졌다.

"그러지 맙시다. 오늘 번 돈 이게 다야. 내 집에 가서 두 냥 더 가져 다줄 테니까 인상 펴요!"

진가운의 말에 복환용의 입이 길게 찢어지더니 귀밑에 걸렸다.

'속은 것 같아⋯⋯.'

"잠깐만 기다려!"

막 나가려는 진가운을 불러 세운 복환용이 문을 열고 어딘가 잠시 나가더니 손에 무엇인가를 들고 안으로 들어왔다.

"이거 가져가."

진가운이 복환용이 건넨 물건을 슬쩍 훔쳐 보았다.

인피면구. 이십대 초반 정도의 평범한 여인으로 보이는 인피면구다.

"그거 여자애한테 줘! 천을 뒤집어쓰고 다니는 것보다는 그게 훨씬 편할 거야."

진가운이 고개를 들고 복환용을 바라보았다.

"이놈아! 공짜야. 그건 돈 안 받아!"

"고마워, 영감!"

진가운이 복환용에게 버럭 소리를 한 번 지르고 방에 누워 있는 여 인을 들춰 입고 급히 밖으로 달려나갔다.

그런 진가운과 예하령을 바라보며 복환용이 천천히 고개를 끄덕였 다.

"일어나!"

여인은 누군가 자신을 흔들어 깨우는 소리에 조심스럽게 눈을 떴다.

"엄마야!"

"엄마는 무슨 얼어죽을⋯⋯."

여인의 눈에 볼이 잔뜩 솟아오른 진가운의 모습이 들어왔다.

"……."

"이름이 뭐야?"

"예하령(芮霞鈴)."

'예하령? 얼굴과는 딴판으로 이름 하나는 예쁘군.'

"그나저나 무덤은 왜 파고 다녀? 너 구미호(九尾狐)야?"

"네 눈에는 내가 구미호로 보여?"

"구미호보다 더 무섭다. 왜?"

진가운의 말에 예하령의 몸이 부르르 떨렸다. 그제야 진가운은 자신이 실수했다는 것을 깨달았다. 그 흉측한 모습을 남에게 보였으니 예하령이 충격을 받은 것은 어쩌면 당연한 일이었다.

"흑… 흑… 흑……!"

아니나 다를까, 예하령이 흐느끼기 시작했다. 당황한 진가운은 예하령의 어깨를 잡았다.

"울지 마. 보고 싶어서 본 건 아니야. 치료를 해야 해서 어쩔 수 없이 본 거야."

진가운의 말에 조금이나마 위로가 됐는지 들썩거리던 어깨의 흔들림이 조금씩 잦아들었다. 예하령이 진정된 듯 보이자 진가운은 슬쩍 손에 든 것을 내밀었다. 복환용이 준 인피면구다.

"이게 더 편한데."

"고… 고… 고마워!"

진가운이 급히 몸을 돌렸다.

"됐냐?"

"응."

진가운은 다시 몸을 돌렸다. 제법 귀여워 보이는 모습이었다.

"그런데 왜 남의 무덤은 파고 다녔어?"

"가… 가… 강시 만들려고……."

"뭐?"

진가운은 놀라서 자기도 모르게 소리를 질렀다. 진가운의 고함에 놀란 듯 예하령이 몸을 움츠리며 양손을 자신의 가슴에 모은 채 몸을 바르르 떨었다.

뭐라 할 말이 없다.

강시가 무엇인가?

죽은 사람을 움직이게 해 자신의 마음대로 조종하는 것이 강시다. 일반 백성은 물론 무림정파에서도 그것은 사술(邪術)이라 하여 금기시 하는 것이다. 그런데 여인이, 그것도 채 이십이 되어 보이지도 않는 여인이 강시를 만들려고 남의 무덤을 팠다고 말하니 이를 어떻게 해석해야 할지 그야말로 난감할 따름이다.

"너 그게 할 짓이냐?"

"……."

'어라!'

예하령을 바라보는 진가운의 눈이 동그래졌다.

어느새 예하령의 볼을 타고 눈물이 떨어지고 있었다.

"흑흑흑……."

이제는 소리까지 내며 흐느낀다.

예하령의 울음에 당황한 것은 진가운이다. 예하령의 우는 모습을 보니 가슴이 메어진다.

"어이! 이봐! 왜… 왜 울고 그래?"

“흑흑흑… 엉∼어엉!”

진가운의 말이 신호가 되었는지 예하령이 더욱 소리를 높였다. 이제는 통곡(慟哭)으로 변한 예하령의 울음.

진가운은 통곡하는 예하령을 멀거니 바라보다가 밖으로 나왔다.

가슴이 답답하다. 이럴 때는 어떻게 해야 할지 알 수가 없다. 아니, 예하령이 도대체 왜 우는지 알 수가 없다.

‘정말 울고 싶은 사람이 누군데…….’

밖에 나와 잠시 기다리고 있다 보니 예하령이 울음을 그쳤다.

진가운은 조심스럽게 문을 열고 다시 안을 바라보았다.

예하령이 눈물을 훔치는 듯 양손으로 얼굴을 문지르고 있었다. 진가운은 조심스럽게 방 안으로 다시 들어갔다.

“다 울었냐?”

“…….”

대답없이 고개를 끄덕이는 예하령.

진가운은 예하령의 앞에 다가가 앉았다.

“그나저나 강시는 왜 만들려고 그랬어?”

“…….”

“강시를 왜 만들려고 그러느냐고?”

“…….”

몇 번의 질문에도 예하령은 대답을 하지 않았다.

더 이상 묻지 않기로 했다.

나름대로 예하령에게도 무슨 사연이 있겠구나 하고 생각했다. 그렇지만 정말 궁금한 것이 한 가지 있었다. 조심스럽게 예하령을 살피다가 기회를 보아 진가운이 입을 열었다.

"좋아. 이유는 묻지 않을게. 그 대신 한 가지만 물어보자. 왜 하필이면 내가 염한 시체만 파고 다녔냐? 강서성에 장의사가 나 혼자도 아닌데."

"그… 그야 재료가 신선하니까."

"……?"

"다른 돌팔이 장의사 놈들이 염한 시체는 염하는 와중에 흠이 생겨서 완벽한 강시를 만들 수 없지만 네가 염한 시체는 그런 염려가 없어. 그래서 네가 염한 시체만을 노렸지."

예하령의 말에 진가운이 고개를 끄덕였다. 물론 예하령의 말이 이치에 합당한 것은 아니지만 자신의 실력을 인정하는 것이니 기분이 그렇게 나쁜 것만은 아니었다.

그런 진가운을 바라보던 예하령의 눈이 벌겋게 달아올랐다.

"그… 그런데 이 망할 놈아! 그런 나… 나의 신뢰를 배신하고 불량품을 만들어. 팔다리 다 잘린 강시가 강시야, 이 자식아!"

진가운의 얼굴이 시뻘게졌다.

예하령의 말만 들으면 자신이 큰 잘못을 저지른 것처럼 보인다. 그렇지만 그것은 예하령의 아전인수(我田引水)에 불과하다.

그야말로 적반하장(賊反荷杖)도 유분수지, 어떻게 남의 장사를 완전히 망쳐 놓고도 뭘 잘했다고 이따위 소리를 하는지 진가운으로서는 도저히 이해할 수가 없었다.

"누가 강시 만들래? 내가 언제 너한테 강시 만들라고 시켰어? 그리고 내가 그런 시체 염하고 싶어서 염한 줄 알아? 나도 그런 놈들 염할 때마다 속이 울렁거려, 이 계집애야!"

"……."

예하령이 놀란 듯 몸을 흠칫거렸다. 잠시 진가운을 바라보던 예하령의 두 눈이 다시 붉어졌다.

'뭐… 뭐야? 또 울려는 거야.'

"흑흑흑… 으아앙~!"

아니나 다를까, 예하령의 입에서 다시 울음이 터졌다.

진가운의 얼굴이 일그러졌다.

우는 것도 한두 번이지, 자신이 할 말이 막힌다 싶으면 무조건 울어대니 참는 데도 한도가 있는 법이다.

"뚝~!"

진가운의 고함에 예하령이 울음을 뚝 하고 멈췄다.

"그나저나 이제 어떡할 거야?"

"……."

그게 무슨 말이냐는 듯 고개를 자신에게 돌리고 있는 예하령에게 가운이 자신이 처한 처지를 설명하기 시작했다.

진가운의 말을 듣는 예하령의 얼굴이 조금씩 일그러지기 시작했다. 하긴 진가운이 염하는 시체가 줄어들면 줄어들수록 그만큼 자신이 만들려고 하는 강시의 신선한 재료가 줄어드는 것이니 예하령으로서도 남의 일만은 아닌 것이다.

"너 때문에 지금 망하기 일보 직전이야. 알아들어?"

"응."

"대답은 잘한다."

진가운이 눈을 흘기며 예하령을 노려보았다.

예하령은 그런 진가운의 눈빛에는 시선도 주지 않고 혼자 고민에 빠져들었다. 자신은 그저 신선한 강시의 재료를 찾았을 뿐인데 결과가 이렇게 되다니…….

어떻게 해서든 진가운을 도와야 한다는 생각에 머리를 이리 굴리고 저리 굴렸다. 그러기를 얼마, 예하령이 조심스럽게 진가운을 바라보더니 입을 열었다.

"이… 이… 이러면 안 될까?"

"뭔데?"

"난 오늘부터 네가 아닌 다른 사람이 염한 시체만 노릴게. 그러니 너는 열심히 염하는 거야."

예하령의 말에 진가운의 얼굴이 이지러졌다.

"시체가 있어야 염을 하지."

"그거야 무료로 한다고 가난한 동네 돌아다니면 되잖아."

"안 돼!"

"왜?"

"난 당장에 돈을 벌어야 돼! 아니, 앞으로 삼 년 이내에 오만 냥을 모아야 돼!"

"오만 냥?"

"그래, 오만 냥!"

오만 냥이라는 소리에 예하령의 입이 떡 벌어졌다. 하긴 오만 냥이 무슨 동네 강아지 이름인가? 평생, 아니, 십대에 걸쳐 쓰지 않고 모아도 될까 말까 한 금액이 오만 냥이다.

그런 거금을 삼 년 이내에 모아야 하다니.

"돈벌레."

"뭐?"

"그깟 돈이 뭐 그렇게 중요하다고 나이도 얼마 안 먹은 사내놈이 욕심을 부려."

"남의 사정 모르면 닥치고 있어!"

진가운의 얼굴이 일그러졌다. 모르면 가만히 앉아 있을 것이지 뭘 안다고 나선단 말인가? 더구나 강시를 만든다고 남의 무덤이나 도굴하고 다니는 계집애가.

"사정? 그게 뭔데?"

진가운은 다시 눈을 부릅뜨고 예하령을 노려보았다.

"휴우~"

한숨을 내쉰 진가운이 천천히 입을 열었다.

물론 사문의 무공이니 뭐니 하는 말은 다 뺐다. 그저 우연히 천년설 도라는 것을 먹게 되어서 삼 년 이내에 만년교룡의 내단을 먹어야 한다고 했다.

진가운의 말을 들은 예하령의 눈이 커졌다.

"너… 너… 너 지금 만년교룡의 내단이라고 그랬어?"

"그래."

"그거 있는 곳 아는데……."

"뭐야?"

진가운이 자리에서 벌떡 일어나 예하령에게 다가갔다.

"정말이야?"

"응. 그것 찾아줄 수도 있는데……."

진가운은 예하령의 손을 잡고 자리에서 벌떡 일어났다. 예하령이 토끼눈을 하고 진가운을 바라보았다.

"가자!"

"어딜?"

"어디긴 어디야. 만년교룡의 내단이 있는 곳이지. 네가 찾아줄 수 있다며? 그러니 가자고."

"지금은 안 돼!"

예하령이 진가운의 손목을 뿌리쳤다.

"왜?"

"지금의 모습으로 갔다가는 너나 나나 죽은 목숨이야. 내 얼굴을 되찾기 전에는 안 돼."

"얼굴?"

"그래, 얼굴. 내 얼굴 찾기 전에는 집에 못 들어가."

"그게 무슨 소리야. 얼굴이야 변할 수 있는 거잖아."

"그래. 그렇지만 내 행세를 하는 계집애가 있어."

"뭐?"

이해가 되지 않았다. 진가운이 어이없는 표정을 지으며 예하령을 바라보았다. 고개를 쳐들고 멍하니 하늘을 바라보는 예하령.

주르륵!

예하령의 볼을 타고 다시 눈물이 흘러내렸다.

들썩이는 어깨. 정말이지 이럴 때는 어떻게 해야 하는지.

다시 시간이 흘렀다.

한참을 말없이 천장만 바라보던 예하령의 입이 조심스럽게 움직였다.

천하만물총점(天下萬物總店).

황금왕 주금천이 점주인 곳이다. 점(店)이라 해서 평범한 시장에서 흔히 볼 수 있는 어물전 등을 생각하면 그야말로 오산이다. 이름 그대로 천하만물 안 파는 것이 없는 거대한 상점들의 집합체. 천하만물 상점에서 일하는 사람만으로도 능히 일성의 인구를 감당할 정도라고 알려진 그야말로 대상단이다.

중원의 사람들은 누구나 황궁의 보고에 돈이 떨어질 수는 있어도 황금왕 주금천의 주머니에서는 돈이 떨어지지 않는다고 말한다. 그리고 그렇게 믿는다.

지난번 황하의 범람으로 수없이 많은 백성이 굶주림에 몰려 죽게 되었을 때도 그들을 구한 것은 황실이 아니라 주금천이었다.

무려 이십만 관이라는 어마어마한 황금을 풀어 백성들을 구한 활불(活佛).

사람들은 황금왕을 주금천이라는 이름 대신 활불이라 불렀다.

금산장(金山莊)!

중원에서 이 장원을 모르는 사람은 별로 없다. 이곳의 장주는 바로 중원 최고의 대부호이자 활불로 불리는 황금왕(黃金王) 주금천(朱金天)이다.

그곳 금산장에서 웃음소리가 들렸다. 금산장에서도 가장 깊숙한 곳에 위치한 장주실이다.

"호호호호!"

"하하하하!"

장주실에서 웃음을 터뜨리고 있는 사람은 황금왕 주금천과 그의 무남독녀 주하령이다.

낙양항아(洛陽姮娥) 주하령.

당금 십구 세의 꽃다운 여인. 주하령이 태어났을 때 황금왕 주금천의 나이 오십이었다. 부인인 설명화의 나이 사십이 세. 그야말로 늘그

막에 천신만고 끝에 얻은 자식이다. 그렇지 않아도 금지옥엽인 귀한
자식이련만 주하령의 용모는 그야말로 천하절색이었다.

천하제일미녀.

주하령을 본 사람들은 누구나 그녀를 그렇게 불렀다.

주하령의 모습을 실제로 본 사람들은 그리 많지 않았다. 아버지인
주금천은 늘그막에 얻은 딸이 혹 쥐면 터질세라 불면 날아갈세라 조심
조심 키웠다. 그런 주하령이 외부에 나가는 일은 거의 없었다. 설사 밖
으로 나갈 일이 있다 하더라도 딸 주하령의 곁에는 천하만물총점에서
특별히 뽑은 고수들로 구성된 무사들이 그녀의 옆을 철통같이 지키게
했다. 그러니 주하령을 많은 사람이 볼 수는 없는 노릇이다.

그러나 주하령의 모습을 본 사람들은 누구나 그를 대명천하제일미
녀라고 불렀다.

'월궁에 항아가 있다면 낙양 금산장에는 주하령이 있다.'

그 말에서 비롯된 주하령의 별호가 바로 낙양항아이다.

그 낙양항아가 섬섬옥수를 놀려 아버지의 어깨를 즈무르며 웃음을
터뜨리고 있다.

웃으면서 드러난 순백의 가지런한 치아.

호수와 같이 맑은 눈에 반달을 엎어놓은 듯한 눈썹. 그리고 높지 않
으면서도 뚜렷이 솟은 코에 선홍색의 도톰한 입술이 보는 이의 가슴을
설레게 한다.

오늘 주하령이 이렇게 아버지 주금천의 어깨를 주무르며 애교를 떠
는 것은 나름대로의 이유가 있다.

강서성으로의 여행.

이번에 물품을 싣고 강서성의 천하만물 책임자인 주금천의 의제(義

弟), 철시혼이 있는 몽환장으로 떠나는 길에 자신을 책임자로 보내달라고 주하령은 이렇게 아버지 주금천에게 매달려 있는 것이다.

"아버지!"

"왜!"

"저 이번에 아버지 대신 의숙(義叔)에게 가고 싶어요."

"뭐?"

주금천이 놀라 외마디를 지르더니 등 뒤에서 어깨를 주무르는 주하령을 향해 고개를 돌렸다.

빙긋!

자신을 향해 미소를 짓는 주하령의 모습에 주금천은 자기도 모르게 고개를 끄덕였다.

"아… 아버지! 방금 고개 끄덕이셨습니다. 남아일언중천금이라 아버지께서 늘 말씀하셨으니 소녀는 아버지께서 허락하신 것으로 믿겠습니다."

후닥닥!

주하령이 급히 주금천에게 허리를 한 번 숙이고는 밖으로 달려나갔다.

"어허, 그러다 넘어지겠다. 천천히 가거라."

"아니요. 빨리 어머니께 가서 자랑해야 돼요."

휘익!

얌전한 처녀의 모습에서 갑자기 말괄량이로 변한 주하령이 발이 보이지도 않을 정도로 빠르게 주금천의 시야에서 사라졌다.

그런 주하령을 바라보던 주금천이 입가에 빙긋 미소를 지으며 고개를 끄덕거렸다.

“허허, 아직 어린애인 것을…….”

“아가씨, 그래 이곳까지 오시느라 얼마나 고생하셨습니까?”
오십이 넘어 육십 가까이 되어 보이는 노인.
금산장의 장주 황금왕 주금천의 의제이자 몽환장의 장주인 철시혼
이다.
길게 늘어선 수염이 신선과 같고 얼굴에서 피어나는 은은한 미소가
부처와 같이 후덕한 모습이다.
빙긋.
그런 철시혼이 미소를 지으며 바라보고 있는 사람은 이번에 물품을
싣고 이곳에 온 의형 주금천의 무남독녀 주하령이다.
주하령.
사적으로 따지면 그의 의질(義姪)이 된다. 그렇지만 철시혼은 그런
주하령을 상석에 앉히고 깍듯이 공대했다.
“의숙!”
“예, 아가씨.”
토라진 듯한 주하령의 목소리에 철시혼이 놀란 듯 몸을 흠칫거리며
고개를 들었다.
철시혼이 예상한 것처럼 주하령의 얼굴에서는 냉랭한 한기가 흘러
나왔다.
“아… 아가씨.”
“왜 자꾸 아가씨라고 부르세요.”
“예?”
“전 아가씨보다 의숙께서 하령아, 이렇게 부르는 것이 훨씬 더 좋단

말이에요."

철시혼의 입가에 미소가 번졌다. 무슨 큰 잘못이라도 저지른 줄 알았는데 그것이 아니었기 때문이다.

"아가씨."

벌떡!

주하령이 자리에서 벌떡 일어났다.

"갈래요."

발걸음을 움직이는 주하령.

"하령아."

획!

문을 향해 걸어가던 주하령이 그대로 몸을 돌리더니 아직 자리에 앉아 있는 철시혼을 향해 달려들었다.

와락!

철시혼의 품에 안기듯 뛰어든 주하령.

"이제 의숙 같아요."

"하하하. 이제 곧 천하만물총점의 점주로 일할 것이니 이제부터는 연습을 해야 하는 게야. 알겠느냐?"

"몰라요. 그때 가면 어떻게 되겠지요, 뭐."

한마디를 내뱉은 주하령이 철시혼을 향해 빙긋 미소를 지었다.

"장주님!"

"오, 그래. 안으로 들거라."

드르륵!

문이 열리며 이곳 몽환장에서 일하는 시녀로 보이는 여인 하나가 쟁반에 찻잔 두 개를 들고 나타났다.

“그래, 여기에 놓고 물러가거라.”

“예!”

시녀는 쟁반을 바닥에 놓고 찻잔 두 개를 주하령과 철시혼 앞에 조용히 내려놓았다.

“수고했다.”

“예, 장주님!”

찻잔을 내려놓은 여인이 조심스럽게 빈 쟁반을 들고 자리에서 일어났다.

찌리릿!

여인이 자리에서 일어서며 슬쩍 고개를 돌렸다. 여인의 눈에서 튀어나오는 싸늘한 눈길. 철시혼이 그런 여인을 향해 슬쩍 고개를 끄덕였다. 그러나 이미 찻잔을 입으로 가져간 주하령은 그런 두 사람의 눈길을 알아채지 못했다.

자리에서 일어선 여인이 밖으로 나가자마자 철시혼이 재빨리 찻잔을 들고 있는 주하령을 바라보았다.

후루룩!

뜨거운 찻잔을 입으로 호호 불던 주하령이 차를 한 모금 들이켰다.

미소.

주하령을 바라보는 철시혼의 입가에 언뜻 미소가 번졌다. 그렇지만 그 미소는 지금껏 주하령을 향해 지어 보이던 미소와는 달랐다.

“하령아! 오늘은 몸도 피곤할 것이니 이만 쉬도록 하거라.”

“예!”

주하령의 대답을 끝으로 철시혼이 몸을 일으켜 밖으로 나왔다.

“으~음.”

머리가 무겁다.

어제 의숙 철시혼을 만나 이야기를 할 때만 해도 그렇지 않았는데 잠을 자고 일어났더니 머리가 무겁다.

그리고 보니 이상한 것이 하나 더 있다.

자신이 이불도 펴지 않은 채 침상도 아닌 탁자 위에 엎어져서 잠을 자고 있다는 것이다. 아무리 피곤해도 침상이 아니면 잠을 자지 못하는데 오늘은 무슨 일인지 탁자 위에 얼굴을 묻고 있었다.

‘피곤하기는 되게 피곤했나 보다.’

그렇게 생각하며 주하령이 탁자에서 무거운 머리를 들어 올렸다.

드르륵!

“의숙!”

철시혼이다.

주하령이 반갑게 자리에서 일어났다. 주하령을 바라보는 철시혼의 몸이 부르르 떨렸다.

“네년은 누구냐?”

“…….”

‘무슨 말이야?’

철시혼의 느닷없는 큰 소리에 주하령이 입을 살짝 벌리고 어이없는 표정으로 철시혼을 바라보았다.

‘네년은 누구냐?’

아무리 생각해도 의숙인 철시혼의 입에서 나올 소리가 아니다.

한참 동안 고개를 갸우뚱거리던 주하령이 얼굴 가득 미소를 지었다. 마침내 의숙 철시혼이 자기에게 농을 하고 있다는 사실을 알아냈기 때문이다.

"의숙! 다 알아요. 그만 하세요."

"……."

일그러지는 철시혼의 얼굴.

순간 당황한 것은 주하령이다. 이제 농담이라는 것도 알아냈는데 철시혼의 얼굴은 영 아니올시다였다.

주하령이 얼굴을 찡그렸다. 그렇지 않아도 머리가 아파서 힘든 판에…….

"그만 좀 하세요."

"이런 발칙한 년을 보았나. 네년이 뉘기에 감히 하령이의 방에 이렇게 있는 것인지 묻지 않느냐?"

"의숙! 무슨 일이에요?"

한 사람이 방으로 천천히 들어왔다.

"……!"

주하령의 눈이 커졌다.

여인. 그녀는 뜻밖에도 자신의 모습을 하고 있었다.

또 다른 주하령.

'잘못됐다.'

그제야 주하령은 무엇인가 잘못되었다는 사실을 깨달았다.

획!

주하령은 급히 몸을 돌려 벽에 걸려 있는 제법 큼지막한 거울로 다가갔다.

'누… 누구야?'

자신이 보기에도 괴물이나 다름없는 인간이 거울 속에서 자신을 바라보고 있다.

"서… 설마……."

주하령이 급히 손을 들어 자신의 얼굴을 더듬었다.

거울 속에 있는 괴물 역시 자신의 흉측한 얼굴을 더듬는다.

부르르.

몸이 떨린다.

'월궁에 항아가 있다면 낙양 금산장에는 주하령이 있다'는 소리를 듣던 자신이 하루아침에 이런 괴물의 모습으로 변하다니…….

"네 이년!"

이어지는 의숙 철시혼의 호통.

획!

주하령이 급히 몸을 돌려 철시혼을 바라보았다.

미소.

철시혼의 입가에 미소가 번지고 있었다. 어제까지 자신에게 보이던 따뜻한 미소와는 다른 을씨년스러운 미소.

"의숙! 저 주하령이에요."

"닥쳐라, 계집. 여봐라, 밖에 아무도 없느냐? 어서 이곳으로 들어와 저 무례한 년을 당장에 잡아들여라."

획!

철시혼의 명이 떨어지자마자 이곳 몽환장을 경비하는 사내들이 서너 명 방 안으로 들어왔다.

'뭐… 뭔가 잘못됐다.'

철시혼의 태도나 그 옆에 있는 자신의 모습을 한 여인.

주하령은 모든 것이 잘못되었다는 사실을 깨달았다.

방 안에 들어서는 사내를 외면하며 주하령이 슬쩍 고개를 돌렸다.

자신이 엎어져 잠들었던 탁자 옆에 놓인 물건이 보였다.

지둔륜(地遁輪).

이곳을 출발할 때 아버지 주금천이 위험할 때 사용하라고 건넸던 물건이다. 마치 우산처럼 생긴 작은 물건.

휘릭!

주하령은 급히 허리를 숙여 탁자 옆에 있는 지둔륜을 집어 들었다.

손잡이에 두 곳이 불룩 솟아 있다.

주하령은 자신에게 다가오는 몽환장 경비 사내들을 향해 지둔륜을 들어 올리고 붉은 색칠이 된, 불룩 솟은 곳을 슬쩍 눌렀다.

차라라락!

수백 개의 바늘이 일시에 다가서는 사내들을 향해 날아갔다.

"크헉!"

"헉!"

바늘에 찔린 사내들이 일제히 바닥을 굴렀다.

그렇지만 철시혼과 그 옆에 있던 자신의 모습을 한 여인은 보이지 않았다.

놀라운 움직임이다. 바늘이 쏟아지는 것을 피해 몸을 숨기다니.

"안에 자객이 들었다."

철시혼의 목소리.

놀란 주하령이 급히 밖으로 몸을 내밀었다.

주하령의 눈에 수십 명의 사내들이 자신이 있는 방을 향해 달려오는 것이 보였다.

턱!

지둔륜을 달려드는 사내들을 향해 들어 올린 주하령은 다시 붉게 색칠이 된 곳을 눌렀다.

그렇지만 아무 변화도 없었다.

'바늘이 없다.'

당황한 주하령을 향해 사내들이 무시무시한 기세로 달려오고 있었다. 그중에는 금산장을 떠날 때 자신이 데리고 온 금산장 무사들의 모습도 간간이 보였다.

드르륵!

급히 방 안으로 몸을 숨긴 주하령은 방문을 걸어 잠갔다.

방바닥에 지둔륜을 댄 주하령은 나머지 파란 칠이 된 지둔륜의 손잡이를 슬쩍 눌렀다.

척!

지둔륜이 반쯤 퍼지며 벌어졌다.

휘리릭!

주하령은 급히 지둔륜을 손으로 돌렸다.

콰과과광!

주하령의 작은 손 움직임과는 달리 지둔륜이 맹렬히 회전하며 방에 먼지를 일으켰다.

콰과과광!

지둔륜의 회전이 더욱 빨라지며 순식간에 방바닥에 구멍을 냈다.

주하령은 급히 방에 난 구멍 속으로 몸을 밀어 넣었다.

쏘옥!

방에서 몸을 숨겼던 주하령이 지하에서 얼굴을 들어 올리더니 급히 주변을 살폈다.

암굴(暗窟).

사방이 캄캄한 암굴이다.

몸을 밖으로 들어 올린 주하령은 암굴을 따라 천천히 걸어 안으로 들어갔다.

'빛이다.'

암굴의 끝에서 작은 불빛이 흘러나왔다.

주하령은 빛을 따라 계속 안쪽으로 들어갔다.

제법 넓은 광장이다. 그 광장의 한복판에 커다란 가마솥이 보였다. 그 밑에 지핀 불에서 새어 나온 불빛이 희미하게 광장을 밝히고 있었다.

'뭐지?'

주하령은 조심스럽게 광장의 한복판으로 걸어갔다.

무쇠 솥 안에서 모락모락 피어 나오는 연기가 주하령의 호기심을 더욱 자극했다.

한 발자국, 한 발자국.

어느새 무쇠 솥 앞에 도착한 주하령은 까치발을 하고 안을 들여다보았다.

"엄마야!"

놀라 얼굴이 새파랗게 질린 주하령은 뒷걸음질치며 급히 무쇠 솥에서 물러났다.

사람.

부글부글 끓어오르는 무쇠 솥 안에 둥둥 떠다니는 것은 사람이었다. 그것도 몸에 실오라기 하나 걸치지 않은 사내.

사람을 삶고 있는 것이다.

참으로 이해할 수 없었다. 도대체 누가 무슨 이유로 사람을 이렇게 무쇠 솥에 집어넣고 불을 지핀단 말인가?

쿵쿵쿵!

발자국 소리가 주하령의 귀를 파고들었다.

주하령은 급히 처음 자신이 들어온 곳으로 달려가 땅속으로 몸을 숨겼다.

사내.

본모습을 알아보지 못할 정도로 얼굴 가득 수염이 텁수룩한 사내다.

"철시혼, 망할 놈의 자식. 활강시 하나 만들려면 은자가 얼마나 드는데 그깟 은자 오백 냥이야, 오백 냥이. 내 본 성에 돌아가면……."

한참 동안 알 수 없는 혼잣말을 지껄이던 사내가 급히 입을 다물었다.

그가 고개를 돌려 바라보는 곳은 주하령이 몸을 숨기고 있는 곳이었다.

'들켰다.'

주하령은 급히 땅속으로 더욱 몸을 숨기고 조심스럽게 지둔륜으로 땅을 파 움직였다.

저벅저벅.

장소를 옮겨 숨어 있는 주하령의 귀로 땅을 슬쩍슬쩍 울리며 다가서는 사내의 발자국 소리가 뚜렷이 들렸다.

저벅!

'머리 위다.'

주하령은 지둔륜을 급히 들어 올리고는 그대로 힘차게 손을 돌렸다.

쐐애앵!

지둔류이 번개처럼 빠르게 회전하며 땅 위로 치솟아올랐다. 그와 함께 주하령의 몸도 지둔류을 따라 지상 위로 움직였다.

푸욱!

무엇을 뚫었는지 주하령의 손에 약간 물컹한 느낌이 전해졌다.

"커헉!"

간단한 비명과 함께 사내가 바닥에 쓰러졌다.

사내의 몸을 아래에서 위로 꼬치를 꿰듯 꿴 것은 주하령의 지둔류.

자신이 사람을 죽였다는 사실에 주하령은 몸이 굳었다.

급히 지둔류을 사내의 몸에서 뺀 주하령은 몸을 돌렸다.

도주.

이제 사람까지 죽였으니 얼른 몸을 숨기는 것이 급하다고 생각한 것이다.

몸을 돌린 주하령의 눈에 바닥에 떨어진 책 한 권이 눈에 들어왔다. 아마 조금 전 지둔류에 몸이 뚫려 바닥에 쓰러진 자의 품에서 떨어진 것 같다.

"활강시(活殭屍)."

주하령의 눈에 들어온 책에는 그렇게 쓰여 있었다.

주하령은 급히 바닥에 떨어진 책을 집어 들었다. 책에 대한 호기심도 호기심이었지만 좋은 책이 아니라는 생각이 들었다. 이곳을 빠져나가고 난 뒤 없애야겠다고 생각했다.

휘리릭!

책을 집어 든 주하령은 급히 지둔류으로 땅을 파고 안으로 숨어들어갔다.

제4장
진가운, 양상군자가 되어 금산장에 들어가다
제4장

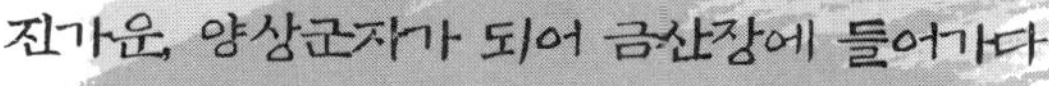

“그… 그러니까 그 철시혼인지 하는 늙은이가 일부러 그런 거다 이 말이야?”

“그런 것 같아.”

“그 늙은이 피하려고 이름까지 예하령으로 바꾼 거야?”

“응.”

진가운이 조용히 고개를 끄덕였다.

“그러니까 나 좀 도와줘.”

“어떻게?”

“먼저 철시혼 그 늙은이의 껍데기부터 벗겨야지. 그러려면 힘이 필요해. 내가 강시를 만들 수 있도록 도와줘. 사실 몽환장을 빠져나온 직후 활강시라는 책은 태워 버릴 생각이었어. 그렇지만 그럴 수가 없더라고. 그나마 내게 힘이 될 수 있는 것이라고는 지둔륜과 그 책뿐이었어.”

“그러니까 시체를 구해달라 이 말이군.”

“응.”

“시체가 있어야 도와주지. 네가 도굴하는 바람에 나에게 염을 맡기는 사람이 없단 말이야.”

“그러니까 내가 앞으로는 네가 염한 무덤은 도굴 안 하면 되잖아. 그동안 너는 공짜 염 해주면서 인심이나 쌓아. 그러면 손님 다시 모으는 것이야 쉬운 일이잖아.”

그랬다.

사실 아직 진가운의 명성은 이곳 강서성에서 여전하다. 단지 ‘그가 염한 시체는 도굴된다더라’ 하는 소문 때문에 가운에게 일을 맡기지 않을 뿐이다. 이런 소문만 불식시키면 몇 달 전처럼 염을 하겠다는 사람들이 줄을 서는 것은 그야말로 당연지사다.

마음에 걸리는 것이 있다면 그동안 공짜 염을 해준다는 것이다. 사실 진가운이 사부에게 가장 불만스러웠던 것이 그것이었다. 물론 사부에게는 ‘사문 무공의 비밀을 풀겠다’는 그럴듯한 명분이 있었다.

그것을 불평하던 자신이 다시 무료 염을 해야 한다는 점이 마음에 들지 않았다.

‘그래, 이건 불가항력적 선택이야. 사문의 제자로서 사문의 한을 풀기 위해서는 내가 살아야 하고, 그러려면 어쩔 수 없는 불가피한 선택이라고.’

달리 선택할 방법이 없었다. 그렇다고 돈 벌기 위한 투자다라고 말하기에는 스스로 생각해도 명분이 서지 않았다. 그래서 생각한 것이 사부가 늘 말하던 사문이다. 스스로의 명분으로 이보다 좋은 것은 없었다.

참으로 오랜만에 자신이 왜 장의사가 되었는지를 생각했다.

그동안 스스로도 잊고 있었다. 자신이 장의사가 된 이유를 말이다. 그저 살아보겠다고 발버둥쳤다. 그렇지만 그것이 목표는 아니다.

영세제일인, 천하제일 대부호. 이것이 진가운의 인생 목표였다.

처음 이곳 남창에 내려왔을 때만 해도 그것을 생각했다. 염을 하기 전 반드시 시체를 자세히 살폈다. 혹, 사문 무공의 비밀을 풀 수 있는 열쇠를 발견할 수 있지 않을까 하는 기대감 때문이었다.

시체를 보며 사망 원인, 사망 시간 등에 관한 관찰을 먼저 하고 염을 했다. 사문의 무공 비밀을 풀기 위한 노력이었다. 그것이 염을 하는 또 다른 목적이었다. 그러나 지금은 그저 염을 하는 것이 목적이다. 시체를 살필 생각도 하지 않았다. 시체는 그저 자신에게 돈을 벌어주는 목적물에 불과했다. 돈을 벌어 그저 더 살아보겠다는 마음뿐이었다.

"어때, 내 생각이?"

진가운이 고개를 끄덕였다.

"그래, 좋아. 단, 오늘부터 도굴을 하더라도 무덤 속 시신은 절대 손을 대서는 안 돼. 그리고 강시를 만들 시신은 내가 정해준다. 절대 연고가 있는 시신은 안 돼! 그것은 죄악이야. 그 조건만 수락한다면……."

예하령이 미소를 짓더니 가운을 향해 손을 쑥 내밀었다.

"좋아! 앞으로 잘해보자고, 동업자(同業者)."

진가운은 예하령이 내민 손을 잡았다.

예하령의 얼굴이 일그러졌다.

'뭐야? 왜 이래.'

진가운도 예하령과 마찬가지로 얼굴을 일그러뜨렸다.

“누가 내 손 잡으래.”

“그럼 손은 왜 내밀어?”

“내놔!”

“뭘?”

진가운은 예하령이 무슨 말을 하는지 알 수 없었다.

내놓으라니 뭘 내놓으란 말인가?

솔직히 그 말을 해야 할 사람은 예하령이 아니라 진가운 자신이다. 예하령을 치료한다고 옆집 의원 복환용에게 들어간 은자 아홉 냥을 생각하면 지금도 가슴이 쓰리다.

그래도 동업자라고 아무 말 하지 않고 있었는데…….

예하령의 얼굴이 점점 일그러졌다.

“완전히 오리발이네. 내놔! 내 지둔륜(地遁輪).”

“지둔륜?”

“그래, 지둔륜.”

잠시 생각하던 진가운의 머리에 한 가지 물건이 떠올랐다. 예하령이 휘두르던 무기이자 땅을 파는 데 사용한 그 륜.

‘그렇군. 그게 지둔륜이었군.’

“그거 안 가져왔는데?”

“뭐야? 그 중요한 걸 그곳에 놔두고 왔단 말이야?”

예하령이 자리에서 벌떡 일어나더니 눈을 가늘게 뜨고 진가운을 노려보았다.

“너 그거 없어지면 죽을 줄 알아.”

획!

예하령이 방문을 열고 급히 밖으로 달려갔다.

진가운도 무슨 생각난 것이 있는 듯 예하령을 따라 나섰다.

"도대체 어디에 있는 거야?"
무덤에 도착한 예하령은 자신의 무기이자 작업 도구인 지둔륜을 찾
아 공동묘지 이곳저곳을 헤맸다. 그렇지만 지둔륜은 보이지 않았다.
"제길!"
바닥에 철퍼덕 주저앉은 예하령의 눈에 등에 짐 하나를 지고 무덤으
로 다가오는 진가운의 모습이 보였다.
"어디 있어?"
진가운은 알겠다는 듯 빙긋 미소를 짓고는 천천히 예하령이 있는 곳
으로 다가오더니 손을 쭉 하고 뻗어 한곳을 가리켰다.
"저기……."
후닥닥!
말이 끝나기도 전에 예하령은 급히 몸을 움직이더니 가운이 손으로
가리킨 곳으로 달려갔다.
"와~ 여기 있다."
예하령은 마침내 구덩이에 묻혀 있는 지둔륜을 발견하고는 조심스
럽게 꺼내 들었다.
"나 먼저 간다."
"어디에?"
"네 집!"
"왜?"
"동업자니까."
예하령은 당연하다는 듯 한마디를 툭 던지고는 진가운의 집이 있는

남창으로 움직였다.

"뭐 저런 계집애가 다 있어?"

어처구니가 없다.

예하령이 왜 자신의 집으로 가는지 이유를 알 수가 없었다. 동업자라고 다 한 집에 사는 것은 아니다. 그리고 둘은 서로 그렇게 친한 사이도 아니었다. 그런데 예하령은 당연하다는 듯 자신의 집으로 가고 있었다.

'성질 좋은 내가 참는다.'

진가운은 자신의 집으로 걸음을 움직이는 예하령을 한번 노려보고는 급히 등에 진 물건을 손에 들고 흑사방 무사의 무덤이 있는 곳으로 다가갔다.

예하령 때문에 염포가 찢어지고 사지가 다시 떨어져 나간 흑사방 무사의 시체가 그대로 무덤 근처에 널려 있었다. 진가운은 조심스럽게 흑사방 무사의 몸통이 있는 곳으로 다가가서 흩어져 있는 사지를 향해 손을 뻗었다.

회리릭!

사방에 널려 있던 손발이 이내 몸통이 있는 곳으로 날아왔다.

진가운은 다시 손발을 본래의 위치가 있는 곳으로 옮겼다. 그리고 새로 가져온 베 끈으로 시체를 묶기 시작했다.

발끝부터 시작한 염포가 가슴 있는 곳까지 올라왔다.

순간, 시체를 묶어가던 진가운의 손이 멈췄다. 진가운의 눈이 조금 커졌다. 그리고는 수의의 가슴 부위를 슬쩍 들췄다.

"이것은……."

시체의 가슴에는 보일 듯 말 듯한 흔적이 있었다.

진가운은 가슴에 나 있는 흔적을 조심스럽게 바라보았다.

처음 염을 했을 때는 시체의 상태가 워낙 엉망이라 자세히 살피지도 않았다. 그저 사지가 잘려 죽었구나 하고 생각했다.

뇌전(雷電) 모양의 희미한 흔적!

진가운은 고개를 갸웃거렸다.

흔적이 위치한 곳을 자세히 살폈다.

심장.

그랬다. 뇌전 문양이 희미하게 보이는 곳은 심장이 있는 곳이었다.

'그렇군. 사지 절단에 의한 과다 출혈이 사망 원인이 아니었어. 심장에 가해지는 충격으로 죽었고, 이 사람을 죽인 놈은 그것을 은폐하기 위해 일부러 무사의 사지를 잘랐어. 그래, 틀림없어. 그런데 왜 놈은 사지를 절단해 사인을 속이려 한 거지?

참으로 이해하기 힘든 일이었다.

흑사방의 잡놈들과 싸움을 벌인 자라면 흑사방이 무시할 수 있을 정도로 형편없는 문파의 무사이거나 아니면 이름도 알려지지 않은 낭인무사가 분명하다.

흑사방 녀석들이 감히 이름 꽤나 알려진 문파의 사람에게 도전할 정도로 간이 큰 놈들은 아니기 때문이다. 그렇게 생각하니 더욱 이해할 수 없는 일이었다.

상대의 사지를 절단해 절명시키는 것은 그야말로 하급무사들이나 하는 짓이다.

고수일수록 상대를 최대한 깨끗이 베는 법이다. 심장에 충격을 가해 죽인 이자는 고수다. 그런 고수가 왜 이름도 모르는 문파의 제자나 낭인으로 떠도는지부터가 이상하다. 그리고 왜 자신의 실력을 은폐하고 있는지도 이상하다.

'음모.'

"아, 머리 아파!"

진가운은 머리를 털었다. 어차피 자신과는 연관도 없는 일이다. 그깟 흑사방의 잡놈이 어떻게 죽었는지 알 필요도 없는 일이다.

진가운은 다시 베로 시체를 묶기 시작했다.

잠시 후에 시체를 완전히 묶은 진가운은 시체를 다시 관에 집어넣고 땅에 묻었다.

오늘의 도굴은 예하령과 진가운 이외에는 아무도 모르는 일이 되었다. 아니, 흑사방 무사의 무덤 도굴은 처음부터 없었던 일이다.

집에 돌아온 진가운은 계속 방 안을 서성거렸다.

가만히 생각해 보니 자신이 선택할 수 있는 방법은 예하령이 말한 시체를 구해주는 일만이 아니었다. 다른 방법도 있었다. 물론 지금처럼 염을 하고 돈을 벌어 만년교룡의 내단을 천하만물총점으로부터 구입하는 것이 가장 건전한 방법이다. 그렇지만 더 간단하고 쉬운 방법이 있다. 주하령, 아니, 이제는 예하령인 눈앞의 여자를 도와 만년교룡의 내단을 얻으면 모든 것이 간단하다.

'어떻게 하지.'

그야말로 고민이다.

방법이야 예하령을 도와주는 것이 훨씬 쉽고 이익이 남는 일이다.

자기의 원래 신분을 찾아주었는데 만년교룡의 내단 하나로 입을 닦지는 않을 것이다. 모르긴 몰라도 만년교룡의 내단 이외에 많은 은자를 벌 수도 있을 것이다. 그렇게만 된다면 인생 목표인 영세제일인과 천하제일대부호를 동시에 쉽게 이룰 수도 있다. 그렇지만 이 방법에는 결정적인 문제가 있다.

만약 예하령의 말이 거짓이라면 자신은 그야말로 죽은 목숨이다. 물론 그전에 예하령은 자신에게 얻어맞아 먼저 저승으로 가서 자기를 기다리고 있을 테지만 말이다.

'그래, 먼저 사실을 알아보는 거야.'

진가운은 슬쩍 고개를 돌렸다.

진가운이 바라보는 곳은 예하령의 눈.

얼굴은 평범한 인피면구를 쓰고 있어 그렇고 그렇지만 눈 하나는 정말 맑다. 어떻게 저런 맑은 눈을 가진 여인의 몰골이 저 모양일까 하고 생각될 정도로.

진가운의 얼굴이 다시 일그러졌다.

예하령의 모습을 생각하니 진정되었던 속이 다시 울렁거렸다.

'떨그럴, 괜히 생각했다.'

후회했지만 늦었다.

끓기 시작한 배가 더욱 요동쳤다.

타다닥!

진가운은 급히 자리에서 일어나 밖으로 달려나갔다.

"우왜액!"

쏴아아!

시원하게 쏟아낸 진가운이 다시 방 안으로 들어왔다. 그런 진가운을 걱정스럽게 바라보는 예하령.

"속 안 좋으면 약 먹어."

"……."

‘약 먹어서 될 일이 아니야, 계집애야.’

남의 속도 모르고 걱정하는 예하령에게 공연히 화가 났다. 그러나 그것이 어디 예하령 잘못인가, 비위 약한 자신의 잘못이지.

“일어나!”

진가운은 당장 예하령의 손을 잡고 일어났다.

“놔!”

“…….”

손을 뿌리치며 진가운을 노려보는 예하령.

“어디 과년한 처자의 손을 함부로 잡고 그래.”

“…….”

어이가 없다. 예하령은 아직도 자신이 금산장 주하령의 신분인 것으로 착각하고 있나 보다.

‘걱정 마. 꿈에 볼까 무서워.’

“어디 가려고…….”

“금산장.”

“금산장?”

“그래, 금산장.”

“왜?”

“왜는 왜야. 네 말이 사실인지 거짓인지 먼저 알아봐야지.”

예하령의 얼굴에 불쾌한 표정이 가득하다. 물론 얼굴이야 인피면구를 덮고 있어 변화를 알 수 없지만 입꼬리가 슬쩍 말려 올라간 것이 그것을 말해 주고 있었다.

“내 말을 못 믿는다 이거야?”

“그래, 못 믿어.”

“……”

예하령은 몸이 부르르 떨렸다. 어쩌다가 이런 놈과 이런 말을 섞고 있는지 자신이 생각해도 한심하다. 예전 같으면 이런 놈은 발가락의 때만도 못한 인간으로 치부했을 텐데.

그러나 지금은 어쩔 수 없다.

자신이 할 수 있는 것은 지둔류을 이용해 땅을 파는 것과 활강시라는 책에 기록되어 있는 강시 제조뿐이다. 이를 밑천으로 자신의 신분을 찾으려면 진가운의 도움이 절대적이다.

시체를 구해 강시를 만들어 힘을 키운 후 몽환장으로 달려가 철시혼을 잡아야 한다.

놈이 자신의 얼굴을 이렇게 만들었으니 그는 자신의 원래 용모를 되찾을 방법도 알고 있을지 모른다. 최소한 놈의 입을 통해 자신이 주하령이라는 사실을 아버지께 알려야 한다.

‘그래, 지금은 참는다.’

한참 동안 진가운을 노려보던 예하령이 천천히 자리에서 일어났다.

“굼벵이 삶아 먹었어? 뭘 그렇게 꾸물거려.”

턱!

다시 예하령의 손목을 잡은 진가운이 급히 문을 열고 밖으로 나갔다.

“장 서방~!”

“예, 주인님!”

“나 당분간 어디에 다녀올 테니까 그동안 푹 쉬어. 알았지?”

휙!

장 서방의 대답은 듣지도 않고 진가운은 급히 대문 밖으로 몸을 날렸다.

산!

깊은 밤 이름 모를 산에서 모닥불을 피우고 있는 두 사람.

금산장에 가기 위해 강서성 남창에 있는 가운장의점을 나선 진가운과 예하령이다.

타닥 탁!

모닥불에서 이따금씩 불똥이 튀어 올랐다.

진가운이 잡고 있는 나무 꼬챙이에 매달린 물체에서 기름이 떨어져 불길이 일며 불똥이 튀는 것이다.

꼬챙이에 달려 있는 것은 산새 두 마리.

진가운의 손이 바쁘게 움직이는 것이 거의 다 익어가는 모양이다.

"먹어!"

"……."

손에 들고 있는 꼬챙이 두 개 가운데 한 개를 내미는 진가운을 바라보는 예하령의 눈에서 한기가 풀풀 날린다.

"뭐야? 뭐가 불만이야."

"꼭 이렇게 산에서 자야 돼?"

진가운의 얼굴이 슬쩍 이지러졌다.

남창을 출발한 지 벌써 열흘이 되어간다. 그동안 객잔에 들러 잠을 청한 적은 한 번도 없다. 한 푼이 아쉬운 판에 벌지는 못할망정 쓸 수는 없는 일 아닌가?

언제나 저녁이면 산을 찾아 모닥불을 피우고 노숙을 했건만 오늘따라 웬 불만인지.

"구두쇠!"

"뭐?"

진가운의 얼굴이 뻘겋게 달아올랐다.

"그깟 객잔에서 먹고 자는 데 몇 푼이나 든다고. 그 돈이 아까워서 이런 산속에서 짐승이나 잡아먹고 노숙이나 하는 인간이 구두쇠가 아니면 뭐야?"

"누구 때문에 그런데. 나 지금 무지 바쁘게 일해야 되는 사람이야. 하루에 은자 칠십 냥씩 꼬박꼬박 천하전장에 넣어서 천하전장 주인도 알아주는 사람이야. 그런 내가 누구 때문에 지금 이 모양 이 꼴이 됐는데 그런 소리를 하는 거야, 이 계집애야!"

"……."

진가운의 말에 예하령이 고개를 푹 숙였다.

'그깟 오만 냥.'

당장에라도 금산장에 달려가 그깟 오만 냥 손에 쥐어주고 싶지만 그렇지 못한 자신의 신세를 생각하니 더욱 서러움이 밀려왔다.

암암.

그러거나 말거나 진가운은 부지런히 나뭇가지에 꽂혀 있는 산새 한 마리를 맛있게 해치웠다.

"왜, 배부르냐? 먹기 싫어?"

어느새 자신의 것을 다 해치운 진가운의 손이 예하령의 손에 들려 있는 것을 노리고 움직였다.

획!

예하령의 손이 급히 안으로 움츠러들더니 자신의 입으로 가져갔다.

'잘 먹으면서 말이 많아.'

그런 예하령을 보며 진가운이 씨익 하고 미소를 지었다.

낙양 금산장.

금산장은 낙양을 관통하는 대로인 중주대로(中州大路) 가운데 동쪽
에 위치한 중주동로 우측에 있었다.

거대한 장원.

장원의 담 한쪽에서 다른 쪽 끝을 볼 수 없을 정도의 거대한 장원이
다.

'황궁이 이 정도 되려나?'

진가운은 그것이 궁금했다.

그런 금산장의 한쪽에 자리잡은 채 쪼그려 앉은 두 사람. 영락없는
거지 부부다.

땡그랑!

경쾌한 소리와 함께 은자 한 푼이 쪼그려 앉은 예하령 앞으로 굴러
왔다. 얼굴을 찡그린 채 고개를 치켜든 예하령의 눈에 화의를 입은 사
십대 중반의 한 사내가 측은한 듯 자신을 바라보고 있는 모습이 들어
왔다.

그렇게 잠시 예하령을 바라보던 사내가 몸을 돌렸다.

'사람을 뭘로 보고……'

예하령은 급히 자신의 앞에 떨어진 은자 한 푼을 주우려 손을 뻗었
다.

획!

어디서 날아왔는지 모를 손 하나가 예하령의 앞에 떨어진 은자를 낚
아챘다.

진가운.

진가운이 한 푼짜리 은자를 흡족한 표정으로 바라보더니 옷에 쓱쓱 문지르고 호주머니 속으로 쑥 집어넣었다.

"너 거지야?"

"아니."

"그런데, 왜 그깟 한 푼을 집어넣고 그래."

"은자 한 푼은 거지들만 호주머니에 집어넣으라는 법 있어?"

"그게 아니라……."

"그럼 됐어."

휙!

바람 소리가 날 정도로 고개를 돌린 진가운이 자리어서 벌떡 일어났다.

여인. 금산장 정문이 열리며 화려한 비단 옷을 걸친 여인 한 명이 눈에 들어왔다.

"입 닫아. 먼지 들어가겠어."

예하령의 한마디에 진가운이 급히 벌어진 입을 다물었다. 그렇지만 정신은 아직까지 돌아오지 않았는지 여인을 바라보는 진가운의 눈은 동공이 풀려 있었다.

"죽인다."

자연스럽게 흘러나온 한마디.

진가운의 솔직한 마음이었다.

최근 들어 여인들이 무섭다는 생각보다 아름답다는 생각이 든다. 역시 사람은 적응하는 동물인가 보다. 전려진의 몽둥이에서 벗어난 지 얼마나 됐다고 이런 생각이 드는지.

평퍼짐하게 부푼 엉덩이와 퍼지지 않고 솟아오른 가슴이 가운데에서 낭창거리며 흔들리는 허리와 절묘한 조화를 이룬다.

꽃무늬 치마 아래로 한 발 한 발 내딛는 갖신이 앙증맞은 것이 그 안에 들어간 발이 얼마나 귀여울지를 알려준다.

스르륵!

그런 진가운의 마음을 더욱 들뜨게 하려는 듯 여인의 고개가 슬쩍 돌아간다.

"우와!"

반달을 포갠 듯 가늘면서도 가지런한 아미 아래에 자리잡은 호수와 같이 크고 맑은 눈. 마늘쪽을 올려놓은 듯 얼굴 한복판에 솟아오른 코에 붉은 주사칠을 한 듯 붉게 타오르는 입술이 진가운의 마음을 마구 흔들어댄다.

"정신 차려."

예하령의 한마디.

그제야 정신이 드는지 진가운이 고개를 서너 차례 흔들며 예하령을 바라보았다.

'어쩜 이렇게 다르냐?'

오직 이 생각뿐이다.

같은 인간인데 왜 이렇게 다른지 그야말로 이해가 되지 않았다. 아쉬운 듯 입맛을 다신 진가운이 한 눈을 치뜨고 예하령을 위아래로 살폈다.

진가운은 고개를 가로저었다. 아무리 훑어보아도 조금 전 문을 나선 금산장의 주하령과 옆에 있는 예하령은 비슷한 구석이 보이지 않았다.

턱!

예하령을 살피던 진가운의 고개가 숙여진 채 고정되었다.

꽃무늬 치마.

조금 전 금산장을 나선 주하령 역시 꽃무늬 치마를 입고 있었다.

'어쩌면…….'

진가운은 즉시 예하령과 함께 발길을 돌렸다.

휙!

칠흑 같은 어둠을 뚫고 금산장 담을 넘어 날아드는 괴인.

얼굴에 시커먼 복면을 둘러쓴 것이 평범한 방문객은 아니었다. 하긴 평범한 방문객이라면 이렇게 야심한 시각에 정문을 놔두고 담을 넘지는 않을 것이다.

금산장 안으로 들어선 괴인이 잠시 멈춰 서더니 얼굴에 쓴 복면을 슬쩍 걷었다.

금산장에 들어선 복면괴인은 진가운이었다. 진가운은 예하령의 말을 듣고 이곳 금산장 안으로 몰래 들어왔다. 예하령이 정말로 주하령이라면 이곳 장원 안의 지리는 누구보다 잘 알고 있을 것이다. 그렇게 예하령에게 장원 이곳저곳을 물은 진가운은 그것을 확인하기 위해 이곳에 든 것이다.

혹 들키지도 모른다는 생각에 얼굴에 복면까지 뒤집어썼다. 그렇지만 그 복면이 문제였다. 그저 간단히 한 시진 정도 쓸 물건이라고 생각해 부드러운 비단 대신에 뻣뻣한 광목으로 만들었는데 이것이 여간 불편한 것이 아니었다. 이럴 줄 알았으면 돈 조금 더 들이고 비단으로 하나 만들 걸 하는 마음이다.

'내가 지금 무슨 생각을. 불편은 잠시고 은자는 영원한 것을…….'

획!

잠시 복면을 벗고 얼굴에 흐르는 땀을 씻은 진가운이 다시 복면을 뒤집어쓰고 급히 안채를 향해 몸을 날렸다. 순간적으로 진가운의 몸이 허공에서 사라졌다.

턱!

진가운이 다시 모습을 드러낸 곳은 안채가 자리한 정원의 나무 위.

스륵!

나타났다 싶었건만 어느새 진가운은 다시 자리에서 사라졌다.

"그나저나 장주께서 저렇게 편찮으시니 큰일이구먼."

"그러게 말일세. 물론 아가씨가 계시기는 하지만 아직 어리셔서……."

어느새 다시 모습을 드러낸 진가운이 건물 안쪽에서 흘러나오는 두 사람의 대화를 들으며 고개를 끄덕였다.

드르륵!

문이 열리며 한 사람이 밖으로 나왔다. 밖에서 두 사람의 대화를 듣던 진가운의 모습은 이미 사라진 후이다.

진가운이 다시 모습을 드러낸 곳은 이곳 금산장 가운데에서도 가장 큰 건물 앞이다.

분주히 건물을 오가는 사람들을 지켜보던 진가운은 고개를 끄덕였다. 이곳을 들락거리는 사람들 가운데 상당수가 손에 침통을 든 의원들이었다.

'아프긴 아픈 모양이군.'

진가운은 슬쩍 고개를 돌렸다.

옆에 있는 거대한 건물과는 비교될 정도로 아담한 건물.

항아각(姮娥閣)!

예하령의 말에 의하면 자신이 머무는 거처라 한다.

진가운은 급히 항아각이 있는 곳으로 몸을 움직였다.

휘릭!

진가운이 항아각 지붕으로 가볍게 몸을 날렸다.

지붕에 오른 진가운은 슬쩍 지붕에 얹혀진 기와를 들어내고 안을 살폈다.

'침실이다.'

뜻밖에도 침실이었다.

짐승의 뼈로 만든 듯 보이는 순백의 침상.

진가운이 마른침을 한번 꿀꺽 삼키고 눈을 가까이 가져갔다. 그렇게 얼마의 시간이 흘렀다.

드르륵!

문이 열리는 소리와 함께 여인 한 명이 천천히 모습을 드러냈다.

주하령.

물론 예하령의 말에 의하면 가짜이지만 주하령이 방 안으로 들어서고 있었다.

"……!"

그런데 침상으로 들어서는 것은 주하령 한 명이 아니었다.

사내.

나이 오십은 되었을 듯한 초로의 사내가 주하령의 뒤를 따라 들어왔다. 진가운은 바짝 긴장한 모습으로 얼굴을 지붕에 더욱 가까이 가져갔다.

진가운의 얼굴이 일그러졌다. 귀를 기울였지만 두 사람의 대화는 들을 수 없었다. 그렇지만 연속으로 고개를 끄덕이는 것이 분명 무슨 대화를 나누고 있는 것은 분명했다.

'전음.'

진가운은 주하령과 초로의 사내가 전음을 나누고 있다고 생각했다.

한참 동안 앉아 고개를 끄덕이던 초로의 사내가 자리에서 일어나더니 주하령을 향해 포권을 취했다.

포권!

진가운이 고개를 끄덕였다. 행동으로 보아 주하령과 함께 방 안에 들어선 초로의 남자는 주하령의 아랫사람일 것이다. 아랫사람으로서 윗사람과 대화를 나눈 후 돌아가면서 예를 표하는 것은 당연하다. 그렇지만 포권은 아니다. 초로의 노인이 평범한 여인을 상대로 포권을 취하는 경우는 드물다. 아니, 없다. 그런데 노인은 주하령에게 포권을 취했다.

"호호호!"

노인이 돌아간 직후 주하령의 입에서 웃음이 터졌다. 비록 큰 소리는 아니지만 어깨를 젖힐 정도의 웃음이다.

'아버지가 위독한 상태에서 폭소라……'

진가운은 급히 지붕 한쪽에 치워둔 기와를 들어 뚫린 지붕을 다시 가렸다. 더 이상은 확인할 필요도 없었다.

주하령의 웃음 하나에서 진가운은 모든 것을 판단할 수 있었다.

'누구인지는 모르지만 분명 무림의 세력이다. 강시!'

진가운의 눈이 반짝였다.

예하령의 말에 의하면 철시혼은 강시를 만들고 있다고 했다. 얼마인지는 모르지만 그것을 만들기 위해 어마어마한 자금이 들어가는 것은 분명하다. 강시를 만들던 녀석의 말에 의하면 은자 오백 냥도 부족하다는 듯 말했다고 했다. 그 당시 만들어지고 있던 것은 불과 강시 한 구다. 그런데 오백 냥이 부족했다고 말했다.

진가운은 고개를 끄덕였다.

모든 문제가 실타래 풀리듯 머리 속에서 하나하나 풀렸다.

진가운은 즉시 지붕에서 몸을 공중으로 띄워 올렸다.

마치 하늘로 솟구치는 독수리처럼 진가운의 몸이 그렇게 까마득하게 솟아오르더니 사라졌다.

"맞지? 내 말이 맞지?"

방으로 들어서는 진가운을 향해 예하령이 달려들었다.

고개를 끄덕이는 진가운. 그런 진가운을 보는 예하령의 입이 길게 찢어졌다.

"거봐! 사람을 뭘로 보고……."

"뭘로 보긴 뭘로 봐! 도굴꾼이지."

"뭐?"

예하령의 눈에 슬쩍 광채가 돋아난다. 그런 예하령을 보며 진가운은 답답하다는 생각이 들었다. 아버지가 위독하다는 것도 모르고 있는 예하령.

"후우."

한숨이 절로 나왔다.

지금 예하령에게 아버지, 주금천의 상태를 말해 주어야 할지 어떨지 마음을 정할 수가 없었다.

그런 진가운의 답답한 속도 모르고 예하령이 낑낑거리며 객잔 방 안에 있는 가구들을 힘겹게 끌어 방 가운데로 가져가더니 길게 방을 가로질러 늘어뜨린다.

"지금 뭐 하는 거야?"

"보면 몰라? 지금 방을 반으로 나누는 거잖아."

휙!

방 한쪽에 있는 이불을 반대편으로 던지는 예하령.

"걱정하지 마. 이래 뵈도 나 눈 높은 사람이야. 네가 안아달라고 달려들어도 관심없어."

"흥, 내가 그따위 말을 믿을 것 같아. 아버지가 말씀하셨어. 남자 놈들은 아버지 빼고 다 늑대라고."

진가운을 한차례 노려본 예하령이 침상으로 걸어가더니 몸을 누였다.

쿨~ 쿨~

이내 코를 골며 잠에 빠진 예하령. 그러고 보니 이곳까지 오면서 방에서 잠을 자기는 오늘이 처음이었다.

"휴후."

잠시 침상에 누워 잠에 빠진 예하령을 바라보던 진가운의 입에서 다시 한숨이 터졌다. 저렇게 편안히 자는 사람에게 아버지가 위독하다는 청천벽력과 같은 말을 할 수는 없다고 생각했다.

부모.

참으로 오랜만에 생각해 보는 말이다.

언제부턴지 부모라는 단어는 자기와 관계없는 말이 되었다. 그렇지만 마음 한구석이 이렇게 아린 것은 무엇 때문인지…….

할 수 있다면 당장에라도 그 가짜를 요절내고 예하령에게 아버지를 만나게 해주고 싶었지만 그 망할 놈의 사문 무공의 저주 때문에 그럴 수도 없다.

'강시를 만들어서 몽환장부터 하나하나 치다가는 늦을 텐데…….'

한참 동안 그렇게 생각에 빠져 있던 진가운이 몸을 벌떡 일으켰다.

스슥!

옷 주머니를 뒤져 조금 전 금산장에 들어갈 때 뒤집어썼던 복면을 꺼냈다.

씨익!

"자고 있어. 다녀올게."

잠이 든 예하령을 향해 한마디를 건넨 진가운이 다시 방문을 나섰다.

진가운이 복면을 뒤집어쓰고 나타난 곳은 금산장이다.

진가운은 만년교룡의 내단을 훔치기로 결정했다.

아무리 생각해도 이것이 가장 빠르고 확실한 방법이었다. 그렇지만 도둑질이라는 사실에 마음이 무거웠다.

'제길, 이것은 도둑질이 아니야. 다 주금천 부녀를 위해서 하는 일이라고.'

스스로를 합리화했다. 물론 이것이 완전히 틀린 말은 아니다.

자신이 이곳 금산장에서 만년교룡의 내단을 훔치려 하는 것은 자신의 욕심 때문이기도 했지만 예하령을 위한 마음도 눈곱만큼은 들어 있었다.

처음부터 훔칠 생각은 없었다. 만약 그렇다면 예하령과 함께 이곳에 오지도 않았을 것이다.

‘장주님이 위독하다.’

금산장에 들어가서 들은 두 사람의 대화가 계속 머리를 맴돌았다.

예하령의 계획대로 하자면 그 시간이 오래 걸린다. 그러다가 만약 금산장 장주 주금천이 죽기라도 한다면…….

진가운은 예하령에게 좀 더 빨리 아버지 주금천을 만나게 해주고 싶었다.

자신이 만년교룡의 내단을 먹어 구파일방의 무공이나마 사용할 수 있게 된다면 그깟 철시혼 정도는 가볍게 사로잡을 수 있다고 생각했다.

철시혼.

다른 놈은 몰라도 철시혼은 예하령, 아니, 주하령의 본모습을 찾을 방법을 알고 있을 것이다.

그놈을 잡아 예하령의 모습을 원래의 모습으로 돌려놓을 생각이다.

‘그래, 이게 다 금산장의 앞날을 위한 일이야.’

그렇게 생각하니 마음 한구석에서 솟아오르던 찜찜한 마음이 일시에 사라졌다. 자신의 일은 도둑질이 아니라는 생각이 들었다.

쓰윽!

진가운의 입가에 비로소 미소가 번졌다.

휙!

진가운의 몸이 가볍게 금산장의 담 위로 솟아올랐다. 이내 사라지는 진가운의 신형.

타다닥!

담을 넘은 진가운이 달려가는 곳은 이곳 금산장에서도 가장 깊숙한 곳에 위치해 있다는 보원(寶苑)이라는 곳이었다.

보원.

이곳은 금산장에서 가장 귀한 물건들을 모아둔 곳이다.

안에 있는 물건이 무엇인지 그것을 정확히 알고 있는 사람은 이곳의 장주인 황금왕 주금천뿐이다.

턱!

보원에 도착한 주금천이 보원의 벽에 슬쩍 몸을 붙였다.

보원 벽을 향해 바짝 귀를 붙이는 진가운.

일단 안에 인기척이 있는지를 확인했다.

'없다.'

안에서 들리는 인기척은 없었다.

'씨익' 하고 미소를 한 번 지은 진가운은 급히 보원의 문이 있는 곳으로 다가갔다.

만년교룡의 내단.

사실 만년교룡의 내단이 어디에 있는지는 진가운도 알지 못한다. 그것을 예하령에게 묻고 싶은 마음이 굴뚝같았지만 괜히 물었다가 예하령에게 의심만 사지 않을까 하는 염려 때문에 입을 열 수가 없었다.

그렇지만 진가운은 그것이 이곳 보원에 있다고 확신했다.

"……!"

육중한 철문.

진가운은 놀란 얼굴로 보원의 철문을 바라보았다.

만년한철.

보원의 철문은 만년한철이었다.

'우와, 이거 하나만 들고 가도 은자 오만 냥은 되겠다.'

진가운은 사부와 함께 머물던 집을 나서며 들고 나온 만년한철 자물통이 생각났다.

작은 덩어리 하나였지만 은자 일백 냥을 받았다.

그것으로 가운장의점을 차릴 밑천을 마련했다. 그리고 지금까지 그것을 발판으로 은자를 모았다. 만약 예하령, 그녀만 나타나지 않았어도 삼 년 이내에 은자 오만 냥을 마련하는 것이 어려운 일은 아니었을 것이다. 그런데 거대한 문 전체가 만년한철이라니.

진가운이 알겠다는 듯 고개를 끄덕였다.

금산장에서 가장 귀중한 물건을 모아두었다는 보원의 경비가 의외로 허술하다 했더니 그 이유를 이해할 수 있었다.

만년한철 정문이라면 강호의 일류고수 일백 명이 몸을 도사리고 경계하는 것보다 훨씬 안전한 방비다.

'제길 그나저나 이 문은 어떻게 뚫고 들어가야 하는 거야?'

큰일이다.

물론 자신의 내공이라면 이 정도 만년한철을 뚫고 들어갈 수는 있다. 그렇지만 자신의 지금 신분이 무엇인가?

도둑이다. 그런데 이 만년한철을 뚫으려면 도둑의 신분은 포기해야 한다. 만년한철이 박살나는 소리라면 이곳 금산장 가장 깊숙한 곳에 자리를 펴고 누워 있는 주금천도 벌떡 일어날 것이다.

그렇게 되면 자신은 도둑이 아니라 강도가 되어야 한다.

"허허허, 열쇠가 필요하신가?"

획!

진가운이 깜짝 놀라 고개를 돌렸다.

노인.

턱 밑으로 늘어선 허연 수염이 나타난 사람이 노인이라는 것을 말해주었지만 그 모습은 노인과는 거리가 멀었다.

육 척이 조금 넘는 키에 당당한 어깨, 기다랗게 늘어진 장삼의 틈으로 언뜻 비치는 장검 한 자루가 나타난 노인의 풍모를 더욱 신비롭게 해주었다.

'놀라운 일이다.'

당황한 진가운.

자신의 내공으로도 노인이 이렇게 가까이 접근할 동안 아무런 낌새를 차리지 못했다. 물론 그것은 자신이 철문에 정신이 홀렸기 때문일 수도 있지만 그것은 핑계다.

"뉘… 뉘시오."

"사람."

"사람?"

"그렇다네. 자네처럼 이곳 보원에 남모르게 접근하는 자의 신분을 확인하는 사람일세."

획!

노인의 말이 끝나자마자 진가운이 급히 몸을 돌리며 번개처럼 움직였다.

사나이로서 할 짓은 아니지만 진가운은 지금 이 순간 도주를 택했다.

물론 자신의 무공이라면 이 노인 한 명 정도는 충분히 상대할 수 있다고 생각했다. 그렇지만 이 노인만이 문제가 아니었다.

금산장. 그야말로 단순히 장원이라 말하기에는 부족한 넓은 곳이다. 마치 하나의 시장을 연상시킬 정도의 어마어마한 규모

이곳에 보원을 지키는 사람이 이 노인 한 명은 아닐 것이라 생각했다.

턱!

"……?"

진가운은 급히 고개를 돌렸다.

분명 한 발을 움직였건만 발이 앞으로 나가지 않았다.

어느새 자신의 한 발을 잡은 노인이 진가운을 향해 빙긋 미소를 지으며 바라보고 있었다.

미소. 도둑을 대하는 사람의 모습이라고는 생각되지 않는 미소가 노인의 얼굴에 번지고 있었다.

"허허, 자네는 용무가 끝났는지 모르지만 이 늙은이는 이제 시작일세."

"전, 제 일이 끝나면 머물지 않는 사람입니다."

회릭!

진가운이 그대로 몸을 돌리며 아직은 자유로운 한 발을 노인의 가슴을 향해 쭉 뻗었다.

퍽!

진가운의 발이 노인의 가슴에 떨어지며 발을 잡고 있던 노인의 손이 진가운의 발에서 떨어졌다.

탁!

급히 한 발을 바닥에 찍으며 진가운의 몸이 공중으로 까마득하게 떠올랐다.

휘익!

진가운의 몸이 공중으로 새까맣게 떠올랐다.

진가운으로부터 멀어진 노인이 놀란 듯 잠시 바라보더니 공중에 떠오른 진가운을 따라 몸을 솟구쳐 올랐다.

휘릭!

멋진 도약.

노인이 진가운을 따라 올라갔다.

바람 때문인 듯 노인의 펄럭이는 장삼이 펄럭이는 연처럼 나부꼈다.

턱!

노인의 손이 간단히 진가운의 손을 잡아챘다.

슈숙!

진가운이 곤두박질치며 바닥으로 떨어졌다.

턱!

바닥에 내려선 진가운이 급히 고개를 돌렸다.

여섯!

어느새 나타났는지 여섯 명의 노인이 자신을 빙 둘러싸고 있었다.

'이거 큰일이군.'

조금 전 노인 하나도 벅찬 마당에 그와 비슷한 노인이 여섯이라니…….

"허허허, 자네는 일이 끝났는지 모르지만 이 늙은이의 일은 끝나지 않았다고 이미 말했네."

어느새 내려선 노인이 진가운을 보며 입을 열었다.

저벅저벅!

진가운을 향해 다가서는 여섯 명의 노인. 어느새 나타났는지 그 뒤를 사십여 명이 넘는 젊은 무사들이 노인의 뒤를 따르고 있다. 그야말로 독 안에 갇힌 생쥐 꼴이었다.

"자네들은 걸음을 멈추시게."

처음 진가운 앞에 나타난 노인의 한마디에 진가운에게 다가서던 사람들의 발걸음이 일제히 멈췄다.

"타앗!"

진가운이 기합을 지르며 노인에게 달려들었다.

이들 가운데 노인이 우두머리인 것이 분명해 보였다. 진가운은 노인을 먼저 제압해 그를 인질로 삼아 이곳 금산장을 벗어날 생각이었다.

스륵!

달려드는 진가운을 바라보던 노인의 몸이 뒤로 물러났다.

'발이 움직이지도 않았다.'

진가운이 놀란 얼굴로 노인을 바라보았다.

달려들며 노인에게서 단 한 번도 눈을 뗀 적이 없었다. 노인의 두 발역시 조금도 움직인 적이 없었다. 그렇지만 노인의 몸은 자신이 다가선 만큼 뒤로 물러나 있었다.

"곤륜(崑崙)의 사람인가?"

"……."

"아니로군. 신법이 곤륜파의 신법이기에 그쪽 사람으로 알았네. 하긴 명색이 구파일방의 하나인데 양상군자 노릇을 할 리가 있겠는가? 그러고 보니 자네의 신분이 더욱 궁금하구먼. 이 늙은이는 나잇값도 못하고 궁금증은 참지 못하는 사람이라네."

휘릭!

말을 마친 노인의 몸이 자리에서 사라지더니 어느새 손을 뻗은 채진가운에게 다가서고 있었다.

타닥!

진가운이 급히 발로 땅을 박차며 몸을 돌렸다.

휘익!

바람을 가르는 소리와 함께 노인의 손이 진가운의 가슴 앞을 스치고 지나갔다.

다다닥!

진가운이 급히 앞으로 달려갔다.

휘릭!

몸을 돌린 진가운의 눈에 노인의 등이 보였다.

“합!”

기합을 지르며 진가운은 급히 손을 앞으로 뻗었다.

진가운이 노리는 곳은 노인의 어깨에 위치한 견갑골(肩胛骨)이었다.

일단 잡히면 말로 형용할 수 없는 고통이 따르지만 생명에는 지장이 없는 곳이었다.

턱!

노인의 견갑골을 움켜쥔 진가운의 입가에 미소가 번졌다. 하나 그것은 착각이다. 어느새 몸을 돌린 노인이 빙긋 미소를 짓더니 그대로 손을 앞으로 쭉 뻗었다.

견갑골을 잡힌 사람이라고는 믿을 수 없는 얼굴 모습과 몸 움직임이었다.

퍽!

“크흐흑!”

노인의 주먹에 가슴을 맞은 진가운의 입에서 들릴 듯 말 듯한 신음이 흘러나왔다.

그와 함께 진가운의 몸이 뒤로 주르륵 밀려났다.

“허허허, 젊은 친구가 대단하구먼.”

“칭찬해 주니 고맙…….”

휙!

진가운의 말이 끝나기도 전에 노인의 몸은 벌써 진가운을 덮치고 있었다. 노인이 노린 곳은 앞으로 나와 있는 진가운의 팔이었다.

번개처럼 날아든 노인의 손이 진가운의 손목을 낚아채려 다가왔다.

진가운은 노인의 모습에 흠칫하며 손을 뒤로 뺐다.

턱!

그렇지만 진가운의 손은 어느새 노인의 손에 잡혀 있었다. 이름도 모를 금나수다.

손이 잡힌 진가운은 잡힌 손을 빼내려 뒤로 손을 끌어당겼다.

“허허, 아직 볼일이 있는데 그 손을 빼내면 어쩌는가?”

뒤로 손을 빼내는 진가운을 막으려 힘을 쓰는 노인의 얼굴에 슬쩍 힘줄이 돋았다.

휘익!

뒤로 몸을 빼며 함을 쓰던 진가운의 몸이 그대로 화살처럼 전방으로 날아갔다.

쐐애액!

노인의 힘이 더해지자 금산장의 담을 향해 날아가는 진가운의 몸은 눈에 보이지도 않았다.

“이런.”

진가운에게 속은 것을 깨달은 노인이 급히 몸을 돌렸다.

휘이익!

진가운의 몸은 벌써 금산장의 담을 넘어서고 있었다.

타닥!

그 모습을 본 여섯 명의 노인과 사십여 명의 무사가 진가운을 쫓으려 한 발을 움직였다.

"허허. 틀렸네. 그냥 놔두시게."

"어르신!"

진가운을 쫓던 노인과 무사들이 일제히 걸음을 멈추었다.

노인의 입가에는 미소가 여전하다.

"허허허, 나쁜 사람은 아니야. 저 젊은이가 노린 곳은 모두 사혈과는 거리가 먼 곳이 아닌가? 그저 궁금했을 뿐일세. 저 젊은이의 정체가 말일세."

"끄응!"

'제길, 시끄러워서 살 수가 있나.'

침상에 드러누운 채 귀를 막고 있던 예하령이 이불을 걷어차며 침상에서 벌떡 일어섰다.

정말이지 이렇게 이른 시간에 일어나고 싶은 생각은 눈곱만큼도 없었다. 그렇지만 귀를 파고드는 신음 소리 때문에 도저히 더 이상은 잠을 잘 수가 없었다.

"뭐야? 왜 이렇게 아침부터 시끄럽게 구는 거야?"

한 손을 허리에 붙이고 진가운을 죽일 듯 노려보는 예하령의 입에서 한마디 고성이 터졌다.

"끄응!"

그런 예하령은 쳐다보지도 않고 진가운은 계속 신음을 흘리며 몸을 돌린 채 끙끙거리고 있다.

"야, 왜 이래?"

예하령이 마땅치 않다는 얼굴로 진가운을 바라보았다.

"……!"

후닥닥!

진가운에게 급히 다가간 예하령은 그대로 누워 있는 진가운의 몸을 반대편으로 돌렸다.

"……!"

예하령의 큰 눈이 더욱 커졌다.

주르륵!

땀!

마치 비를 쫄딱 맞은 것처럼 진가운의 얼굴을 타고 굵은 땀방울이 쉴 새 없이 볼을 타고 흘러내렸다.

"너… 너!"

예하령은 급히 진가운에게 달려가 손으로 진가운의 이마를 만졌다.

불덩이!

손을 댄 예하령의 손이 흠칫거릴 정도로 진가운의 얼굴은 불덩이였다. 잠시 넋을 잃고 바라보던 예하령은 급히 밖으로 달려나갔다.

잠시 후 돌아온 예하령의 손에 들려 있는 것은 객잔 점소이에게 부탁해 구한 물동이와 천 조각이었다. 그릇을 방바닥에 내려놓은 예하령은 급히 천에 물을 적셔 진가운의 얼굴을 닦아 내렸다. 그러나 좀처럼 진가운의 열은 내리지 않았다.

'안 되겠어.'

예하령은 자리에서 일어났다.

의원을 불러와야 했다.

"어… 어… 어디 가?"

휙!

방문을 나서려던 예하령이 급히 몸을 돌렸다. 여지껏 열리지 않는 비밀 상자처럼 굳게 닫혀 있었던 진가운의 눈이 자신을 바라보고 있었다.

"의… 의원."

"안 돼."

"왜?"

예하령이 이상하다는 표정을 지었다.

왜라니? 그걸 지금 몰라서 묻는단 말인가?

"나… 나… 돈 없어."

진가운의 한마디에 예하령의 입이 벌어졌다.

"야, 이 구두쇠야. 그러다가 죽을지도 몰라."

"안 죽어. 걱정하지 마. 좌우간 의원을 부르든 말든 네 마음대로 해. 그렇지만 난 돈 없어."

한마디를 던진 진가운이 다시 의식을 잃었는지 방바닥에 얼굴을 떨구었다. 그런 진가운을 한참 동안 바라보는 예하령의 얼굴이 조금씩 일그러진다.

"망할 놈의 구두쇠!"

예하령이 어쩔 수 없다는 듯 다시 진가운의 옆으로 다가와 물그릇에 담긴 천을 손으로 잡아 다시 의식을 잃은 진가운의 얼굴을 부지런히 닦았다.

제5장
기분도 더러운데 너희들 잘 걸렸어

허영면(許永眠).

진가운의 바로 앞집에서 장의점을 차리고 영업하는 남창에서는 제법 이름난 장의사다.

진가운이라는 청년이 모습을 드러내기 전까지만 해도 이곳 강서성 최고의 장의사를 들라고 하면 그의 이름을 거론했다. 물론 추전호라는 인물이 있었지만 그는 워낙 외진 곳에 거의 숨어서 생활하는 사람이라 그의 염을 받는다는 것은 불가능과 같았다.

한때 강서성 제일의 장의사로 이름을 드날렸던 그의 명성은 추전호의 제자라는 청년 장의사 진가운이 이곳 남창에 나타나면서 흔들리기 시작했다. 그렇지만 최근 하늘이 내려준 복덩어리, 도굴꾼 덕택에 다시 과거의 영화를 서서히 회복하고 있다.

도굴꾼. 그는 진가운에게는 철천지원수와 같겠지만 허영면에게는 구세주와 다름없었다.

역시 '쥐구멍에도 볕 들 날 있다' 라는 말은 그냥 생겨난 말이 아니었다.

영원히 식지 않을 것 같던 명(名) 장의사, 진가운의 명성도 도굴범(盜掘犯)이라는 그야말로 예상치 못했던, 아니, 상상도 할 수 없었던 복병을 만나 휘청거리게 된 것이다.

처음 도굴범이 나타나 진가운이 염한 시체들만을 골라 도굴을 할 때까지만 해도 허영면은 도굴범에게 감사패라도 수여하고 싶었다. 그로 인해 거의 망해가던 자신의 장의사 일이 중흥을 맞이했다.

하나 인간지사 새옹지마(人間之事塞翁之馬)라…….

이제 옛 명성을 회복해 다시 황금기를 맞이하고 있는 허영면으로서는 자신에게 중흥의 기회를 마련해 주었던 고마운 존재, 도굴범이 새로운 골칫거리로 등장했다.

과거 진가운이 염한 시체만을 노리던 도굴범이 요즘은 무슨 못 먹을 것을 처먹었는지 자신이 염한 시체만을 노렸다.

처음에는 도굴범이 자신이 염한 시체를 진가운이 염한 시체로 오인해서 도굴한 것으로 생각하고 대수롭게 여기지 않았었다. 그러나 시간이 지날수록 그것이 아니라는 것을 알 수 있었다.

놈은 계획적으로 자신이 염한 시체만을 노리고 다녔다.

그 덕분에 반사 이익을 취하는 것들은 그야말로 과거 자신이 돌팔이 놈들이라고 치부하고 다니던, 그렇고 그런 장의사 놈들이었다. 아직은 진가운에 대한 소식도 일반인에게 그렇게 좋은 기억으로 남지는 않아서 진가운 역시 고전하고 있었다.

이 틈을 뒤집고 어떻게 일반인에게는 아직 알려지지도 않은 도굴의 소문을 들었는지 그동안 두 사람의 명성에 기를 펴지 못하던 남창의 장의사들이 덤벼들고 있는 것이다. 만약 이 사실이 장의사들이 아닌 일반인에게라도 들어간다면 큰일이라는 생각으로 지금은 필사적으로 그 소문을 막는 일에 최선을 다하고 있었다.

호랑이가 없는 곳에서 여우가 왕 노릇 한다고 진가운과 허영면이 도굴범에게 비틀거리는 틈에 그야말로 자신의 입지를 구축하기 위해서 장의사들은 치열한 경쟁을 벌이고 있었다.

사실 이놈들이야 별문제가 아니다. 도굴범 문제만 해결하면 간단히 해치울 수 있다.

그런데 들리는 말에 의하면 진가운이 며칠 전부터 공짜 염을 해준다 한다. 요즘에는 거의 하루에 한 구 정도는 꼬박꼬박 공짜 염을 해준다고 한다. 문제는 공짜 염이 아니다. 그러다가는 망하는 법. 언젠가는 진가운 그 녀석도 공짜 염을 중지하게 될 것이다.

정작 큰일은 진가운이 염한 시체에는 더 이상 도굴이 발생하지 않고 있다는 것이다. 그런데 자신이 염한 시신에는 계속적인 도굴이 이어지고 있었다.

지금이야 도굴된 집마다 찾아다니며 은자로 입을 틀어막고 있지만 언제까지 이렇게 은자로 사람의 입을 막을 수는 없는 일이다.

이제는 오히려 염해서 벌어들이는 돈보다 도굴된 집집마다 찾아다니며 입을 막는 은자가 더 들어가고 있다.

생각 같아서는 한때 구세주였던 도굴꾼을 찾아 따지고 싶다. 그렇지만 만나야 이야기를 할 수 있는 법. 이제껏 놈의 꼬리는커녕 그림자조차도 찾아내지 못하고 있었다.

"우와~ 정말 미치겠네. 이놈이 병 주고 약 주는 것도 아니고 왜 내가 염한 시체들만을 도굴하는 거야?"

안절부절.

그야말로 방 안을 미친 사람처럼 이리저리 움직이는 허영면.

"어르신!"

흠칫!

이리저리 움직이며 방 안을 돌아다니던 허영면의 몸이 일시에 굳었다.

'이 서방이다.'

제발 자신의 상상이 틀리기를 바라며 허영면은 조심스럽게 방문이 있는 곳으로 고개를 돌렸다.

'제발……'

간절한 눈빛.

그렇게 대답도 않고 잠시 동안 안절부절못하며 서성이던 허영면이 조심스럽게 입을 열었다.

"이 서방, 무슨……."

"또……."

후닥닥!

이 서방의 말이 끝나기도 전에 허영면은 급히 달려가 문을 재빨리 열고는 그대로 밖으로 달려나갔다.

"……."

그런 허영면을 이상하다는 듯 바라보는 이 서방.

"이번에는 누구야?"

멀리 달려가는 허영면의 목소리가 이 서방의 귀를 파고들었다.

“마 대인……..”

“알았어!”

이 서방의 말을 자르며 달려가는 허영면의 발이 보이지 않을 정도로 바쁘게 움직였다.

“네 이놈~!”

얼굴이 시뻘겋게 된 채 장의사 허영면의 멱살을 당차게 움켜쥔 사내.

마영성(馬英星)!

이곳 남창에서 알아주는 알부자다.

그의 직업은 금융대여업. 말이 좋아 금융대여업이지 지독하기 그지없는 고리채(高利債)업자다.

‘남창에서 마왕에게 돈을 빌리느니 차라리 염왕에게 빌려라’ 라는 말이 돌 정도로 지독함이 그야말로 상상 불허하는 인물이었다.

그런 마영성이 무슨 일인지 자신의 절반도 안 되는 체구인 허영면의 멱살을 움켜쥔 채 죽일 듯 노려보고 있었다.

그런 마영성의 눈길을 피해 장의사 허영면이 바라보고 있는 곳은 조금 전 만든 듯 아직 흙조차 마르지 않은 무덤이다.

파헤쳐져 흙이 널려 있는 무덤 가에 아직 오동나무 향이 가시지도 않은 관 하나가 덩그러니 모습을 보이고 있다.

파르르.

허영면의 몸이 떨렸다.

‘망할 놈의 도굴꾼 새끼.’

도굴이다.

돌아가신 마영성의 아버지를 염해 관에 집어넣었는데 그 관이 무덤 밖에 나와 있는 것이다.

"이 자식아, 어떡할 거야?"

씨익!

멱살을 움켜쥔 마영성을 향해 허영면이 슬쩍 미소를 지었다.

"이런 망할 자식을 보았나. 그래, 웃음이 나온다 이거지."

획!

허영면의 멱살을 움켜잡았던 마영성의 손이 뿌려지며 허영면의 자그마한 몸뚱이가 하늘을 날았다.

쿵!

"아이고……!"

바닥에 몸이 떨어지는 것과 함께 허영면이 비명을 질렀다.

저벅!

"웃어? 지금 웃음이 나와, 이 새끼야."

마영성이 콧김을 내뿜으며 천천히 허영면에게 다가왔다. 허영면이 급히 품으로 손을 가져갔다가 꺼냈다.

허영면의 손에 든 것은 제법 묵직한 은자 꾸러미.

"대인, 이것이면……."

획!

마영성의 손이 번쩍이더니 허영면의 손에 들렸던 은자 꾸러미를 낚아챘다.

"겔겔겔."

조금 전까지 시뻘겋게 달아오른 얼굴로 허영면을 죽이겠다며 다가오던 마영성의 입에서 웃음이 터졌다.

‘망할 자식! 너 같은 자식새끼 볼까 봐 내 장가를 안 간다.’

획!

그런 허영면의 마음을 아는지 모르는지 마영성이 고개를 돌렸다. 허영면은 급히 얼굴에 웃음을 지어 보였다.

“어르신, 칠십 냥입니다.”

“그래, 내 도굴을 생각하면 자네의 면상을 이 주먹으로 짓이겨야겠지만 우리 사이에 그럴 수야 있나.”

‘망할 자식. 우리 사이가 어떤 사인데?

허영면이 얼굴을 슬쩍 일그러뜨리며 자리에서 일어났다.

간신히 마영성의 입을 은자로 틀어막고 무덤을 떠난 허영면이 걸음을 옮긴 곳은 자신의 집이 아니라 흑사방이었다.

잡놈의 집단 흑사방(黑砂幇)!

흑사방의 현판을 바라보던 허영면은 조심스럽게 품을 한번 뒤지고는 안으로 천천히 들어갔다.

방주실에 앉아 있는 두 사람.

한 명은 요즘 도굴 때문에 골머리를 앓고 있는 장의사 허영면이고 다른 한 명은 이곳 흑사방의 방주인 호리철면(狐狸鐵面) 간유상(簡猶桑)이었다.

“그래, 나더러 그 도굴꾼 놈을 잡아달라 이 말인가?”

“그렇습니다.”

“은자 오백 냥.”

“오… 오… 오백 냥!”

은자 오백 냥이라는 간유상의 말에 허영면의 입이 떡 하고 벌어졌다.

하긴 어디 은자 오백 냥이 뉘 집 강아지 이름인가?

오백 냥이면 한가족이 십 년간 손 하나 까닥거리지 않고 떵떵거리며 살 수 있는 돈이다.

'도둑놈의 새끼들…….'

더 이상 이들과 말해 봐야 소용없다는 생각에 허영면은 자리에서 일어났다. 은자 오백 냥이면 흑사방보다 백 배 천 배 뛰어난 문파인 하오문(下午門)에 의뢰를 할 수도 있는 금액이었다.

"크크크. 잘 가시게. 내일부터 남창에 소문 쫙 퍼질 게야. 허영면 장의사가 염한 시체는 도굴꾼의 밥이더라는 소리가 말이야."

허영면의 몸이 돌덩이처럼 굳어졌다.

그도 그럴 것이 조금 전 간유상이 말한 것과 같은 소문이 남창을 중심으로 한 강서성에 퍼지면 자신은 끝장이다.

'내가 미쳤지. 이런 도둑놈의 새끼들에게 부탁을 하다니.'

돈 좀 아껴보겠다고 처음부터 하오문에 찾아가지 않고 이곳에 온 것이 원망스러웠다. 그렇지만 후회는 아무리 빨라도 늦는 법. 울며 겨자 먹기로 흑사방주 간유상 앞에 다시 앉았다.

"좋습니다. 은자 오백 냥……."

"육백 냥!"

허영면이 어이없다는 듯 간유상을 바라보는 사이 간유상의 입이 다시 열렸다.

"칠……."

"아… 아… 알았습니다. 육백 냥!"

허영면이 간유상의 말을 가로막았다. 간유상의 얼굴에 곧 미소가 번졌다.

"호호호. 착수금은 준비하셨나?"

"예."

허영면은 급히 품에서 천하전장의 삼백 냥짜리 전표를 꺼내 간유상에게 내밀었다. 처음에는 이 돈으로 이번 거래의 금액을 맞추려고 했다. 그런데 어찌하다 보니 착수금으로 날리게 된 것이다. 생각하면 생각할수록 아쉬운 돈이다. 그냥 하오문에 갈 걸 하는 생각이 허영면의 머리에서 떠나지 않았다.

"그럼 이만!"

허영면이 더 이상 있어봐야 울화통만 터질 거라는 생각으로 자리에서 일어났다.

"잠깐!"

'또 뭐야? 이 도둑놈아.'

허영면이 저절로 일그러지는 얼굴을 억지로 펴고 몸을 돌렸다.

"호호호, 인사는 듣고 가셔야지. 조심해서 돌아가시게."

"아~ 예. 방주님도 건강하십시오."

허영면이 간유상에게 허리를 슬쩍 숙인 후 몸을 돌렸다.

입으로는 건강 어쩌고 했지만 맘속으로는 벼락이나 맞아 뒈졌으면 하는 생각이었다.

초사(樵舍)!

호남성의 동정호, 강서성의 태호, 홍택호와 함께 중원 사대호인 강서성 번양호의 남쪽, 그리고 남창의 북쪽에 위치한 아주 작은 마을이다.

이곳에 괴상한 몰골의 두 사내가 나타났다.

한 사람은 만장(輓章)과 같은 커다란 깃발을 들고 있었고 다른 한 사람은 무언가 약간의 짐을 실은 마차를 몰고 있다. 공짜로 염을 해주기 위해 오늘도 아침 일찍 남창의 집을 나선 진가운과 그의 일을 돕는 장서방이다.

진가운.

만년교룡의 내단을 훔치러 들어갔다가 이름 모를 노인에게 걸려 얻어 터지기만 한 진가운은 강서성 집으로 들어오자마자 처음 예하령과 계획한 대로 공짜 염을 시작했다.

깃발.

진가운이 들고 있는 깃발에는 '중원 제일 장의사 진가운. 도굴(盜掘) 시에는 은자 일백 냥 배상합니다' 라고 적혀 있다.

"염(殮)해 드립니다. 무료로 염을 해드려요."

진가운이 마을길을 지나며 소리치자 길 양 옆에 있는 사람들이 신기하다는 듯 머리를 내밀고 두 사람을 바라보았다.

"아이고, 힘들어."

소리를 지르던 진가운이 털썩 바닥에 주저앉았다.

"크흐~!"

자리에 주저앉는 진가운의 입에서 신음이 터졌다.

금산장에서 만난 노인에게 당한 가슴의 상처가 아직도 온전하지는 않았다.

'떨그럭.'

불과 몇 달 전까지만 하더라도 자신이 요 모양 요 꼴로 이곳을 돌아다닐 것이라고는 생각도 못했다.

그래도 오늘은 두 건이나 염을 할 수 있었으니 다행이다.

처음에는 무료로 해준다고 하더라도 염을 부탁하는 사람이 없었다.

하긴 아무리 돈이 없다고 하더라도 마지막 가는 길에는 돈을 아끼지 않는다. 그런 마당에 염을 한 시체마다 도굴이 되는 장의사에게 누가 고인의 시신을 모시게 하겠는가?

그렇게 나흘간이나 허탕을 치다가 진가운이 생각한 것이 보상 제도였다. 만약 자기가 염한 시체가 도굴을 당할 시에는 은자 일백 냥을 보상해 주겠다는 조건을 걸었다.

그 효과가 있었던지 그 이후로 간간이 염을 해달라는 사람들이 보였다. 물론 시체에 대한 도굴 역시 이제껏 없었다. 하긴 예하령과 합의를 맺었는데 어느 놈이 도굴을 하겠는가.

그렇지만 눈앞이 캄캄하다.

"어이, 이봐! 정말 도굴이 있으면 은자 백 냥을 보상해 주는 거야?"

귓구멍을 파고드는 사내의 음성.

진가운은 고개를 들었다.

멀리서 한 사내가 자신을 보고 있었다.

진가운의 얼굴이 살짝 일그러졌다. 일반적으로 자신에게 쏟아지는 질문의 대부분은 정말 공짜냐는 말이었다. 하나 눈앞의 사내는 정말 백 냥을 주느냐고 물었다.

뭔가 냄새가 나는 인간이다.

진가운이 사내를 향해 고개를 끄덕이자 사내가 천천히 다가왔다. 입가에 비치는 미소.

아무리 생각해도 구린내가 물씬 풍기는 놈이다.

　염을 부탁하는 것을 보니 분명 가까운 누군가가 죽음을 맞았을 것이다. 더구나 염을 구할 정도라면 그냥 가까운 정도가 아니라 일가(一家)가 분명하다. 그런 사람의 입가에 미소가 비치고 있으니 아무리 생각해도 이상하다.

　“어이, 뭐 해! 일어나.”

　“예, 알겠습니다.”

　진가운이 자리에서 일어나자 사내가 앞서 걸어갔다.

　걸어가는 진가운 일행을 바라보며 사람들이 손가락질하는 것이 보였다. 진가운은 즉시 내력을 귀로 몰았다.

　사람들이 수군거리는 소리가 진가운의 귀로 들려왔다.

　“아주 신이 났구먼.”

　“그렇지. 이제 저 개망나니 세상이 아닌가?”

　“그럼 초산장의 재산은 모두 저기 저 둘째가 차지하는 게야?”

　“그렇겠지. 그나저나 이제 초산장도 큰일이여. 저런 개망나니가 뒤를 있게 생겼으니 말이야.”

　“그러게, 누가 아니래. 그나마 큰아들이라도 있어서 둘째 저놈의 개망나니 짓을 막았는데 이제 아주 절단나겠구먼.”

　역시 처음 느꼈던 대로 진가운을 데려가는 사람은 그리 좋은 사람이 아닌 모양이다.

　그런 소리를 듣지도 못하고 제법 그럴듯한 집으로 사내가 들어갔다.

　“아이고! 아이고!”

　집 안에 들어오자 들려오는 곡(哭)소리.

　조금 전까지 미소를 지어 보이던 사내가 침통한 표정을 지으며 안으로 들어갔다.

방에서 들려오는 곡소리로 보아 두 명의 여인이다.

"어머니! 들어갑니다."

사내가 안에 먼저 고하고 조심스럽게 방문을 열었다.

역시 방에는 두 명의 여인이 곡을 하고 있었다.

"어머니, 모시고 왔습니다."

두 명의 여인이 고개를 돌렸다.

한 명은 중년의 여인, 다른 한 명은 노파다.

"이렇게 와주서서 고맙소. 우리 아들을 잘 부탁하오."

"예, 알겠습니다."

노파가 나가지 않으려는 중년 여인의 손을 잡고 밖으로 나갔다.

두 여인이 밖으로 나가자 진가운은 천천히 시체가 있는 곳으로 다가갔다.

조심스럽게 시체를 덮고 있는 천을 조금 걷어냈다.

"으윽!"

진가운이 몸서리를 치며 뒤로 물러났다.

천으로 가려진 시체.

그야말로 목불인견(目不忍見)이란 이를 두고 하는 갈인 것 같다. 사지는 그대로 몸에 붙어 있지만 그의 가슴은 무엇으로 그렇게 되었는지 알 수 없을 정도로 짓뭉개져 있었다.

얼굴을 잔뜩 찡그린 채 가쁜 숨을 몰아쉬던 진가운이 고개를 돌렸다.

"어떻게……."

"형님이 그만 마차에 치였다."

'형님, 그렇군. 오다가 듣던 대로 이자의 형님이었군.'

진가운은 다시 숨을 크게 한 번 들이킨 후 헝겊을 들췄다.

이번에는 단단히 마음의 준비를 한 듯 시체의 상태를 자세히 살폈다.

역시 말대로 마차에 치인 듯 마차의 바퀴가 오른쪽에서 왼쪽으로 나 있었다.

'자… 자… 잠깐!'

무엇인가 이상한 것을 발견한 듯 진가운은 다시 한 번 시신의 가슴 부위를 자세히 살폈다.

'이상하군.'

분명 오른쪽에서 왼쪽으로 난 것은 마차의 바퀴 자국이 분명하다. 진가운이 이상하게 생각한 점은 시신의 상태다.

바퀴 자국으로 보아 마차는 시신의 오른쪽에서 왼쪽으로 지나간 것이 분명하다. 그런데 시신은 오른쪽보다 왼쪽이 훨씬 더 많이 손상되어 있었다.

'살인이다. 분명 의도적으로 누군가 이 사람을 마차로 치고 지나간 것이야.'

진가운은 단번에 이 시신이 살해당했다고 생각했다.

살인이 아니라면 시신의 상처는 이해가 되지 않는 것이다.

분명 마차는 오른쪽부터 지나갔다. 그렇다면 상처는 당연히 오른쪽이 왼쪽보다 심해야 한다. 아니, 정신이 없는 상태에서 마차를 몰았다면 최소한 양쪽의 상처가 동일해야 한다. 그것은 인간의 본능 때문이다.

살인의 고의가 없다면 실수라는 말이다.

실수로 사람을 치었다면 당연히 덜컹거리는 느낌이 들었을 것이고 그렇다면 본능적으로 달리는 말의 속도를 늦추게 되어 있다. 그렇다면 당연히 상처는 오른쪽이 심한 법이다. 설사 마차를 모는 자가 정신이 없어서 미처 이를 알 수 없었다 하더라도 사람과 부딪치는 충격으로 자동으로 마차의 속력은 줄게 되어 있다. 여하튼 실수로 사람을 치었다면 절대로 나중에 치인 왼쪽의 상처가 처음에 치인 오른쪽의 상처보다 클 수는 없다.

그런데 지금 방에 놓인 시신은 왼쪽의 상처가 크다. 이는 누군가 이 사람을 치는 순간 더욱 힘을 가했다는 말이 된다.

'누구지?'

진가운은 고개를 돌려 자신의 옆에 있는 동생이라는 자를 바라보았다.

'아무래도 이놈이 수상해.'

그렇다. 처음 자신을 만났을 때부터 눈앞에 있는 사내의 태도가 이상했다.

"뭘 보느냐?"

자신을 바라보는 진가운의 눈빛이 싫은 듯 사내가 눈썹을 꿈틀거렸다.

"아닙니다. 이제부터 염을 시작하도록 하겠으니 이만 나가주시지요."

사내가 기다렸다는 듯 몸을 돌려 밖으로 나갔다.

"장 서방, 얼른 물건들을 가지고 안으로 들어와요."

"예, 주인님!"

장 서방이 수의와 염포를 할 끈을 들고 방 안으로 들어왔다.

"크흑!"

장 서방 역시 시신의 참혹한 모습에 놀란 듯 외마디를 지르며 흠칫
하곤 뒤로 한 발 물러섰다.

"문부터 닫아요."

장 서방이 문으로 다가가 열려진 문을 닫았다.

"지금부터 내 말 잘 들으세요."

진가운의 목소리가 갑자기 작아지자 장 서방이 바짝 긴장한 채 고개
를 끄덕였다.

"장 서방은 염이 끝나면 즉시 관아로 가서 포졸을 이 사람이 묻힐 무
덤이 있는 곳으로 데려오세요."

"……."

장 서방이 영문을 모르겠다는 듯 진가운을 바라보았다.

"이유는 묻지 마시고 무조건 제가 시키는 대로 하세요. 아셨죠?"

"예, 주인님!"

"그럼 나가서 관이나 준비해 주세요."

"예, 주인님!"

장 서방이 자리에서 일어나 밖으로 나갔다.

진가운은 천천히 다시 한 번 시신을 살폈다.

"당신의 원한은 내가 풀어줄 것이니 부디 극락왕생하시길……."

"아휴, 힘들어."

어둠 속에서 꿈틀거리던 예하령의 입에서 볼멘소리가 터져 나왔다.

이곳은 땅속이다.

예하령은 오늘도 장의사 허영면이 염한 시체가 묻혀 있는 묘를 도굴
하기 위해 방금 만들어진 무덤으로 들어가는 토굴을 파고 있는 것이다.

지금 이 무덤은 조금 이상하다.

오늘 들어갔으니 상하지도 않았을 텐데 무덤 속에서 견디기 힘든 악취가 흘러나오고 있다.

'이거 뭔 시체가 이래.'

예하령은 악취 때문에 골이 흔들릴 지경이었다.

'뭐야? 어디서 물이……'

예하령의 얼굴이 더욱 일그러졌다.

어디선지 모르지만 자신이 파고 있는 토굴(土窟)로 그야말로 썩은 물이 들어오고 있었다.

토굴이 어딘가 고여 있던 지하 수맥과 연결된 모양이다.

'옷 다 버리겠네.'

당장에 무덤 밖으로 나가고 싶은 마음이 굴뚝같았지만 이곳까지 파고 들어온 것이 아까워 꾹 눌러 참았다.

예하령은 다시 손을 앞으로 쭉 뻗었다. 손에 들려 있던 지둔륜이 회전하며 다시 땅이 파졌다.

"우와, 미치겠다."

썩은 물의 양이 늘어나며 점점 더 냄새가 짙어졌다.

턱!

마침내 관에 지둔륜이 닿았는지 둔탁한 소리가 났다.

예하령은 급히 지둔륜을 수거해 자신의 허리춤에 건 후 손을 앞으로 쭉 하고 내밀었다.

역시 손에 관 하나가 만져졌다.

모처럼 예하령의 입가에 미소가 번졌다.

고생이 심해서인지 더욱 진한 성취감이 들었다.

예하령은 관을 잡고 그대로 몸을 뒤로 뺐다.

예하령이 먼저 얼굴을 슬쩍 밖으로 내밀고 주변을 살폈다.

다행히 주변에 사람의 모습이 보이지 않았다.

쑤욱!

예하령이 관을 밖으로 밀어내고 몸을 일으켰다.

이제 한곳만 더 파면 집으로 돌아가 쉴 수 있는 것이다.

몸을 돌리던 예하령이 아쉬운 듯 무덤 옆에 놓인 관을 바라보았다. 고생해 꺼낸 관이라서 그런지 왠지 이대로 돌아가기에는 아쉬웠다.

'그래, 그냥 보기만 하자. 혹시 누가 알아.'

예하령의 마음이 꿈틀거렸다.

예하령은 조심스럽게 다시 관이 있는 곳으로 다가가 허리춤에 걸친 지둔륜을 꺼냈다. 좌우를 살핀 예하령은 슬쩍 지둔륜의 끝을 관 뚜껑과 관 사이로 밀어 넣었다.

"남아일언중천금(男兒一言重千金)이야."

"내가 남아(男兒)야?"

별소리 다 듣겠다는 듯 무심코 한마디를 내뱉은 예하령이 지둔륜에 조금 힘을 주었다.

지둔륜이 뚜껑과 관 사이를 파고들었다.

턱!

"엄마야!"

갑자기 손 하나가 관 위로 올라왔다.

예하령이 깜짝 놀라며 고개를 들었다.

예하령을 보며 빙긋 미소를 짓고 있는 진가운. 예하령의 입술이 사르르 떨리는 것과 동시에 날카로운 음성이 흘러나왔다.

"간 떨어질 뻔했잖아."

"안 떨어졌으면 됐어."

진가운은 예하령의 손을 덥석 잡더니 급히 몸을 움직였다.

"뭐 하는 짓이야?"

"나쁜 짓!"

진가운의 몸이 순식간에 자리에서 사라졌다. 그와 동시에 예하령의 몸도 진가운에게 대롱대롱 매달린 채 함께 사라졌다.

진가운이 예하령을 데리고 온 곳은 오후에 염을 한 초산장의 장자(長子)가 묻혀 있는 무덤이다.

무덤과 진가운을 번갈아 바라보는 예하령.

"뭐라고?"

"파라고!"

"너 미쳤어?"

예하령은 눈을 동그랗게 뜨고 진가운을 바라보았다. 그도 그럴 것이 진가운이 오늘 자신이 염한 무덤을 파라고 하니 이게 므슨 조화 속인지 모르겠다.

"관이 있는 곳까지 파지 말고 그 옆까지만 파라고."

"왜?"

"파라면 파지 왜 그렇게 말이 많아."

"싫어! 내가 네 종이야?"

예하령은 입을 쫑긋 내밀더니 몸을 획 하고 돌렸다.

"부탁이야."

"부탁?"

“그래, 아주 중요한 일이야.”

“중요한 일? 그게 뭔데?”

예하령이 몸을 다시 돌리더니 진가운을 바라보았다. 진가운은 어쩔 수 없다는 듯 입맛을 한번 다시고는 오후에 있었던 일을 설명했다. 진가운의 말을 들은 예하령이 이해가 되는지 계속 고개를 끄덕였다.

“진작에 그렇게 말할 것이지. 그러니까 그 동생 놈이 형을 죽인 거다 이 말이지. 그리고 놈이 은자 백 냥을 더 벌겠다고 이곳에 와서 형의 무덤을 파헤칠 거다.”

“……”

진가운이 고개를 끄덕였다.

예하령은 알겠다는 듯 무덤에서 상당히 떨어진 곳으로 걸어가더니 지둔륜을 꺼냈다.

지둔륜을 땅바닥에 댄 예하령은 즉시 팔을 돌렸다.

휘리릭!

예하령의 손에 잡혀 있던 지둔륜이 회전을 일으키며 그대로 땅을 파고들었다. 그와 동시에 사람 하나가 지나다닐 정도의 땅굴이 순식간에 뚫렸다.

그와 동시에 예하령이 굴속으로 몸을 쑥 하고 집어넣었다.

‘사람이 아니라 완전히 두더지로군.’

예하령을 보며 진가운은 그렇게 생각했다.

“무서우니까 어디 가지 마!”

갑자기 예하령이 다시 밖으로 얼굴을 내밀었다. 진가운이 알았다는 듯 고개를 끄덕이자 예하령은 다시 땅속으로 들어갔다.

“무서움 아는 여자가 도굴하냐?”

진가운의 말을 못 들었는지 예하령은 한참 동안 모습을 드러내지 않았다. 본격적으로 예하령이 땅을 파고 있다고 생각한 진가운은 즉시 자리를 옮겨 장 서방과 함께 관아에서 나올 포졸들을 기다렸다.

그렇게 얼마의 시간이 흘렀다.

멀리서 장 서방이 사내 몇 명과 함께 걸어오는 것이 보였다.

진가운은 즉시 장 서방이 걸어오는 곳으로 마주 걸어갔다.

"주인님! 이분은 강서성 소속 포두(捕頭)님이십니다."

진가운은 장 서방 옆에 있는 사내를 향해 허리를 숙였다.

"진가운입니다."

"포두, 양홍정이오. 내 이 사람의 말을 듣고 급한 일이 발생한 것으로 알고 오기는 왔는데 무슨 일이시오?"

"살인입니다."

"살인?"

포두 양홍정이 바짝 긴장한 얼굴로 진가운을 바라보았다. 진가운은 양홍정을 향해 고개를 한번 끄덕이고는 이야기를 시작했다. 진가운의 말을 듣는 양홍정 역시 조금 전 예하령과 마찬가지로 수긍하는 듯 고개를 끄덕였다.

"그러니 이곳에서 놈을 기다렸다가 체포해서 취조하신다면 틀림없이 성과가 있을 것입니다."

양홍정이 뒤에 있는 자신의 수하 포쾌들을 바라보았다. 포쾌들은 이미 이런 일에 익숙한 듯 사방으로 몸을 날려 주변을 에워쌌다.

진가운은 장 서방, 양홍정과 함께 몸을 숨겼다.

그 시각.

예하령은 진가운의 말에 따라 열심히 땅굴을 파고 무덤이 있는 곳으로 나아갔다.

"잘 들어."

"엄마야!"

갑작스러운 소리에 예하령이 소스라치게 놀라며 뒤로 물러났다. 그러나 이내 진가운의 목소리라는 것을 깨닫고 가슴을 쓸어 내리며 안도의 한숨을 내쉬었다.

'망할 자식, 전음을 보내면 보낸다고 말을 해야지.'

예하령은 진가운의 다음 말을 기다리며 땅 파기를 잠시 중단했다.

"무덤까지 완전히 파지는 마! 자칫하면 들킬 수 있으니까. 그리고 빨리 나와. 내가 포두와 함께 그곳에서 지킬 테니까."

진가운의 목소리가 끊겼다.

"내가 네 말 듣게 미쳤냐?"

예하령은 입가에 슬쩍 미소가 번졌다. 그리고는 더욱 열심히 땅을 파고 안으로 들어갔다.

턱!

마침내 관이 있는 곳까지 지둔륜이 도착한 듯 지둔륜의 끝에서 둔탁한 소리가 들렸다.

무덤까지 파지 말라는 진가운의 말을 무시하고 예하령은 관이 있는 곳까지 파고 들어간 것이다.

진가운은 초조하게 예하령이 밖으로 나오기를 기다렸다. 그렇지만 어찌 된 일인지 예하령은 밖으로 나올 생각을 하지 않았다.

몇 번의 전음을 더 보냈지만 예하령은 나오지 않았다.

'말은 더럽게도 안 들어요.'

진가운이 얼굴을 찡그리는 사이 무덤을 향해 다가오는 그림자가 보였다.

진가운과 포두 양홍정은 더욱 땅에 바짝 엎드렸다.

입과 코 부위만 드러낸 채 복면을 뒤집어쓴 두 사람이 무덤으로 다가갔다.

"시작해!"

"알겠습니다."

한 사내가 미리 준비해 온 자루에 손을 집어넣더니 곡괭이 하나를 꺼내 들었다.

곡괭이를 꺼내 든 사내가 급히 오늘 묻힌 초산장 장남의 무덤을 파기 시작했다.

"저… 저… 저런 찢어 죽일 놈들!"

양홍정이 얼굴을 붉히며 자리에서 일어나려는 순간 진가운은 급히 양홍정의 팔을 잡았다.

"포두님! 아직은 아닙니다. 물론 도굴도 큰 죄지만 놈들은 살인자들입니다. 그러니 그 증거(證據)를 잡을 때까지 조금만 더 기다리시지요."

양홍정이 잠시 숨을 몰아쉬다가 다시 땅바닥에 엎드렸다.

팍! 팍!

사내는 그것도 모르고 열심히 곡괭이질을 했다.

턱!

곡괭이에 무엇인가 부딪치는 소리가 들렸다.

사내가 곡괭이를 무덤 옆에 팽개치고 손을 가져갔다.

'관이다.'

사내의 입가에 슬쩍 미소가 번졌다.

"됐습니다. 이제 꺼내지요."

사내의 말에 이제껏 옆에서 지켜보기만 하던 사내가 무덤 안으로 들어갔다.

사내들이 관을 꺼내기 위해 손을 흙 속으로 쑥 집어넣었다.

사내 가운데 곡괭이질을 하던 사내의 몸이 갑자기 굳더니 얼굴까지 하얗게 질렸다.

"이 사람아, 뭐 해! 얼른 꺼내자고."

"……."

"아, 이 사람. 뭐 하나니까?"

반대편에 있던 사내가 버럭 소리를 질렀지만 곡괭이질을 하던 사내의 귀에는 아무것도 들리지 않았다. 슬쩍 고개를 숙여 관이 있는 곳을 바라보았다.

손!

그것도 여인의 손인 듯 가느다랗고 기다란 하얀 손이 눈에 들어왔다.

사내의 몸이 덜덜 떨렸다.

맞은편에 있던 사내가 더욱 얼굴을 일그러뜨리며 버럭 소리를 질렀다. 하지만 곡괭이질을 하던 사내는 대답조차 할 수 없었다. 손가락만 보였던 하얀 손이 불쑥 땅 밖으로 튀어나오더니 자신의 발목을 움켜잡았다. 다리에서 시작된 떨림이 배를 지나 얼굴까지 밀려왔다.

양 턱이 덜그럭거리며 부딪치는 소리가 반대편 사내의 귀에도 뚜렷이 들릴 지경이었다.

"으아아악! 귀… 귀신이다."

사내가 그대로 몸을 퉁기듯 무덤 자리에서 도망 나왔다.

"왜 그래, 이 사람아!"

다른 사내가 이내 몸을 빼서 달아나려는 사내의 어깨를 잡았다. 하얗게 질린 사내가 무덤 자리를 손으로 가리켰다.

"귀… 귀… 귀신!"

"이런 실없는 사람. 그렇게 겁이 나면 그곳에 계시게. 어차피 무덤은 파헤쳤으니 관 뚜껑만 열면 되는 일일세. 그건 내가 함세."

사내가 무덤 옆에 있는 곡괭이를 들고 다시 무덤 자리로 돌아갔다.

끼이익!

요란한 소리와 함께 관 뚜껑이 서서히 열렸다.

밖에 있는 사내는 여전히 몸을 떨며 무덤 자리를 바라보았다.

"헉!"

관 뚜껑을 열던 사내의 얼굴이 하얗게 변했다. 관에 누워 있어야 할 시신이 벌떡 일어나 방금 뚜껑을 연 사내를 바라보듯 섰다.

"혀… 혀… 형님!"

통!

관에 있던 사내가 양 발을 폴짝 뛰며 관에서 튀어나오더니 사내에게 다가갔다.

"혀… 형… 님, 주… 주… 죽을죄를 지었습니다!"

"귀… 귀신이다!"

두 사람의 얼굴이 하얗게 변했다. 두 사람뿐만 아니라 진가운의 옆에 있는 포두 양홍정의 얼굴까지 하얗게 질렸다.

진가운의 얼굴이 일그러졌다.

'이게 사고를······.'

진가운은 땅굴의 입구가 있는 곳을 지켜보았다.

휘이익!

땅굴에서 예하령이 튀어나오더니 진가운이 있는 곳을 향해 손을 흔들었다.

갑자기 관에서 벌떡 일어난 시신 때문에 어쩔 줄 몰라 하던 두 명의 사내가 그대로 달아났다.

"서라!"

미리 주변을 에워싸고 있던 포쾌 중 한 명이 두 사람 앞에 나타나며 버럭 소리를 지르고는 앞을 가로막았다.

진가운의 옆에 있던 양홍정 역시 기다렸다는 듯 두 사람에게 달려갔다. 두 사내는 모든 것을 체념했는지, 아니면 조금 전의 충격이 너무 컸는지 멍한 눈빛으로 자신들을 포위하고 있는 포쾌들을 바라보았다.

"벗겨라!"

포두 양홍정의 명령에 포쾌들이 두 사내에게 다가가 쓰고 있던 복면을 벗겼다. 그와 동시에 초산장의 둘째 아들과 다른 사내의 얼굴이 드러났다.

진가운은 천천히 몸을 일으켜 양홍정의 옆으로 다가갔다.

초산장 둘째 아들 녀석이 눈을 부릅뜨고 진가운을 죽일 듯 노려보았다.

"뭘 봐?"

"······."

초산장 둘째 아들의 검미가 부르르 떨렸다.

“이놈아, 네 형의 한이 얼마나 사무쳤으면 관에서 벌떡 일어났겠어?”

“이놈들을 당장 묶어라.”

“예.”

양홍정의 명령에 포쾌 두 명이 다가가 초산장의 둘째 아들을 비롯한 두 사내의 몸을 오랏줄로 꽁꽁 묶었다.

진가운은 시신이 있는 곳으로 걸어갔다. 조금 전까지 벌떡 일어서 있던 초산장 장자의 시신은 이미 힘을 잃고 바닥에 쓰러져 있었다.

“그 시신은 다시 검시(檢屍)를 해야 하니 그냥 놔두시게.”

“알겠습니다.”

진가운은 몸을 돌려 포두 양홍정에게 허리를 숙인 후 남창의 집으로 돌아갔다. 이제부터는 관에서 알아서 초산장 장남의 죽음을 파헤쳐 줄 것으로 생각했다.

“잘했지?”

어디서 나타났는지 집으로 돌아가는 진가운의 옆어 예하령이 불쑥 튀어나왔다.

진가운이 얼굴을 찌푸리며 예하령을 노려보았다.

“말했지? 시신에는 손대지 말라고.”

“어차피 관에서 다시 조사하려면 시신을 건드릴 거잖아.”

진가운이 고개를 획 하고 돌리며 예하령을 노려보았다. 예하령이 놀란 듯 몸을 흠칫거렸다.

“네가 포쾌야?”

“그… 그… 그게 아니라…….”

예하령이 곧 울음이라도 토할 듯 눈시울이 붉어졌다.

"울지 마! 울면 동업이고 뭐고 없어."

예하령의 입이 삐쭉 튀어나왔다.

"치이, 그래도 됐잖아."

"잘되건 말건 무조건 처음에 약속한 대로 해. 알았어?"

"……."

"알았느냐고?"

진가운의 고함에 예하령이 풀이 죽었는지 고개를 푹 숙이더니 모깃 소리만하게 입을 열었다.

"으… 으응. 알았어. 그럼 갈게."

"어디를?"

"아직 일 다 안 끝났어. 한 건만 더 하고 집으로 들어갈게."

"알았어."

말이 끝남과 동시에 예하령이 급히 달음박질을 치며 진가운의 눈에 서 사라졌다.

예하령을 바라보는 진가운의 입가에 미소가 번졌다. 예하령을 만난 이후 처음으로 제대로 한 번 예하령의 콧대를 시원스럽게 눌러준 것이 다.

'헤헤헤. 어디서 감히 아녀자가 대장부를 이기려고 까불어.'

"주인님!"

장 서방의 목소리가 들렸다.

"오! 장 서방, 무슨 일이에요?"

"아직 아가씨가 안 들어오셨습니다."

“아가씨?”

아가씨라는 말에 진가운은 고개를 갸웃거렸다. 자신의 집에서 아가씨 소리를 들을 사람은 아무도 없기 때문이었다.

“예, 하령 아가씨가 아직!”

진가운의 얼굴이 일그러졌다. 장 서방이 예하령을 아가씨라고 부르는 것이 마음에 들지 않았다.

“아가씨는 무슨……. 냅둬요. 귀신한테 잡혀갈 리는 없으니까.”

“그래도!”

“내버려 두라고요.”

진가운의 고함에 장 서방이 더 이상 말하지 못하고 돌아간 듯 더 이상은 소리가 들리지 않았다.

“아가씨는 무슨 얼어죽을…….”

공동묘지!

예하령은 급히 지금 막 유족들이 돌아간 무덤을 향해 다가갔다.

“어휴, 뭔 놈의 제사를 지금까지 지내는 거야.”

칠흑 같은 어둠이 깔린 지금에서야 제사가 끝났다.

몇 번이고 돌아가고 싶은 생각이 들었다. 하나 지금까지 기다린 것이 아깝다는 생각에 참고 또 참고 기다리다가 이제야 제사가 끝난 것을 알고 방금 무덤 가로 달려온 것이다.

‘시간없다.’

너무 늦었다.

예하령은 조금도 지체하지 않고 허리에 매어 있는 지둔륜을 꺼내 땅바닥에 댔다.

휘리릭!

예하령이 들고 있는 지둔륜이 회전하며 구멍이 뚫렸다.

예하령은 지둔륜이 판 구멍을 따라 무덤 속으로 몸을 밀어 넣었다.

쉬식!

세상에서 제일 땅을 잘 파는 두더지가 지금 예하령의 모습을 보았다면 스스로 두더지가 아니라고 말할 정도의 엄청난 속도로 땅을 파 들어간 예하령의 눈에 방금 입관한 것으로 보이는 관이 모습을 드러냈다.

관을 바라보는 예하령의 입가에 슬쩍 미소가 번졌다.

'미안해. 나도 이러고 싶지는 않아. 그저 재수 옴 붙었다고 생각해.'

예하령은 관을 손으로 꼭 움켜잡더니 밖으로 서서히 움직였다. 관의 무게 때문인지 들어올 때보다는 상당히 느리지만 그래도 제법 빠르게 밖으로 몸을 움직이는 예하령.

싸늘한 공기가 코끝으로 전달되는 것이 이제 지상이 멀지 않았나 보다.

쑤욱!

묘지 밖으로 예하령의 얼굴이 불쑥 솟아올랐다.

혹, 주변에 누군가가 있지 않을까 싶어 고개를 좌우로 돌리는 예하령. 다행히 주변을 서성이는 그림자는 보이지 않았다.

먼저 밖으로 나와 관을 잡고 힘껏 끌어 올리자 관이 묘지 밖으로 그 모습을 드러냈다.

이제 오늘의 일도 모두 끝났다.

이제 진가운의 집으로 돌아가면 된다.

예하령은 고개를 한번 끄덕이고는 몸을 획 하고 돌렸다.

"네 이놈! 꼼짝 말거라."

갑작스러운 고함.

놀란 예하령은 급히 고개를 들어 올렸다.

바람을 가르며 자신에게 달려오는 검은 무복(武服)의 사내들.

예하령은 이들이 누구인지 알고 있었다.

흑사방의 잡놈.

'아니, 저 잡것들이 왜 나타난 거야?

흑사방이 허영면에게 이번 도굴 사건의 범인을 잡아달라는 부탁을 받았다는 사실을 알 리 없는 예하령의 미간에 내천(川) 자가 그려졌다.

"네 이놈!"

"이놈이 아니라 이년인데요."

"아가리 닥쳐!"

흑사방주 간유상이 옆에서 김새는 발언을 한 흑사방 책사(策士) 호청지(扈靑池)에게 잠시 시선을 주더니 솥뚜껑만한 손을 번쩍 치켜들었다.

"바… 바… 방주님."

놀라 손을 가로저으며 뒤로 주춤주춤 물러서는 호청지.

그런 호청지를 바라보는 간유상의 염소수염이 바르르 떨렸다.

"또 한 번 입 놀리면 죽는다."

"예!"

호청지가 대답과 함께 고개를 푹 하고 숙였다.

간유상이 호청지를 다시 한 번 노려본 후 예하령이 있는 곳으로 고개를 돌렸다.

"어라?"

분명히 조금 전 눈앞에 있었던 예하령의 모습이 보이지 않았다.

"이년 어디 갔어?"

"땅속으로 꺼졌는데요."

"이 새끼야, 그걸 왜 지금 말해?"

"방주님께서 조금 전에 제게 입 놀리면 죽는다고……."

호청지의 말은 더 이상 이어지지 않았다. 호청지의 입에는 벌써 간유상의 주먹이 틀어박혀 있었다.

간단히 호청지의 입을 봉쇄한 간유상이 주변을 향해 고함을 질렀다.

"이 새끼들 뭐 하고 자빠졌어. 빨리 안 튀어나와!"

휙! 휙! 휙!

간유상의 고함에 그동안 묘지 뒤쪽에서 몸을 숨기고 있던 흑사방의 무사들이 모습을 드러냈다.

"뭐 하고 자빠졌어. 빨리 찔러!"

"……."

"……."

흑사방 무사들은 방주 간유상의 말을 이해하지 못하고 주변을 두리번거렸다. 그런 수하들을 바라보는 간유상의 얼굴이 점점 더 붉어졌다.

스르릉!

간유상이 허리에 차고 있던 도(刀)를 뽑아 들었다.

흑사방 무사들의 얼굴이 하얗게 질렸다. 오늘 누구 하나 장사 치르게 생겼다고 생각했다.

오직 마음속으로 그 희생자가 자기가 아니기만을 바랄 뿐이었다.

도를 뽑아 든 간유상은 도를 번쩍 치켜들더니 발밑 땅속으로 도를 힘차게 박았다. 간유상의 도가 자루만을 남긴 채 깊숙하게 땅바닥에 '푸욱' 하고 박혔다.

"이 새끼들아! 이렇게 찌르라고. 알아들어?"

"예! 방주님!"

그제야 간유상의 말을 알아들은 듯 흑사방 무사들이 일제히 자신의 허리에 찬 도를 빼 들고 사방으로 흩어지더니 힘차게 땅을 찔렀다.

"빨리 해! 빨리빨리. 게으름 피우는 새끼는 심장에 꽂는다."

푹! 푹! 푹!

간유상의 말에 흑사방 무사들의 도로 땅 찌르기가 더욱 빨라졌다.

그 시각!

예하령은 죽을힘을 다해 손에 있는 지둔륜을 움직이고 있었다. 정말이지 태어나서 이렇게 분주하게 손을 움직이는 것은 오늘이 처음인 것 같다. 그렇지만 목숨은 그만큼 귀한 것이 아니던가?

푹!

"어머나!"

예하령의 몸 옆으로 도가 푹 하고 박혔다.

"휴우!"

천만다행.

예하령은 아슬아슬하게 스쳐 자신의 옆에 박힌 도를 바라보며 안도의 한숨을 내쉬었다.

이마에 땀이 송골송골 맺히더니 양 볼을 타고 흘러내렸다.

그나저나 이제 어떡해야 할지가 걱정이다.

이대로 땅을 파고 도주하는 것도 더 이상은 힘들어 보인다. 그렇다고 위로 올라가자니 흑사방 놈들이 걱정이다. 놈들이 한두 놈 정도라면 간단히 해치우고 튀겠지만 이놈들은 떼거지다.

'그래, 이렇게 된 거 한 판 뜨자. 까짓 잡놈들……'

예하령은 어금니를 꽉 물고는 지둔류을 위쪽으로 틀었다.

"방주님!"

부하의 고함에 간유상이 급히 달려갔다.

쉬릭!

예하령의 손이 움직이는 것과 함께 흑사방 무사 서너 명이 급히 뒤로 물러났다. 그중 한 무사의 가슴에서 피가 쭈물쭈물 배어 나오고 있었다.

"이런 쳐 죽일……"

"놀고 있네."

예하령은 같잖다는 표정을 짓더니 무사에게 다가갔다.

사내의 얼굴이 곧 하얗게 질렸다.

옆에서 함께 예하령을 공격하던 두 명의 무사가 예하령의 서슬 퍼런 기세에 질려 위기에 처한 동료를 나 몰라라 하며 뒤로 재빨리 물러섰다.

"너 좀 전에 뭐라고 그랬어?"

"……"

“뭐라고 그랬느냐고?”

“…….”

기가 질려 말문이 막힌 사내를 다그치던 예하령은 지둔륜을 가슴으로 가져가더니 번쩍 손을 쳐들었다.

“네 이년!”

예하령은 급히 고개를 들었다.

어느새 달려왔는지 이십여 명의 흑사방 무사가 자신을 향해 달려들고 있었다. 가장 앞에서 여우 얼굴에 염소수염을 기른 놈이 자신을 향해 도를 내려쳤다.

예하령이 얼른 들어 올린 지둔륜으로 자신을 향해 날아오는 도를 막았다.

카강!

귀를 찢는 날카로운 소리와 함께 지둔륜과 도가 부딪친 곳에서 불똥이 튀겼다.

“이년, 계집이면 계집답게 집구석에 처박혀서 밥이나 하고 자빠져 있을 것이지 어디서 어울리지도 않는 도굴질이냐?”

“내 맘!”

“뭐?”

간유상이 어이없다는 표정으로 예하령을 바라보았다.

“내 맘이라고, 이 자식아.”

예하령은 꽃무늬 치마를 펄럭이며 간유상을 향해 번개처럼 달려들었다.

간유상의 눈이 커졌다.

솔직히 예하령이 이렇게 막무가내로 자신에게 달려들 것이라고는 생각지 않았다. 적어도 자신의 수하들의 숫자를 보고 겁을 먹을 것으로 생각했다.

‘뭐 이런 년이 다 있어.’

당황한 간유상은 급히 도를 들어 올려 자신에게 날아오는 지둔륜을 막았다.

카가강!

“크흐흑!”

다시 한 번 날카로운 소리와 함께 간유상이 급히 뒤로 물러났다.

간유상의 도가 바닥에 떨어져 있다.

예하령의 공격을 얼떨결에 받아낸 간유상이 손에 충격을 받아 들고 있던 도를 떨어뜨린 것이다.

“별것도 아닌 게……”

예하령은 빠른 걸음으로 간유상에게 다가갔다. 이미 자신의 무기까지 잃어버린 간유상이 황망히 뒤로 물러나며 소릴 질렀다.

“이놈들, 뭐 하고 있어! 당장 저년을 공격하지 않고.”

“공격하랍신다.”

“와아아~!”

흑사방의 무사들이 일제히 함성을 지르며 예하령을 향해 달려들었다.

‘치사한 자식들.’

마음 한편으로는 달려드는 흑사방의 잡놈들을 모두 박살 내고 싶었다. 그렇지만 아무리 자신의 무공이 흑사방 무사들보다 낫다고 해도 결국 한 손이 열 손을 당할 수는 없는 법이다.

간유상에게 다가가던 예하령은 몸을 돌려 달아났다.

"저년 잡아!"

예하령이 고개를 휙 하고 돌리며 방금 소리친 녀석으로 보이는 사내를 죽일 듯 노려보았다.

그 자리에 멈춰 서서 예하령의 시선을 애써 외면하며 다른 곳을 바라보는 사내.

"죽을래?"

"……."

사내가 아니라는 듯 고개를 설레설레 저었다.

"까불지 마!"

예하령이 다시 한마디를 내뱉고는 다시 도주를 시작했다.

"잡아라!"

'저 자식이 그래도…….'

도주가 바빠서 그냥 모르는 척 지나갔건만 놈이 다시 소리를 지르자 예하령은 속이 부글부글 끓었다.

휘릭!

예하령은 그대로 몸을 공중에 띄워 올리며 몸을 뒤집었다.

그리고는 아무 말 없이 그대로 제일 앞에서 달려오는 사내를 향해 마주 달려갔다.

와락!

다짜고짜 사내의 멱살을 움켜잡았다.

"까불지 말라고 했지?"

"예!"

"그런데 왜 까불고 지랄이야!"

예하령은 멱살을 움켜잡은 손을 바짝 치켜들었다. 흑사방 졸개가 숨이 막히는지 얼굴이 점점 붉게 변했다.

"꺼져!"

예하령은 무릎을 그대로 들어 올렸다.

"커허헉!"

사내는 입이 벌어지는 것과 동시에 눈동자가 일시에 사라졌다.

사내의 급소에는 예하령의 무릎이 박혀 있었다.

쿵!

예하령이 멱살을 움켜쥔 손을 내려놓는 것과 동시에 사내의 몸이 물 먹은 볏단처럼 축 하고 늘어지더니 그대로 바닥에 고꾸라졌다.

바닥에 축 늘어진 사내를 바라보며 예하령은 손을 탁탁 하고 털었다.

조금 전 물컹하며 느껴진 감촉이 민망했던지 자신의 무릎을 바라보는 예하령의 양 볼이 붉게 물들었다.

"머리 나쁜 자식이 꼭 좋은 성질 더럽게 만들어요."

예하령은 다시 몸을 돌려 그대로 전력으로 달아났다.

방 안에 잠시 드러누워 있던 진가운은 자리에서 벌떡 일어났다.

처음 장 서방이 예하령이 들어오지 않았다고 말했을 때까지만 해도 별것 아니라고 생각했다.

그저 도굴이 늦어지는구나 하는 정도의 생각이 들었을 뿐이다. 그러나 지금은 아니다.

이미 어두워진 지도 한참이 지났다.

예하령이 도굴꾼이라고는 하지만 천성적으로 겁이 많다는 것을 진가운은 알고 있었다. 그렇다면 지금까지 예하령이 자신의 업무에 임하고 있지는 않을 것이 분명하다.

돌아올 시간이 지나도 한참이나 지난 것이다.

'제길, 그 계집애가 어떻게 되건 말건 나랑 무슨 상관이야.'

진가운은 다시 방바닥에 벌러덩 드러누웠다.

그랬다.

이제 예하령이 더 이상 도굴을 하지 않아도 진가운 자신에게는 상관 없는 일이다.

이미 도굴의 이야기도 남창을 비롯한 강서성 사람들에게선 서서히 잊혀지고 있다. 인간은 어차피 망각의 동물. 예하령이 더 이상 도굴만 하지 않는다면 자신이 옛날의 명성을 되찾는 것은 그리 어려운 일이 아니다.

차라리 예하령이 나타나지 않는 것이 자신을 위해 좋은 일이다. 괜히 나타나서 강시 재료 구해달라고 징징거리기라도 하면 그게 오히려 골치 아픈 일이다.

말이 좋아 연고(緣故)가 없는 시신이지 그런 시신 구하기가 어디 쉬운 일인가? 거기다 예하령의 태도로 보아 어지간한 시체로는 만족하지 않을 것이다.

"그래, 차라리 내 눈앞에서 조용히 사라져라."

진가운은 억지로 눈을 감았다.

'그게 아니다.'

그러고 보니 예하령은 자신과 무관한 사람이 아니다.

만년교룡의 내단. 그것을 구하려면 누구보다 예하령은 진가운에게 중요한 사람이다.

"환장하겠네."

잠시 동안 누워 있던 진가운은 자리에서 다시 벌떡 몸을 일으켰
다.

자신과 관계있는 사람이라 생각하니 예하령이 걱정된다.

"계집애. 왜 나타나서 속 썩여."

진가운은 급히 옷을 갈아입었다. 예하령을 찾아봐야겠다는 생각이
들었다. 한 달간의 생활에 정이라도 든 것인지 예하령에 대한 걱정이
마음 한곳에서 계속 솟아났다.

단순한 사업상 동업자의 안위를 걱정하는 것과는 약간 다른 감정이
다.

'그래, 개를 길러도 정이 드는 법이야.'

드륵!

"장 서방!"

밖에 나온 진가운은 먼저 장 서방을 찾았다.

"예, 주인님!"

"예하령 아직 안 들어왔어요?"

"그렇습니다. 아직 아가씨께서 들어오시지 않았습니다."

"아가씨 아니라니까."

진가운은 한마디를 툭 내뱉고는 급히 대문을 열고 밖으로 나왔다.

"호호호. 고얀 년."

간유상은 예하령에게 천천히 다가갔다.

예하령의 얼굴에 처음으로 두려워하는 빛이 감돌았다.

급히 고개를 돌렸다.

이십여 명의 흑사방 잡놈이 자신을 포위한 채 징그러운 미소를 던지

고 있다.

　놈들의 미소. 그것을 본 예하령의 몸이 살짝 흔들렸다.

　"이년아! 그래도 얼굴이 반반하니 죽이지는 않겠다."

　"닥쳐!"

　예하령의 표독스러운 한마디에 간유상의 얼굴에 더욱 미소가 번졌다.

　"그럼 앙탈해야지. 암, 그래야 제 맛이지."

　예하령의 얼굴이 일순간 일그러졌다.

　'오냐, 너 죽고 나 죽자!'

　예하령은 입술을 꼭 깨물었다.

　'그런데 왜 그 자식 얼굴이 떠오르는 거야?'

　예하령의 머리 속으로 진가운의 모습이 떠올랐다.

　예하령은 진가운의 잔상(殘像)을 지우려는 듯 머리를 힘차게 흔들더니 소리도 없이 간유상에게 재빨리 달려들었다.

　휘익!

　바람 가르는 소리와 동시에 예하령의 지둔륜이 간유상의 가슴 부위로 날아갔다.

　"……!"

　간유상이 놀란 표정을 지으며 황급히 뒷걸음질을 쳤다.

　"잡아!"

　간유상이 수하들을 향해 한마디를 던졌다. 그렇지만 흑사방의 무사들은 예하령에게 쉽게 달려들지 못했다. 벌써 예하령에게 부상을 입은 동료가 네 명이다. 섣불리 덤벼들었다가는 자신 역시 언제 부상을 입을지 모른다.

자신의 명령에도 불구하고 수하들이 예하령에게 달려들지 못하자 간유상의 얼굴이 파르르 떨렸다.

"먼저 잡는 놈이 임자다."

"와아아~!"

간유상의 말이 효과가 있었는지 미적거리던 흑사방 잡놈들이 일제히 예하령에게 달려들었다.

피융!

예하령은 급히 몸을 돌리며 가장 먼저 달려드는 녀석을 바라보았다.

무슨 상상을 하는지 입을 헤벌린 채 침까지 흘리며 양손을 활짝 벌린 채 달려드는 잡놈!

예하령의 지둔륜이 놈을 향해 날아갔다.

이미 무아(無我)의 세계에 빠진 듯 놈은 자신을 향해 예하령의 지둔륜이 날아오고 있다는 사실도 잊은 듯 여전히 팔을 벌리고 예하령에게 달려들었다.

'아주 죽여달라고 목을 메는구나.'

예하령은 더욱 이를 꽉 깨물었다.

서걱!

"크아악!"

조금 전까지 달콤한 상상에 젖어 있던 사내가 비명을 토하며 바닥에 쓰러졌다.

일순, 예하령을 향해 달려들던 흑사방 무사들이 주춤거렸다.

'기회다!'

예하령은 슬쩍 한 발로 땅을 차올렸다.

휘익!

예하령의 몸이 이 장 가까이 솟아오르더니 앞을 가로막고 있는 사내의 머리를 훌쩍 뛰어넘었다.

예하령은 뒤돌아볼 생각도 하지 않은 채 그대로 앞으로 달려나갔다.

우루루루!

잠시 주춤거렸던 흑사방의 무사들이 예하령의 뒤를 쫓아 달렸다.

슈슝!

바람 소리와 함께 한 물체가 예하령을 스치고 지나갔다.

예하령은 급히 팔을 바라보았다. 무엇이 스치고 지나갔는지 자신의 왼 팔뚝에서 피가 조금씩 흘러나오고 있었다.

"이런 망할 자식. 임마! 그러다 죽으면 어쩌려고 그랬어!"

간유상의 고함 소리가 들렸다.

예하령이 돌아보자 간유상이 호청지를 패대기친 채 발로 자근자근 밟고 있는 모습이 들어왔다.

"바… 바… 방주님! 죽지는 않았습니다요."

"이 자식이 아직도… 내가 아가리 닥치라고 했지!"

간유상이 호청지의 얼굴, 그것도 입 주변을 마구 밟았다.

"방주님! 이제 그만 참으십시오. 이러다 호(扈) 책사님 죽겠습니다."

옆에 있던 서너 명의 무사가 간유상에게 달려들어 말리고 있었다.

"푸훗!"

예하령의 입에서 웃음이 터졌다.

"그 꼴을 하고도 웃음이 나와?"

“그럼 웃긴데 웃음이 안 나오냐?”

소리를 지른 예하령이 앞을 바라보았다.

복면 사내 한 명이 자신을 보고 있었다.

“누… 누구냐?”

“나야.”

그제야 진가운의 목소리를 알아본 예하령이 빙긋 미소를 지었다.

“언제 왔어?”

“지금 그게 중요해.”

“그럼 뭐가 중요해?”

진가운은 예하령을 한번 노려보고는 손을 들어 한곳을 가리켰다.

예하령의 큰 눈에 죽기 살기로 달려오는 흑사방의 무리들이 들어왔
다.

획!

진가운이 급히 자신들을 향해 다가오는 흑사방의 잔당을 향해 몸을
날렸다.

빼각!

가장 앞에서 입에 침까지 흘리며 다가오던 흑사방 졸개의 턱이 돌아
갔다.

끼이익!

자신의 동료가 당하는 모습을 본 흑사방 잡놈들의 걸음이 일시에 멎
었다.

쿠궁쿵!

“아이고! 사람 살려.”

급히 걸음을 멈춘 흑사방 잡것들이 일제히 땅바닥을 뒹굴며 비명을

질렀다.

그들의 몸뚱이를 덮친 것은 뒤에서 따라 달려오던 자신의 동료들이었다.

뒤에서 자신의 동료만 보고 뒤따르던 다른 흑사방의 잡놈들이 동료가 멈춰 선 것을 미처 발견하지 못하고 그대로 달려들어 멈춰 선 동료를 덮친 것이다.

"이 망할 자식아. 어깨뼈 부러졌잖아."

"그러게 누가 갑자기 멈춰 서래."

서로의 멱살을 잡고 아귀다툼을 벌이는 흑사방 떨거지들.

그 모습을 본 진가운은 어이가 없었다.

동네에서 전쟁 놀이를 하는 꼬마들도 이런 오합지졸(烏合之卒)은 아니다.

"뭐 하는 게냐? 어서 저 연놈들을 잡지 않고."

뒤에서 지켜보던 흑사방주 간유상의 명령에 아귀다툼을 벌이던 흑사방 잡것들이 벌떡 일어섰다.

흑사방 잡것들은 도를 든 채 진가운과 예하령을 노려보았다. 그러나 그것이 전부였다. 도를 들고 있을 뿐 감히 진가운에게 먼저 공격을 가하겠다는 생각은 하지도 못했다.

"저… 저런 한심한 놈들."

겨우 두 명에 불과한 적에게 겁을 먹고 한 발도 내딛지 못하는 수하들을 바라보자니 간유상은 울화통이 터졌다.

휙!

간유상의 주먹이 옆에 있는 호청지에게 날아들었다.

왕방울만하게 부풀어 오르는 호청지의 눈.

퍽!

"아이고, 눈탱이야."

간유상의 주먹이 공교롭게 부푼 호청지의 눈두덩이를 때렸다.

신음을 토하며 몸을 깡충깡충 뛰던 호청지가 눈을 감싸고 있던 손을 뗐다.

파랗게 멍이 든 호청지의 눈두덩이가 유난히 눈에 띄였다.

"우하하하하!"

흑사방 잡것들의 입에서 일시에 웃음이 터졌다.

"이놈들, 뭐 하는 게냐. 방주님께서 공격하랍신다."

"와아아아!"

호청지의 명령에 잔뜩 겁을 집어먹고 있던 흑사방 잡것들이 언제 그랬느냐는 듯 용감하게 진가운과 예하령에게 달려들었다.

'기분도 더러운데 너희들 잘 걸렸어.'

달려드는 흑사방 잡것를 보며 비웃음을 토하던 진가운의 손이 번개처럼 움직였다.

파바박!

"크아악!"

비명과 함께 흑사방 잡것들이 일제히 바닥을 뒹굴었다.

정확히 주먹질 한 번에 한 명의 흑사방 잡것가 바닥을 굴렀다.

턱!

용감히 달려들던 흑사방 잡것들이 움찔하며 속도를 늦췄다.

"안 와? 그러면 내가 간다."

고함과 함께 진가운이 발로 땅을 슬쩍 차 올렸다.

회익!

까마득하게 솟아오른 진가운의 몸을 신기한 듯 고개를 쳐들고 바라보는 흑사방의 잡놈들.

슈슉!

그들의 머리 위로 하늘로 솟았던 진가운의 몸이 떨어졌다.

휘리릭!

손을 쭉 뻗은 채 진가운은 그대로 몸을 돌렸다.

타다닥!

진가운의 주먹에 맞은 흑사방 잡것들이 그대로 바닥에 고꾸라졌다.

초식!

없다.

그저 생각나는 대로 주먹과 발을 뻗을 뿐이다. 그렇지만 그런 진가운의 발광에 가까운 발길질과 주먹질에 흑사방 잡것들은 속수무책이었다.

바위에 떨어지는 낙숫물처럼 그렇게 진가운의 몸에 한번 달려들었다가 사지를 벌리고 사방으로 날아가 떨어지는 것이 흑사방 잡것들이 할 수 있는 전부였다.

진가운이 하는 일은 그저 자신의 손, 발이 흑사방 잡것들의 사혈에 닿지 않도록 하는 것뿐이다. 잘못해서 흑사방 잡것들이 죽기라도 하면 큰일이었다.

빠각!

"크헉!"

마지막 한 놈이 바닥에 고꾸라지는 것과 함께 진가운이 움직임을 멈췄다.

슬쩍 고개를 돌린 진가운에게 멀리서 구경하듯 서 있는 흑사방 방주 간유상과 책사 호청지의 모습이 보였다.

진가운은 간유상과 호청지가 있는 곳으로 한 걸음을 내디뎠다.

움찔.

진가운의 움직임에 간유상이 몸을 움직거렸다.

"채… 채… 책사, 그러고 보니 난 바쁜 일이 있어. 그러니 저놈들은 네가 알아서 잡아와."

후닥닥!

책사 호청지에게 한마디를 건넨 간유상이 몸을 돌리더니 발이 보이지 않게 달아났다.

덜덜덜.

자신을 향해 천천히 걸어오는 진가운을 보며 몸을 떨던 흑사방 책사 호청지 역시 급히 몸을 돌렸다.

"바… 방주님! 저도 일이 있습니다. 같이 가요."

쐐애액!

호청지가 그대로 간유상의 뒤를 따라 두 다리를 부지런히 움직였다.

앞서거니 뒤서거니 달려가는 두 사람을 보던 진가운은 더 이상 놈들을 따라가지 않고 그대로 몸을 돌려 예하령의 옆으로 다가왔다.

"가자!"

"왜, 저런 놈들 때려눕히면 되지."

"때릴 만큼 때렸어. 그동안 쌓였던 우울함도 다 날아갔고."

턱!

진가운은 예하령의 손을 잡더니 그대로 앞으로 달려나갔다.

슈슈슈슉!

엄청나게 빠르다. 거의 다리가 보이지 않을 정도로 진가운은 그렇게 빨리 전방으로 달려갔다.

"팔 아파!"

"시끄러워! 불나방 같은 귀찮은 놈들 상대하는 것보다는 나아."

진가운은 예하령의 말을 무시하고 더욱 속도를 올렸다.

"이 새끼들 뭐 하고 자빠졌어. 쫓아!"

어느새 돌아왔는지 간유상이 수하들을 향해 고래고래 소리를 질렀다.

흑사방 무사들은 자리에서 일어서더니 진가운과 예하령을 쫓아 뒤를 따랐다. 맞은 것이 억울한지 그들의 눈이 이글이글 타올랐다.

"아… 아~! 아프다니까!"

예하령의 비명에 진가운이 걸음을 멈추었다.

예하령이 눈을 흘기며 진가운을 바라보았다.

"뭘 봐! 그래도 살았으니 다행이지."

"누가 죽는데?"

"그래도 입은 살아서."

진가운은 예하령의 손을 다시 잡았다.

팍!

예하령이 손을 잡으려는 진가운의 손을 뿌리쳤다.

진가운은 이상하다는 듯 예하령을 보았다.

"내가 전에도 말했지. 과년(瓜年)한 처자의 손을 함부로 잡는 것은 교양없는 불한당 놈들이나 하는 짓이라고."

"교양 좋아하네. 그래, 교양있는 여자가 치마 입고 도굴하냐? 꿈

깨! 너 같은 계집애는 달구지 열 개에 꽉 채워서 오더라도 관심없으니까.”

“나쁜 놈!”

“헛소리하지 말고 따라와!”

진가운은 먼저 몸을 돌렸다. 진가운의 뒷모습을 바라보는 예하령의 아미(蛾眉)가 부르르 떨렸다.

“저기 있다!”

한 사내의 목소리와 함께 흑사방의 무사들이 두 사람을 향해 전력으로 달려왔다.

몸을 돌려 걸어가던 진가운은 예하령의 허리를 한 손으로 움켜잡았다. 한 손으로 감싸 안을 만큼 예하령의 허리는 그렇게 가늘었다.

“뭐야? 왜 이래?”

“내가 말했지. 너 같은 도굴꾼에게는 관심없다고. 그냥 동업자니까 살려주려는 거야.”

진가운이 예하령의 허리를 한 손으로 감은 채 발을 슬쩍 움직이는 것과 함께 두 사람의 모습이 자리에서 사라졌다.

두 사람을 발견하고 달려온 흑사방 무사들이 사방에 흩어져 진가운과 예하령을 찾았지만 이미 그들의 모습은 보이지 않았다.

“방주님! 어떻게 된 일입니까? 이 연놈들이 하늘로 솟았습니까? 땅으로 꺼졌습니까?”

얼굴이 엉망이 된 호청지의 호들갑에 간유상이 잠시 얼굴을 찡그리더니 그대로 호청지의 얼굴에 주먹을 날렸다.

퍽!

호청지가 다시 바닥에 널브러졌다.

"이 새끼야! 그걸 내가 어떻게 알아. 그리고 내가 말했지. 입 다물라고. 너희들은 이곳에서 계속 뒤져! 연놈들 찾기 전에는 들어올 생각 하지 마! 알았어?!"

제6장

꼭꼭 숨어라. 머리카락 보인다

진가운이 방 안에 앉아서 감개무량한 얼굴로 은자를 바라보고 있다.

은자 일곱 냥.

물론 적지 않은 돈이다. 하지만 한때 남창제일의 장의사로서 하루에 칠십 냥 이상 긁던 진가운이 보기에는 그리 많은 돈은 아니다. 그렇지만 은자를 바라보는 진가운의 얼굴은 감격스러운 기색이 역력하다.

은자 일곱 냥, 어제 염을 해서 번 돈이다. 실로 얼마 만에 받아보는 은자인지 모른다. 지난 한 달, 은자라고는 한 냥도 벌어본 적이 없는 진가운이다.

전도양양(前途揚揚).

그야말로 탄탄대로를 걷는 남창제일의 장의사인 자신에게 도굴꾼 예하령이 나타나 자신이 염한 시체만 도굴하는 바람에 쪽박 차기 일보 직전까지 몰린 이후, 돈을 받고 염을 하기는 흑사방의 그 걸레가 된 무사의 시체 이후 어제가 처음이다. 그런 의미에서 오늘 번 은자 일곱 냥은 은자 일곱 냥 이상의 가치가 있는 것이다.

재기의 발판. 지금 진가운의 손에 들려 있는 은자는 재기의 발판이자 희망의 등불인 것이다. 한참 동안 은자를 바라보던 진가운은 은자 일곱 냥을 작은 주머니에 담았다.

주머니에 달려 있는 기다란 끈.

진가운은 가슴에서 함을 꺼냈다. 지난번 흑사방 무사의 떨어진 팔을 꿰맸던 바늘이 들어 있던 그 함이었다. 함을 연 진가운은 바늘 하나를 꺼냈다. 바늘귀에는 이미 실이 연결되어 있었다.

진가운은 주머니의 기다란 끈을 잡더니 속옷 끝으로 가져갔다.

샤샤샤샥!

바늘을 들어 주머니와 속옷을 떨어지지 않도록 꼼꼼히 꿰매는 진가운의 입가에 미소가 번졌다.

"자, 이제 부적(符籍)도 찼으니 앞으로는 사업이 잘되겠지."

부적.

진가운은 어제 염을 해서 번 은자 일곱 냥을 부적으로 생각했다.

자리에서 일어나 방 안 이곳저곳 발을 움직였다.

딸랑딸랑.

속옷 안에 들어 있는 주머니에서 동전 딸그락거리는 소리가 방울 소리처럼 들려왔다.

척.

진가운은 걸음을 멈췄다. 입가에 보이던 미소는 이미 사라졌다. 고민스러운 얼굴.

'이 소리 누가 듣는 거 아냐? 그러면 복 달아나는데……'

한참을 고민하던 진가운은 주변을 두리번거렸다. 진가운의 눈에 입관할 때 시신이 움직이지 못하도록 관을 채우는 싸구려 종이가 들어왔다.

후닥닥.

진가운은 급히 종이가 있는 곳으로 달려가더니 종이 한 장을 들고 다시 제자리에 돌아와 앉았다. 속옷에 들어 있는 주머니를 밖으로 꺼냈다. 그리고는 종이를 꼬깃꼬깃 구겨서 주머니 속으로 집어넣었다.

"됐다. 한번 움직여 볼까."

진가운은 다시 자리에서 일어나 방 이곳저곳을 서성였다. 방울 소리가 더 이상 들려오지 않았다.

진가운은 스스로 만족한 듯 입가에 미소를 지었다. 물론 자세히 들여다보면 그곳이 조금 불룩 솟았지만 자신의 그곳을 그렇게 자세히 들여다볼 사람은 없으니 걱정할 필요는 없을 것으로 생각했다.

'그나저나 왜 아직까지 밥 먹으라는 소리가 없는 거야.'

그 시각. 가운장의점 부엌.

오직 자신의 신분을 회복하고 자신을 이 모양으로 만든, 의숙 철시혼에게 복수하기 위해 강시를 만들겠다는 일념으로 이곳 남창에 나타난 예하령이 시체 대신 솥뚜껑을 들고 씨름을 하고 있다.

무엇이 불만인지 볼이 툭 튀어나온 모양새가 화가 나도 단단히 난 모양이다.

한참 동안 불을 때던 예하령이 벌떡 일어나더니 불 위에 얹혀진 솥뚜껑을 열었다.

솥 안을 살피며 조금씩 일그러지는 얼굴. 예하령의 볼이 더욱 부풀어 올랐다. 바늘 끝만 슬쩍 대도 단박에 '뻥' 소리와 함께 터져 오를 듯 탱탱한 볼따구니.

무엇을 하고 있는지는 모르지만 실패한 것이 분명하다.

"에라, 제길! 그냥 처먹으라고 그래. 그나마 생쌀 아닌 게 어디야. 그나저나 이 자식은 뭐 하고 자빠져 있는 거야."

자신에게 밥이나 짓게 한 진가운을 생각하니 더욱 화가 치솟았다.

어제 아침!

진가운은 초상이 난 곳에 염을 하기 위해 집을 나섰다.

오랜만에 은자를 받고 염을 한다는 사실에 진가운의 얼굴에 모처럼 웃음꽃이 피었다.

"어때?"

자랑하듯 예하령이 꽃무늬 치마를 입고 밖으로 튀어나오며 내뱉은 한마디.

물론 예하령은 오늘도 자신의 업무인 도굴을 할 생각이다.

진가운이 언제 웃었느냐는 듯 얼굴 근육을 있는 대로 구겼다.

예하령이 두 손으로 옷단을 슬쩍 잡고 있는 것은 꽃무늬 치마.

예하령이 가장 좋아하는 옷이다. 얼마나 좋아하는지 예하령의 작은 보따리에는 꽃무늬 치마만 네 벌이다.

다른 옷?

없다.

나름대로 자신의 미모를 자랑하기 위해 옷단까지 살짝 벌리며 등장했는데 진가운의 반응이 영 아니다. 예하령의 얼굴도 진가운을 따라 일그러졌다.

“뭐야? 아침 잘못 먹었어?”

“너 어디 가?”

“어디 가긴? 일하러 가야지.”

예하령의 당연한 한마디에 진가운의 얼굴이 더욱 이지러졌다. 똥 씹은 표정이다.

“왜? 뭐가 불만이야?”

“너 머리에 뭐 들었냐?”

“…….”

예하령의 얼굴이 굳었다.

머리에 뭐가 들기는 뭐가 들었단 말인가?

보지 않아 알 수는 없지만 머리 속에는 뇌라는 것이 들었단다. 그런데 진가운의 표정으로 보아서 그것을 묻는 것은 아닌 것 같다. 분명 자신의 머리를 비웃는 것이다.

“당장 들어가 있지 못해!”

“…….”

진가운의 고함에 예하령이 몸을 흠칫거리며 뒤로 슬쩍 물러났다.

이어지는 진가운의 고함.

“지금쯤이면 흑사방 그 잡것들이 너를 잡겠다고 혈안이 돼 있을 텐데… 뭐? 밖에 나가서 일을 해? 그게 머리 달린 인간이 할 소리야!”

쩝!

입맛을 다시는 예하령. 솔직히 할 말이 없다. 그러고 보니 자신은 당분간 다른 사람들의 눈에 띄면 안 될 것 같다.

“말로 하면 되지, 소리는 왜 질러?”

“알았어. 그건 미안해. 당분간 집에 숨어 있어. 나오지 마. 그리고 내일부터 밥은 네가 한다. 알았지?”

“왜?”

“왜? 그럼 너는 그냥 놀고 먹겠다 이거야? 네가 뭔데 놀고 먹어? 내가 자선 사업가야? 나 자선 사업가 아니야. 돈을 벌어야 하는 사람이야. 그것도 삼 년 이내에 은자 오만 냥을 벌어야 되는 사람이야.”

“내가 준다고 그랬잖아.”

“그걸 어떻게 믿어. 만에 하나 안 되면…… 네가 내 대신 죽어줄래? 그러니 잔말 말고 밥해. 알았어?”

“밥할 줄…….”

“갑시다. 장 서방!”

예하령이 미처 뒷말을 잇기도 전에 진가운은 장 서방을 찾으며 몸을 돌려 밖으로 나갔다.

처음 진가운으로부터 밥을 하라는 말을 들었을 때만 해도 그까짓 것이었다.

그러나…….

그저 물 적당히 넣고 대충 끓이기만 하면 될 줄 알았던 밥이 말썽이었다.

지금 그 대충의 첫 결과물이 예하령의 눈에 들어오고 있는 것이다.

밥이라고 할 수 없는 이상한 쌀.

“제길, 밥을 맛으로 먹냐.”

예하령은 아궁이에 있는 불을 밖으로 조금씩 빼내며 불을 줄였다.

“밥 먹어!”

예하령의 고함에 진가운은 기다렸다는 듯 방문을 열고 밖으로 나왔
다. 방 안까지 상을 들이기가 귀찮았는지 예하령이 밖에 있는 평상에
몇 개의 반찬을 올려놓고 있었다.

"오호! 제법인데."

제법 먹음직스러워 보이는 모습에 진가운은 의외라는 표정을 지으
며 평상으로 달려갔다.

어느새 장 서방도 나와 있었다.

"아가씨! 제가 하겠습니다."

"아… 아… 아니에요. 아저씨, 그냥 앉아 계세요.."

당황하며 만류하는 예하령.

예하령이 급히 안으로 들어가 밥 세 그릇을 퍼서 나왔다.

"제법인데……."

흐뭇한 미소와 함께 진가운은 급히 밥을 펐다.

쏘옥.

입 안으로 들어가는 따끈한 밥.

그 따뜻함을 잠시 음미하던 진가운의 입이 슬쩍 다물어졌다.

진가운의 이에 의해 부서지는 밥알.

와자작!

진가운의 미소가 눈 깜짝할 사이에 얼굴에서 사라졌다.

익지도 않았다.

진가운은 도깨비 눈을 하고 예하령을 노려보았다. 그런 진가운을 당
연하다는 듯 뻔뻔하게 바라보는 예하령.

"처음이라 그래. 딴소리하지 말고 그냥 먹어."

진가운은 가슴에서 불이 일었다. 이따위로 밥을 했으면 미안한 표정

이라도 지어야 하건만…….

'그래, 참자.'

진가운은 큰 숨을 내쉬며 마음을 추슬렀다. 무슨 일이던 처음에는 실패를 하는 법이라 좋게 생각하며 이해하기로 했다.

'밥은 포기다. 그렇다면…….'

구석구석 상을 훑어보는 진가운.

"……!"

진가운의 눈이 커졌다. 먹음직스럽게 구워진 생선이 있는 곳으로 젓가락을 가져갔다.

덥석!

제법 큰 덩어리를 입에 집어넣었다.

"케헥!"

진가운은 목을 부여잡더니 옆에 있는 물그릇을 가져와 벌컥벌컥 들이켰다.

"아이고, 짜!"

"짜?"

예하령이 그럴 리가 없다는 듯 고개를 갸웃거리더니 생선을 집어 입에 넣었다.

예하령의 얼굴도 순식간에 일그러졌다.

'젠장. 짜기는 짜다.'

정말이다. 이렇게 짠 생선은 처음이다. 어지간하면 '맛 괜찮네'를 할 생각이었지만 양심상 도저히 그럴 수가 없었다.

"너 이거 구우면서 소금 뿌렸냐?"

"당연하지."

"너 이거 소금에 절인 생선이라는 거 몰랐냐?"

'뭐… 뭐야? 그런 거야?'

예하령은 슬쩍 고개를 돌려 진가운을 힐끔 바라보았다.

한심하다는 듯 자신을 바라보는 진가운. 그 모습을 보니 예하령 역시 울컥하고 화가 치밀었다.

"그래, 몰랐다. 그러니까 그냥 꾹 참고 처먹어. 그리고 앞으로 나 밥 시키지 마. 내일부터 변장을 하고라도 일 나갈 거니까. 알았어?"

예하령이 설익은 밥을 한 숟가락 가득 뜨고는 댓발이나 튀어나온 입 안에 집어넣고 와삭와삭 씹었다.

"맛만 좋구먼."

예하령의 뒤를 이어 장 서방도 황당한 표정을 짓고 있는 진가운을 슬쩍 곁눈질하며 미소를 한번 짓고 밥을 먹기 시작했다.

"허허, 아가씨. 이거 처음 한 솜씨치고는 아주 좋습니다."

장 서방의 한마디에 예하령의 입이 개구리처럼 커졌다.

"그렇지요. 아저씨, 먹을 만하지요."

"암요. 최곱니다. 최고예요."

'놀고 있네.'

두 사람을 바라보던 진가운이 어쩔 수 없다는 듯 밥을 조금 퍼 입에 집어넣었다.

'내 살려고 억지로 먹는다.'

억지로 한 끼를 때운 진가운. 슬쩍 고개를 돌려 예하령이 있던 곳을 바라보았다. 배가 부른 듯 평상에 양팔을 뒤에 대고 드러누워 있는 예하령.

탁!

신경질적으로 수저를 바닥에 내려놓은 진가운이 예하령을 향해 버럭 소리 질렀다.

"설거지 안 해?!"

"네가 해!"

후닥닥. 쾅!

부서질 듯 닫히는 예하령의 방문.

"야!"

진가운의 목소리가 가운장의점 마당을 쩌렁쩌렁 울렸다.

"주인님! 놔두십시오. 설거지는 제가 하겠습니다."

무엇이 좋은지 방문과 진가운을 번갈아 바라보며 빙긋 미소를 짓는 장 서방.

진가운은 그런 장 서방도 마음에 들지 않아 그대로 자신의 방으로 쑥 들어갔다.

*   *   *

나른한 오후의 남창 시장.

평소 같으면 아침이나 저녁에 비해 다소 한가할 시간이지만 오늘은 유독 분주하다.

시장을 누비는 사내들.

그것도 이상하다. 시장이라 하면 사내들보다는 여인들로 북적여야 하건만 오늘은 사내들로 북적거린다.

검은 무복의 사내들. 그들이 지금 남창 시장을 이 잡듯 뒤지고 있다.

흑사방.

며칠 전. 예하령과 진가운에게 톡톡히 망신을 당한 흑사방의 무사들이 그들을 찾겠다며 시장을 뒤지고 있는 것이다.

사람을 찾겠다고 시장을 뒤지다니 참으로 희한한 일이다. 어떤 미친 사람이 일을 저지르고 시장으로 숨는단 말인가?

사실 시장을 뒤지는 흑사방의 무사들도 며칠 전 자신들을 개 패듯 두드린 그들이 이곳에 없다는 것은 잘 알고 있었다. 그래서 이곳 시장을 뒤지는 것이다.

다른 곳을 뒤졌다가 혹 그 사람들을 만났다가는 묵사발이 될 게 분명하기 때문이다. 그렇지만 흑사방 무사들은 없다는 것을 알고 바라면서도 겉으로 보기에는 시장 곳곳을 꼼꼼하게 뒤졌다.

이들이 이렇게 열심인 것은 그들의 방주 간유상 때문이다. 누구든 그 두 사람을 찾는 일에 소홀히 하다가는 그 자리에서 다리몽둥이를 부러뜨리겠다는 협박.

그러니 이곳이라도 꼼꼼히 뒤지는 척하고 있어야 했다.

용모파기 그릴 비용도 아까웠는지 시장 상인들에게 일일이 얼굴을 설명하며 분주히 움직이는 흑사방의 무사들.

그런 흑사방 무사들을 대하는 시장 상인들의 얼굴에는 짜증이 가득했다. 그렇지만 대놓고 뭐라 말하지는 못했다. 잘못해서 이 불한당(不汗黨)들에게 밉보였다가는 다음날 바로 보따리를 싸야 하니 억지로 참고 있는 것이다.

어물전(魚物廛)!

흑사방의 무사 한 명이 어물전 앞 좌판에 놓여 있는 싱싱한 고기들을 탐욕스러운 눈으로 바라보고 있었다.

쓰읍!

무사의 얼굴에 이는 음흉한 미소.

슬쩍 어물전 안채를 바라보니 주인으로 보이는 노인이 분주히 움직이고 있었다.

"이봐!"

"무슨 일이십니까요?"

머리에 서리가 허옇게 내려앉은 어물전 주인이 아직 이마에 피도 마르지 않은 흑사방 무사를 향해 바삐 달려나오며 허리를 숙였다.

노인의 태도가 마음에 들었는지 흐뭇한 표정에 두 손으로 뒷짐까지 진 채 노인을 바라보는 흑사방의 잡놈.

파르르르.

어물전 주인의 입가가 떨리며 눈꼬리가 슬쩍 하늘을 향해 치솟았다.

고양이 앞의 쥐처럼 머리도 들지 못하고 있지만 그 마음속은 끓어오르고 있는 것이다. 그것도 모른 채 흑사방의 잡놈은 흐뭇한 미소를 짓고 있었다.

"그래, 영감! 요즘 장사는 잘되나?"

"예, 덕분에 입에 풀칠은 합니다요."

"그래. 덕분인 줄 알고 있다니 다행이로군."

말은 노인에게 하고 있지만 흑사방 무사가 바라보고 있는 곳은 좌판 앞에 놓인 싱싱한 고기다.

"흠흠……."

그렇게 물고기를 계속 보았지만 어물전 주인에게서는 아무런 반응이 없었다.

'망할 놈의 늙은이, 이렇게 눈치가 없어서 어떻게 장사를 해 처먹는 게야.'

흑사방 졸개의 얼굴이 슬쩍 달아올랐다.

"어흠~!"

들으라는 듯 일부러 크게 헛기침을 토하지만 역시 별무신통이다.

무안해진 흑사방 무사의 목소리가 조금 높게 올라갔다.

"늙은이! 혹 낯선 젊은 처자 이곳에서 못 봤어?"

"예?"

황당한 표정을 짓는 어물전 주인.

하긴 이곳이 어딘가? 하루에도 셀 수 없이 많은 사람들이 지나는 시장이다. 그런 곳에서 젊은 처자라니 그게 어디 한두 사람인가?

'미친놈! 왜 연경에서 왕(王) 서방 모르느냐고 묻지?'

"영감, 봤어, 못 봤어?"

노인의 대답이 없어서인지, 아직도 눈치없이 물고기를 내주겠다는 소리가 없어서인지 흑사방 무사의 짜증 섞인 목소리가 더욱 높아졌다.

"못 봤습니다요."

"정말이야?"

의심스럽다는 듯 노인에게 낯짝을 바짝 들이미는 흑사방 무사.

노인이 흠칫하며 정말이라는 것을 강조하기 위해 고개를 힘차게 끄덕였다.

노인이 낯선 처자를 보지 않았다는 것은 물론 거짓이다.

시장에 보이는 대다수가 낯선 처잔데 낯선 처자를 보지 못했을 리가 없다. 그렇지만 괜히 보았다고 했다가 무슨 귀찮은 일이 발생할지 몰라 그냥 못 봤다고 말한 것이다.

"영감, 거짓말하면 어떻게 되는지 알지?"

사내가 자신의 목을 손으로 긋는 시늉을 해 보였다.

"아이고, 물론입니다요. 어느 안전이라고 이 늙은 것이 무사님께 거짓을 고하겠습니까?"

이제 무사의 용건은 끝났다. 그렇다면 당연히 어물전을 떠나야 하건만 흑사방 무사는 어물전에서 떠날 줄을 몰랐다.

그가 바라보고 있는 것은 여전히 좌판에 놓인 물고기다.

'이 망할 종자 놈아, 이제 좀 눈앞에서 사라져 줘!'

노인의 바람은 이것 한 가지뿐이다.

고개를 숙이고 있던 노인이 슬쩍 고개를 쳐들고 흑사방 소속의 잡놈을 바라보았다. 여전히 좌판에 있는 싱싱한 고기에 시선을 모으고 있는 흑사방 무사.

'저… 저… 저런 쳐 죽일 놈!'

그제야 노인은 흑사방 무사의 의도를 알았다.

마음 같으면 저런 잡놈에게는 지푸라기 하나 내주고 싶지 않다. 그러나 목구멍이 포도청이니 어쩔 수 없는 일이다.

원하면 줄 수밖에…….

씨이!

미소라고 하기에는 다소 어색해 보이는 노인의 표정.

"저… 물고기가 아주 물이 좋은데 한 마리 올려도 되겠습니까요?"

'아이고, 이 늙은이야, 두말하면 잔소리지.'

꼭 다물고 있던 사내의 입이 서서히 벌어지더니 귀에 걸렸다.

"허허, 이거 노인장께서 권하시는데 이를 사양하는 것도 예가 아닌 것 같습니다."

노인에 대한 말투부터 벌써 바뀌었다.

노인은 급히 종이 하나를 들고 좌판으로 걸어갔다.

‘망할 놈의 새끼.’

노인이 좌판에 널린 물고기 가운데 한 마리를 골라 종이에 싸려는 순간, 흑사방 무사의 목소리가 노인의 귀를 파고들었다.

“이보시오. 노인장, 그것 말고 그 옆에 있는 놈으로 주시오.”

노인의 입이 한쪽으로 말아 올라갔다. 그도 그럴 것이 지금 자신이 싸려는 물고기보다 옆에 있는 물고기가 값이 두 배는 더 나가는 고급 어종이다.

‘에라, 처먹고 가시나 목에 걸려 뒈져 버려라, 이 잡놈아!’

노인이 어쩔 수 없다는 듯 옆에 있는 물고기를 들어 종이에 잘 싸서 흑사방 무사에게 건넸다.

“허허, 이거 고맙소이다. 혹 어떤 못된 녀석이 시비를 걸거든 아무 염려 마시고 흑사방으로 오시오. 내 깨끗이 처리해 주리다.”

‘너만 그러지 않으면 그럴 놈 없어, 이 망할 자식아.’

목구멍까지 올라오려는 한마디를 억지로 참고 노인은 무사에게 깊숙이 허리를 숙였다.

“아이고, 물론입니다요. 다음에 또 들르십시오.”

“장사 잘하시오, 노인장!”

의기양양(意氣揚揚)!

흑사방 무사가 노인이 싸준 물고기 한 마리를 옆구리에 꿰차고 어물전을 나섰다.

후닥닥!

흑사방 무사를 돌려보낸 어물전 노인은 급히 상점 안으로 들어갔다.

잠시 후 노인이 손에 무엇인가를 들고 밖으로 모습을 드러냈다.

쪽박!

　노인이 손에 들고 나온 것은 쪽박이다.

　그 안에 들어 있는 것은 혹 생선이 상할지도 몰라 이따금 뿌려주는 굵은 왕소금.

　왕소금이 든 쪽박을 들고 조심스럽게 좌우를 살피는 노인의 눈에 더 이상 흑사방 잡놈의 모습은 보이지 않았다.

　"에라! 이 더러운 새끼들아~!"

　노인은 쪽박에서 왕소금을 한 움큼 집어 어물전 밖에 뿌리기 시작했다.

　"노인장, 뭐 하시오?"

　"헉!"

　조금 전 자신의 어물전에 들렀던 그 흑사방 무사의 목소리.

　노인의 눈이 커졌다.

　급히 손에 들고 뿌리던 소금을 다시 쪽박 안으로 집어넣었다.

　'젠장, 거기 처박혀서 뭐 하고 자빠졌던 게야.'

　노인은 얼른 고개를 돌렸다.

　역시 조금 전 자신의 물고기를 강탈해 간 놈이 자신을 보고 있었다.

　노인이 왕소금을 한 움큼 다시 집더니 좌판에 있는 고기가 있는 곳을 향해 슬슬 뿌리며 흑사방 무사를 바라보았다.

　잔뜩 일그러졌던 노인의 얼굴은 벌써 인두에 잘 지진 듯 환하게 변해 있었다.

　"아이고, 아닙니다요, 무사님. 잘못하면 고기가 상할까 봐 고기 위에 소금을 조금씩 뿌리고 있습니다요. 원래 이렇게 합니다요."

　"오, 그러시구려. 장사 잘하시오. 노인장 덕분에 내 오늘 좋은 반찬 가져가오."

흑사방 무사가 노인에게 손을 한 번 들어 올린 후 그대로 시장을 벗어났다.

"휴우~!"

노인은 한숨을 내쉰 후 소금이 든 쪽박을 들고 안으로 들어갔다.

"……."

정적!

흑사방 잡놈들이 물러간 남창 시장에 잠시 동안 침묵이 흘렀다.

그렇게 시간이 어느 정도 지나자 상점 안에 박혀 있던 점주들이 얼굴이 시뻘겋게 변한 채 하나둘 상점 밖으로 모습을 드러냈다.

"귀신은 뭐 하는 게야? 저런 새끼들 안 잡아가고."

"저런 불한당 놈들이 저승에서는 필요하겠어? 저승에 데려가 봐야 쓸모없으니 그냥 이승에 놔두는 게지. 그나저나 누가 저런 새끼들 청소 안 해주나? 이놈의 강서성에는 구파일방(九派一幇)인가 뭔가가 없어서 그래. 제길, 하남성(河南省)으로 이사를 가던지 해야지, 이거야 원!"

시장 상인의 입에서 온갖 욕설이 흘러나왔다.

획! 획! 획!

마치 약속이라도 한 듯 다시 상점 안으로 들어가는 점주들.

잠시 후 밖으로 다시 나온 그들의 손에는 어물전 주인인 노인이 들고 나왔던 것과 마찬가지의 쪽박이 들려 있었다.

"훠이~ 훠이~"

타라락!

왕소금이 시장 길바닥으로 사정없이 뿌려졌다.

"젠장 오늘도 소금가게 한가(韓哥) 놈 좋은 일만 시키는구먼."

＊　　　　＊　　　　＊

저녁!

진가운이 안절부절하지 못하고 방 안을 서성거렸다.

"제기랄, 어떤 놈이 부적 만들면 재앙이 사라지고 복이 들어온다고 그랬어."

정말이지 그런 말을 한 인간이 누구인지 알기만 하면 당장에 쫓아가 그 녀석의 주둥이를 찢어버리고 싶은 심정이다.

부적!

분명 어제 개시한 복 돈으로 부적을 만들어 차고 다니고 있건만 오늘도 찾아오는 손님은 아무도 없다. 오늘은 고사하고 내일 나갈 예약 손님조차 없다.

정말 큰일이다.

염을 해달라는 사람이 없으니 만년교룡의 내단을 살 은자를 모을 수도 없다. 그렇다고 예하령이 강시를 만들 재료를 구할 수도 없다.

자신이 염을 하는 사람이 있어야 예하령이 그것으로 강시를 만들어 철시혼 그놈을 박살 내고 금산장을 되찾아 자신에게 그곳에 있다는 만년교룡의 내단을 줄 것이 아닌가?

예하령은 여전히 자신이 염한 시체만을 찾는다.

평상시 같으면 자신의 실력을 인정해 주는 것 같아 감사할 노릇이지만 지금은 그 까다로운 입맛에 화가 치민다.

'부적이 잘못됐나?

턱!

걸음을 멈춘 진가운이 손으로 슬쩍 바지를 들췄다.

안쪽에 자리한 작은 꾸러미.

스르륵!

나머지 한 손을 슬쩍 바지 안쪽으로 집어넣어 꾸러미를 슬쩍 흔들었다.

땡그랑.

낭랑한 동전 소리.

분명 자신이 만든 부적에는 아무런 이상이 없다.

드르륵!

문이 열리는 소리에 진가운은 급히 바지 밖으로 손을 뺐다.

"뭐 해?"

예하령의 목소리.

혹 들키지 않았을까 하는 마음에 진가운이 얼굴을 붉힌 채 고개를 돌려 밖에서 얼굴만 빠끔히 들이민 예하령을 바라보았다.

"그건 왜 물어? 알면 도와줄 거야?"

"봐서."

"보기는 뭘 봐! 할 일 없으면 방에 들어가 잠이나 자!"

"그런데 바지 속에 뭐 숨겼어?"

"……."

얼굴이 벌겋게 달아올랐다. 지금까지 아무 말 없기에 모르는가 보다 생각했는데 알고 있었다. 알고 있다는 얘기는 조금 전 자신의 모습을 지켜봤다는 것.

'계집애, 봤으면 봤다고 말할 것이지.'

"뭐 숨겼느냐니까?"

“부적.”

“부적?”

“그래, 부적! 너 만난 후 되는 일이 하나도 없어서 부적 하나 만들어 챴다, 됐냐?”

이상하다는 듯 고개를 갸웃거리는 예하령.

“언제 갔어?”

“어딜?”

“점 집!”

“안 갔어. 그곳에 바칠 돈이 어디 있어? 그곳에 가서 부적 하나 만들려면 은자 한 냥은 들어. 그 한 냥으로 병아리를 사면 이백 마리는 사. 그게 자라서 닭이 되면 은자가 열두 냥. 그거면 돼지새끼 삼십 마리. 그게 자라면 송아지를 열 마리. 그게 자라면……. 좌우간 그렇게 은자 오만 냥이 되는 거야. 무슨 말인지 알아들어?”

“미쳤구나.”

“뭐?”

“그게 삼 년 안에 그렇게 될 것 같아?”

“시끄러워. 이게 다 네가 강시를 만든다고 도굴하는 바람에 생긴 일이야. 나도 옛날처럼 그렇게 벌면 이런 짓 안 해. 알았어?”

“알았어.”

탁!

아무렇지도 않다는 듯 문을 닫고 사라지는 예하령.

예하령의 얼굴에는 전혀 미안한 기색이 없다.

“저게…….”

화가 치민 진가운이 예하령을 쫓아가려고 문이 있는 곳으로 다가갔다.

"주인님! 손님 오셨습니다."

'손님!'

장 서방의 말에 문을 열고 예하령을 쫓아가려던 진가운이 걸음을 멈췄다.

"후우. 후우."

두 차례의 심호흡을 마친 진가운은 자신의 손으로 가슴을 만지며 스스로를 진정시킨 후 방 아랫목에 마련된 자신의 자리로 돌아가 앉았다.

"들어오시라 하세요."

"예, 주인님!"

드르륵!

문이 열렸다.

중년 사내.

제법 단단해 보이는 중년인이 방 안에 들어서며 앉아 있는 진가운을 향해 슬쩍 허리를 숙였다.

후닥닥!

진가운은 자리에서 발딱 일어나 중년인을 향해 마주 허리를 숙였다.

"자리에 앉으십시오."

"감사합니다."

중년 사내가 진가운의 앞에 있는 탁자를 사이에 두고 진가운을 마주 보며 자리에 앉았다.

"진가운 장의사십니까?"

"그렇습니다."

천천히 진가운을 바라보는 사내.

할 말이 있는 듯 입술이 이따금씩 움직거렸지만 말은 나오지 않았다.

사내의 모습에 답답해진 진가운.

"거리끼지 마시고 말씀하십시오."

"……."

말없이 잠시 동안 진가운을 더 살피던 중년인의 입이 조심스럽게 열렸다.

"들으니, 시체를 보고 사인(死因)을 밝히는 것은 진 장의사께서 강서성 제일이라 들었습니다."

"그런데요?"

사내가 다시 입을 다물고 진가운을 바라보았다.

'아이고, 답답해.'

사내의 입이 다물어질수록 답답해지는 것은 진가운이다.

얼마 전 영업이 잘될 때만 해도 이렇게 답답하게 나오면 바로 내쫓아 버렸을 것이다. 그러나 지금은 손님 한 명이 아쉽다. 그저 꾹 눌러 참을 수밖에 다른 방법이 없었다.

"염을 하시면서 저희 아버님의 사인을 밝혀주십시오."

"아버님의 사인이요? 그걸 아직 모르고 계십니까?"

"아닙니다. 알기는 아는데 믿을 수가 없어서요."

"사인이 무엇인데……."

진가운은 급히 입을 다물었다. 자신이 입을 여는 순간 중년인의 얼굴이 빨갛게 달아올랐기 때문이다.

'평범한 사인은 아니군.'

중년인의 모습에서 진가운은 사인이 밝히기 부끄러운 일이라는 것을 단박에 알아챘다.

"……!"

진가운의 입가에 슬쩍 미소가 머물렀다. 이렇게 입을 열기 힘든 사인이라면 짐작되는 것이 한 가지 있었다.

쓰윽!

중년 사내를 훑어본 진가운이 조심스럽게 말했다.

"혹… 복.상.사.가 아니신지요?"

"……!"

중년인이 깜짝 놀라 고개를 쳐들었다.

그럴 줄 알았다는 듯 입가에 미소를 지으며 고개를 끄덕이는 진가운.

"돌아가신 선친의 춘추가……."

"고희에 이르십니다."

'고희! 아니, 그런 늙은이가 복상사를 했단 말이야. 거, 복 터진 노인 넬세.'

흉하다기보다는 왠지 부럽다는 느낌이 들었다.

"그러시면 상대방은……."

"예, 새어머니는 올해 삼십이 조금 넘으셨습니다."

"……!"

진가운의 얼굴이 일그러졌다.

왠지 모를 질투심.

칠십이 넘은 늙은이의 새 부인이 이제 삼십이라니…….

그런 부인과 운우지정(雲雨之情)을 나누었으니 어쩌면 복상사가 당연하다는 생각이 들었다.

"허허, 연로하신 분이 간혹 무리하게 힘을 쓰시다 보면 복상사가 일
어날 수도 있는 법입니다."

"관에서도 그렇게 말했지만 아닙니다. 아버지는 소림의 속가제자로
비록 연세 고희라 하시나 아직 청년이나 다름없으신 분입니다. 새어머
니를 맞으신 지 벌써 삼 년입니다. 그런 분이 갑자기 그런 죽음을 당하
시다니 저는 믿을 수가 없습니다. 아버님의 사인을 밝혀주십시오. 우
선 아버지를 염해주시는 값으로 은자 삼십 냥을 드리겠습니다. 그리고
만약 아버지 죽음의 진실을 밝혀 알려주신다면 은자 이백 냥을 따로
드릴 것입니다."

'은자 이백 냥.'

진가운의 눈이 커졌다.

당장에 자리에서 일어나 만세라도 부르고 싶었다. 지금과 같이 파리
만 날리는 이 시기에 은자 이백 냥이 어디란 말인가. 은자 이백 냥이면
큰 돼지가 일천 마리요, 황소가 삼십 마리다. 한가족이 사 년간 풍족하
게 살 수 있는 돈이다.

당장에 '좋습니다'를 하고 싶었지만 잠시 뜸을 들였다. 바로 대답하
려니 왠지 무게가 없어 보였다.

그런 진가운을 잠시 바라보던 중년 사내가 다시 입을 열었다.

"부족하신 듯하군요. 그렇다면 은자 삼백 냥을 드리겠습니다."

'만세!'

벌어지려는 입을 간신히 붙잡았다.

그리고 억지로 심각한 표정을 지으며 고개를 천천히 끄덕였다.

"감사합니다. 저의 집은 불이장(不二莊)이라 합니다. 남창 시내에서
물으면 모르는 이는 없을 것입니다."

턱!

중년 사내가 품에서 은자 꾸러미를 꺼내 진가운의 앞에 있는 탁자에 올려놓았다.

"그럼 내일 뵙겠습니다."

사내가 일어났다. 진가운은 얼른 사내를 따라 일어나 배웅했다.

문 사이로 사내가 정문을 나서는 것이 보였다.

"우헤헤헤헤!"

대소(大笑).

진가운의 입에서 대소가 터졌다.

하긴 은자 삼십 냥을 확보하고, 어쩌면 은자 삼백 냥이 생길지도 모르는 일이 생겼는데 웃음을 토하지 않으면 그것이야말로 정상이 아니다.

진가운은 급히 바지를 슬쩍 들췄다. 안에 보이는 은자 꾸러미. 그것은 역시 자신에게 행운을 가져다주는 귀한 물건이었다.

다음날, 아침!

진가운은 평소보다 일찍 자리에서 일어났다.

아니, 어제는 한숨도 자지 못했다.

마음속으로 빌고 빌었다. 불이장 노장주의 죽음이 단순한 복상사가 아니기만을…….

그렇게 비는 사이 날이 밝았다.

한줄기 빛이 들어온 순간 진가운은 자리에서 일어났다.

옷을 갈아입은 진가운은 벽에 마련된 비밀함을 열어 책 한 권을 꺼내 들었다.

사인록(死因錄)!

역대 일승문 문주들이 장의사를 하면서 죽음의 원인 등에 관해 기록한 책. 오늘은 이것이 필요할 것처럼 보였다.

사인록을 손에 든 진가운은 탁자에 사인록을 올려놓았다.

촤라라락!

사인록의 책장이 바람을 날리며 뒤집혔다.

턱!

마침내 찾던 것을 발견한 듯 사인록의 한곳을 유심히 바라다보는 진가운.

진가운은 방 한쪽에 있는 종이를 들고 자신이 찾은 책장에 끼웠다.

"자, 이제 슬슬 나가볼까."

드르륵!

문을 열자 아침 햇살이 방 안으로 쏟아졌다. 아직은 이른 아침이라 눈이 부시다기보다는 살갗에 따뜻이 전해지는 것이 기분을 한결 좋게 만들어주었다. 진가운은 천천히 마당으로 걸어갔다.

아침.

공터에 나선 진가운의 입가에 가벼운 미소가 스쳤다.

"장 서방!"

"예, 주인님!"

여느 때와 마찬가지로 장 서방이 대답과 함께 모습을 드러냈다.

드르륵!

장 서방의 방을 살피는 사이 예하령의 방에서도 문이 열렸다.

그와 동시에 미청년(美靑年)으로 변장한 예하령이 모습을 드러냈다. 사내라고 하기에는 다소 가늘어 보이는 몸이 문제였지만 제법 사내의 모습을 갖춘 나름대로 최선을 다한 기색이 역력해 보였다.

"아주 용을 쓰는구나."

진가운이 한마디를 던진 후 다시 한 번 예하령을 살폈다.

"너 미쳤냐?"

진가운의 한마디에 예하령의 얼굴이 금방 벌겋게 달아올랐다.

"뭐라……."

예하령이 대꾸하려는 순간 진가운이 말을 가로챘다.

"어떤 놈이 미치지도 않았는데 계집애나 입는 치마를 입어?"

"제길."

일그러지는 예하령의 얼굴.

"장승처럼 뻘쭘히 서 있지 말고 따라와!"

진가운은 재빠르게 방으로 들어갔다.

작은 장으로 다가간 진가운이 장(欌) 문을 열고 하얀 바지를 꺼내 예하령에게 '휙' 하고 집어 던졌다.

진가운의 바지가 공교롭게도 예하령의 얼굴로 떨어졌다.

예하령이 얼굴에 떨어진 바지를 손으로 집어 들었다. 얼굴이 잔뜩 일그러진 것이 결코 기분 좋은 모습은 아니었다.

"아이고, 노린내!"

"내가 짐승이냐? 노린내 나게."

"우리 아버지가 그랬다. 남자 놈들은 우리 아버지 빼고 다 짐승이라고."

"왜, 언제는 늑대라며?"

"늑대도 짐승이야."

"그래, 그렇게 교육받았으니 계집애가 그 모양으로 천방지축(天方地

軸)이지. 다시 집에 돌아가서 부모님께 가정교육이나 잘 받아.”

“…….”

찌리릿!

예하령이 갑자기 입을 다물더니 진가운을 죽일 듯 노려보았다. 눈에 가느다란 실핏줄이 돋았다.

그 모습에 놀란 것은 진가운이었다.

‘뭐야? 애가 왜 이래?’

바짝 긴장한 얼굴로 예하령을 힐끔 바라보았다.

표독스러운 눈빛.

그 눈빛에 진가운은 자신도 모르게 몸서리를 쳤다.

진가운을 노려보던 예하령의 눈가에 조금씩 물이 고이기 시작했다.

‘이… 이게 또 눈물 전법을…….’

지난번 예하령의 눈물 전법에 당한 생각을 하며 진가운이 고개를 돌리고 예하령을 뚫어져라 노려보았다.

‘어? 다르다.’

그랬다.

예하령의 모습이 지난번 자신의 집에 처음 와서 거짓 눈물을 흘릴 때와는 완연히 달랐다. 무엇이 어떻게 다른지는 설명하기 힘들지만 분위기 자체가 그때와는 전혀 달랐다.

“어이, 이… 이… 이봐! 왜 그래?”

“…….”

묵묵부답(默默不答).

예하령의 눈에서 눈물이 주르륵 흘러내렸다.

소리없는 울음.

진가운은 처음 깨달았다. 통곡보다 더 진한 울음이 소리없는 울음이라는 것을……

주르륵!

예하령의 모습을 지켜보던 진가운의 눈에서 눈물이 흘러내렸다.

'내가 왜 울지?'

수없이 이 말을 되뇌어 보았다.

이유?

없다.

그냥 그렇게 눈물이 흘렀다.

"너… 넌 왜 울어?"

"몰라!"

솔직한 대답이다.

"푸헤헤!"

예하령이 웃음을 토하며 슬쩍 미소를 지었다. 울음과 웃음이 함께하는 묘한 얼굴.

"사내자식이 울기는……. 울지 마!"

예하령이 즉시 손을 들어 올려 진가운의 볼을 타고 흐르는 눈물을 손등으로 닦아냈다.

'어라, 이상하다. 왜 이렇게 됐지?'

잠시 의문에 싸였던 진가운은 고개를 좌우로 힘차게 털더니 자리에서 일어나 다시 밖으로 나갔다.

잠시 후 하얀 바지로 옷을 갈아입은 예하령이 모습을 나타냈다.

장 서방이 놀란 듯 예하령을 바라보았다.

"아가씨, 멋지네요."

“헤헤헤, 고마워요, 아저씨.”

예하령이 장 서방에게 인사를 하고는 밖으로 나가려고 대문을 향해 폴짝폴짝 달려갔다.

진가운은 급히 예하령에게 달려가 어깨를 잡았다.

“어디 가?”

“일하러.”

“너 미쳤냐? 오늘도 흑사방 잡놈들이 무덤 근처에 죽치고 있을 텐데 가기는 어딜 가?”

“밥하기 싫어!”

할 말이 없다. 밥하기 싫어서 자신이 위험할지도 모르는 곳으로 가겠다니……. 그렇지만 예하령을 이대로 나가게 할 수는 없는 일이다. 그냥 나가서 잠시 바람을 쐬는 일이라면 지금의 모습을 감안해 말릴 생각이 없지만 흑사방 놈들이 이를 갈며 기다리고 있을 무덤 가에서 도굴을 하게 놔둘 수는 없다.

잠시 생각에 잠긴 진가운은 어쩔 수 없다는 듯 고개를 끄덕였다.

“나랑 가자.”

“너도 도굴하려고?”

“내가 돌았어? 도굴을 왜 해! 염을 해야지!”

“무서워.”

“뭐?”

진가운은 넋을 잃은 사람처럼 예하령에게 시선을 고정시켰다.

“무섭다고! 시체를 어떻게…….”

갈수록 태산.

시체가 무섭다면서 그 시체를 도굴하고 강시까지 만들겠다니 아무리 생각해도 예하령의 머리는 정상이 아니다.

"열있냐?"

"없어. 관에 누워 있는 시체는 괜찮은데 막 죽은 시신은 정말 무서워. 금방이라도 벌떡 일어날 것 같단 말이야."

쩝!

진가운은 일단 입맛을 한번 다셨다. 참으로 난감지경이다.

"아직 도굴은 위험해서 안 돼! 그리고 네가 시체를 봐두어야 네가 원하는 시체가 어떤 것이지 알고 내가 구해줄 수 있잖아."

"그런가……?"

예하령은 입을 꼭 다물고 한참 동안 말이 없더니 마침내 결심이 선 듯 고개를 끄덕였다.

"좋아."

진가운이 고개를 돌려 장 서방을 바라보았다.

"장 서방, 오늘은 하령이랑 일 나갈 테니까 장 서방은 휴가예요. 아셨죠?"

장 서방이 무슨 좋은 일이 있는지 이따금 웃음을 토하며 고개를 끄덕였다.

"예, 도련님. 아가씨랑 둘이서 좋은 시간 보내세요."

'좋은 시간은 무슨 얼어죽을…….'

진가운은 예하령과 함께 문을 열고 나와 장 서방이 기리 준비해 둔 짐마차가 있는 곳으로 걸어갔다.

장례 도구.

수레 위에는 오늘 불이장에서 사용할 관 하나와 장례 도구가 놓여 있었다.

턱!

진가운이 말고삐를 잡기 위해 앞으로 걸어간 사이 예하령은 수레 위에 냉큼 올라탔다.

고삐를 잡은 진가운의 눈에 수레 위에 올라탄 예하령의 모습이 들어왔다.

'저게 정말……'

"야!"

"시끄러워! 네가 힘들어, 말이 힘들지? 잔말 말고, 출발!"

'제길, 저런 계집애한테 어쩌면 내 생명을 의지해야 하다니, 인간 진가운 팔자 한번 더럽게 꼬였다.'

어쩔 수 없다는 듯 말고삐를 움켜잡고는 있지만 걸어가는 진가운의 입술이 계속해서 움직였다.

시신(屍身)은 죽음의 진실을 말한다

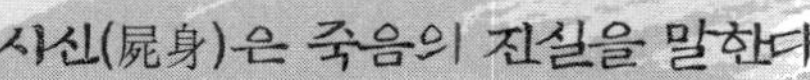

수레를 끌고 남창 시내를 걸어가고 있는 진가운.

진가운이 찾아가는 곳은 물론 불이장이다.

불이장의 장주 손태산의 시신을 염하기 위해 가는 길이다.

획!

고개를 돌린 진가운은 수레에 앉아 있는 예하령을 노려보았다.

수레에 올라탄 채 콧노래를 흥얼거리는 예하령.

'저게 정말……'

진가운은 갑자기 몰던 말의 고삐를 힘껏 잡아당겼다.

히히힝!

수레를 끌던 말이 깜짝 놀라 두 발을 들어 올리며 요란한 울음소리
를 터뜨렸다.

쑤욱!

콧노래를 흥얼거리던 예하령의 몸이 앞으로 쏠렸다.

"어어어어~!"

콰광!

예하령은 놀란 눈으로 몸이 딸려가지 않도록 힘을 주었지만 역불급(力不及). 그대로 앞으로 쏠린 머리가 함께 실린 관에 부딪치고 나서야 예하령의 몸이 멈추어졌다.

예하령은 눈알을 부라리며 수레 위에서 벌떡 일어났다.

"왜 지랄이야?"

"지랄?"

"그래, 지랄. 잘 걸어가는 말 갑자기 세워서 사람 다치게 했으니 그게 지랄이지 뭐야?"

진가운은 아직도 화가 풀리지 않아 자신을 쏘아보고 있는 예하령을 슬쩍 훑어보았다.

"쯧쯧쯧."

한심하다는 듯 혀를 차는 진가운.

예하령은 그런 진가운이 너무 얄미웠다. 실수를 했으면 사과를 해야 하는 것이 당연하거늘, 혀까지 차며 자신을 한심하다는 듯 바라보는 진가운의 태도를 이해할 수 없었다.

"너 언제 철들래?"

"……?"

갑자기 무슨 뚱딴지 같은 말인가?

예하령이 영문을 몰라 눈을 동그랗게 떴다.

"……."

"너 지금 우리가 어디 가는지 알아?"

“불이장.”

“왜 가는데?”

예하령의 얼굴이 붉게 상기됐다. 도대체 자신을 어떻게 보고 이따위 소리를 한단 말인가?

“왜긴 왜야? 손태산인가 뭔가 하는 노인네 염하러 가지.”

진가운이 그런 예하령을 보며 버럭 소리를 질렀다.

“아는 사람이 그렇게 콧노래를 흥얼거려! 손 장주 다들이 그 모습을 보면 좋아하겠다. 자기 아버지 염하러 오는 장의사가 즐겁게 콧노래 부르는 것을 보면.”

“……”

“그러니 잠자코 있어. 남의 장사 두! 번! 망치지 말고.”

유난히 두 번을 강조하는 진가운.

진가운의 말에 예하령이 손으로 자신의 입을 틀어막았다.

솔직히 오늘은 예하령으로서는 기분 좋은 날이다.

흑사방 잡놈과의 일이 있은 후 근 열흘 만에 처음으로 밖으로 나온 것이다.

모처럼의 외출.

예하령으로서는 지금 일을 하러 가는 것이 아니라 외출을 나온 기분이었다. 그런 자기의 마음을 몰라주는 진가운이 왠지 야속하다.

그렇게 예하령의 불만이 쌓이는 사이 멀리 제법 큰 장원 하나가 보이기 시작했다.

‘저기군.’

이미 사람들로부터 불이장의 위치를 알아둔 진가운은 조금 더 서둘러 수레를 끄는 마차를 몰았다.

불이장(不二莊)!

큼지막한 현판이 눈에 들어왔다.

목적지임을 확인한 진가운은 말을 잠시 세우고 수레에 앉아 있는 예하령을 바라보며 입을 열었다.

"나올 때까지 절대로 웃으면 안 돼!"

"알아. 내가 그것도 모를까 봐 그래."

"그걸 아는 사람이 콧노래를 흥얼거려?"

'좀팽이 자식! 사내자식이 속은 좁아서.'

마음으로는 그렇게 생각했지만 입 밖으로 소리를 내지는 않았다. 조금 전 콧노래는 자신이 생각해도 실수임에 분명했다.

불이장 앞에는 많은 사람들이 모여 웅성거리고 있었다.

그것은 손태산의 갑작스러운 죽음 때문이었다.

새로 얻은 젊은 부인의 배 위에서 숨을 거둔 복상사.

이것 하나만으로도 남창의 화제가 되기에 충분한 일이었다.

물론 손태산이 평범한 일반인이었다면 '늙은이가 주책이야' 하고 끝났을 것이다.

그러나 손태산의 죽음은 달랐다.

손태산, 그는 이곳 남창에서도 알아주는 무림고수다.

무림의 태산북두라는 소림의 속가제자로서 이곳 남창에서 가장 큰 무공도장인 웅비관(雄飛館)의 관주다.

그런 사람이 갑자기 죽었다. 그것도 부인의 배 위에서.

그런 연유로 관에서도 나와 조사를 벌였지만 아무런 이상을 발견하지 못해 급살(急煞)로 처리되었다.

불이장 정문에 수레를 세운 진가운은 웅성거리는 사람들 사이를 뚫고 정문 앞으로 다가가 조심스럽게 입을 열었다.

"진가운이라고 합니다."

끼이익!

문이 열렸다.

이미 연락이 전달되었는지 다른 질문은 한마디도 없다.

문이 열리며 안에서 소복으로 갈아입은 삼십대 초반의 여인이 모습을 드러냈다.

천옥봉(千玉鳳).

불이장 장주이자 남창제일 무관(武館)인 웅비관 관주, 손태산의 처.

비록 남편인 손태산과는 나이 차이가 많이 나지만 다정한 부부 사이로 남창에서 소문이 자자했던 여인이다.

진가운은 곁눈질로 천옥봉의 모습을 자세히 살폈다.

만약 손태산의 죽음이 단순한 복상사가 아니라면 이곳 불이장에 사는 사람 모두는 범인이 될 수 있다.

푸석푸석한 얼굴.

그 모습에 약간 미안한 생각이 들었다.

하긴 마른하늘에 날벼락 격으로 하루아침에 과부가 되었으니 그 심정이 어떠하겠는가.

"오셨습니까. 미리 연락을 받았습니다. 들어가시지요."

천옥봉의 안내를 받으며 진가운은 수레를 끌고 불이장 안으로 들어갔다. 장원이 넓어서인지 수레가 들어가도 별다른 문제가 없었다.

아담한 정자 앞에 상복(喪服)을 입은 손태산의 아들 네 명이 허리를 숙인 채 오열하고 있었다.

아들 네 명 가운데 어제저녁 아버지의 사인을 밝혀달라고 왔던 장자 손충위(孫忠慰)가 진가운을 향해 다가오며 허리를 숙였다.

"잘 부탁드리겠습니다."

"……."

진가운은 말없이 고개를 숙인 후 예하령과 함께 방 안으로 들어갔다.

진가운은 헝겊으로 덮여 있는 시신이 있는 곳으로 다가갔다.

그런 진가운과는 달리 손태산의 시체가 두려운 듯 문 옆에 선 채 덜덜 몸을 떨고 있는 예하령.

진가운은 조심스럽게 손태산의 시신을 덮고 있는 헝겊을 열어젖혔다. 죽었을 때 입었던 복장 그대로인 침의(寢衣)를 입은 채 조용히 잠자듯 누워 있는 손태산.

듣기에 고희의 노인이라고 들었건만 그렇게 보이지 않는 제법 건장한 모습이었다.

"뭐 해! 가까이 오지 않고."

진가운의 재촉에 예하령이 어쩔 수 없다는 듯 양 발을 부들부들 떨며 다가왔다.

그 모습이 백정에게 끌려가는 소 꼴이다.

"떨지 말고 이리 가까이 와!"

예하령이 마른침을 꿀꺽 한 번 삼키고 진가운에게 다가가기 위해 한 발을 손태산의 시신 너머로 내디뎠다.

"미쳤어?"

진가운의 입에서 갑작스러운 호통이 흘러나왔다.

느닷없는 진가운의 호통에 예하령이 급히 넘어가던 발을 자신의 몸 앞으로 끌어들였다.

여전히 한심하다는 듯 예하령을 바라보는 진가운.

'이번에는 뭐가 불만이야?'

예하령으로서는 진가운의 모습이 이해가 되지 않았다. 가까이 오라기에 가까이 가려고 발을 내디뎠을 뿐이다.

"시체 위를 넘어오는 사람이 어디 있어?"

"그럼?"

"돌아와."

'제길, 내가 그런 걸 어떻게 알아.'

불만이 가득했지만 지금은 어쩔 수 없는 일이다. 장례, 그 가운데에서도 염에 관한 것이라면 자신은 진가운의 상대가 아니기 때문이다.

'그래, 너 똑똑해서 좋겠다. 아니, 시체 많이 닦아서 좋겠다.'

속으로 한마디를 토하니 그래도 가슴이 시원하다.

씨익!

자기도 모르게 예하령의 입가에 미소가 번졌다.

"웃지 말라고 그랬다."

또다시 터지는 진가운의 한마디에 예하령이 급히 벌어지는 입을 꽉 다물었다.

"잡아!"

"뭐?"

"잡으라고. 그래야 노인네의 옷을 벗기고 수세를 할 것 아냐."

"무서워."

"그래, 무서우면 네가 벗길래?"

‘말을 해도 꼭.’

예하령은 차가운 눈으로 진가운을 노려보았다. 네가 노려보면 어쩔 래 하는 표정으로 그런 예하령을 아무렇지도 않게 바라보는 진가운.

‘그래, 지금은 참는다.’

언젠가 자신이 금산장의 무남독녀 주하령의 지위를 찾으면 두고 보자는 생각으로 예하령은 조심스럽게 손태산의 상체를 슬쩍 들어 올렸다.

부들부들 떨리는 손.

그런 예하령을 재미있다는 듯 바라보던 진가운은 손태산이 입고 있는 침의를 조심스럽게 벗겼다.

이내 알몸이 된 손태산.

예하령은 남성의 알몸을 본다는 것이 부끄러운 듯 눈을 질끈 감았다.

그렇지만 자신이 따라다니는 이유가 무엇인가? 바로 자신이 원하는 시체를 진가운에게 알려주기 위해서가 아닌가?

예하령은 침을 꿀꺽 한 번 삼키고 용기를 내 눈을 떴다.

그렇지만 본능은 어쩔 수 없는가 보다. 손태산의 알몸을 보자마자 예하령의 얼굴이 빨갛게 달아올랐다.

그렇게 한동안 손태산을 손으로 받쳐 든 채 알몸을 바라보던 예하령 이 만족한 얼굴로 고개를 끄덕였다.

손태산의 시신.

그동안 예하령이 찾고자 한 시신이 바로 이것이었다.

죽은 지 하루가 지났건만 아직껏 적당히 발달한 손태산의 근육은 여전하다. 거기에 손으로 전해지는 피부의 촉감은 탄력이 있다. 그것만

으로도 살아 있을 때 손태산이 얼마나 건장한 사람이었는지를 알 수
있었다.

당장에라도 이 손태산을 가져다 강시로 만들고 싶은 마음이 굴뚝같
았다.

"이… 이런 사람이야. 이렇게 건강하고 튼튼한 사람."

예하령의 소리에 진가운이 천천히 고개를 끄덕였다.

"무인이면 되겠구나."

탁!

예하령이 손뼉을 치며 자리에서 벌떡 일어났다.

"그래, 맞아, 무인. 손에 무기라도 하나 들고 있는 사람이면 그야말
로 금상첨화(錦上添花)야."

"알았어. 내 그런 시체 가운데 연고가 없는 시신을 한번 찾아볼게."

예하령의 얼굴에 화색이 돌았다.

조금 전만 해도 얼굴에 무서운 기색이 가득했건만 지금은 그런 기색
을 찾으려야 찾을 수가 없었다.

"그렇게 붙잡고 하루 종일 있을 거야. 내려놔!"

탐욕스럽게 손태산의 시신을 바라보던 예하령이 놀라 급히 손태산
의 시신을 바닥에 내려놓았다.

쿵!

손태산의 머리가 바닥에 닿으며 울렸다. 그와 동시에 진가운의 얼굴
이 다시 시뻘겋게 달아올랐다.

"미쳤어! 시신을 그렇게 바닥에 내던지듯 내려놓으면 어떡해!"

정말이지 예하령에게는 고역이다.

처음 진가운과 함께 가운장의점을 나설 때만 해도 염이라는 것이 이

렇게 복잡하고 힘든 일이라고는 생각지 않았다.

그저 수의나 입히고 꽁꽁 묶기만 하는 것으로 생각했다. 그런데 뭔 잡다한 일은 그렇게 많고 또 그놈의 일에는 무슨 놈의 격식(格式)이 그렇게 많은지…….

예하령의 불만을 알 리 없는 진가운이 본격적으로 손태산의 몸 곳곳을 살피며 닦기 시작했다.

죽음의 원인은 시체 안에 있는 법.

손태산의 갑작스러운 죽음의 원인도 손태산의 시신 속에 그대로 담겨 있을 것으로 생각했다.

한참을 뒤척였다.

'이상하군.'

진가운은 고개를 갸웃거렸다.

"휴우!"

한숨이 터졌다. 분명 사망 원인이 있을 터인데 손태산의 시신에서는 그런 흔적을 찾을 수가 없었다.

'정말 급살인가?'

더 이상 살필 곳이 없을 정도로 손태산의 몸을 이 잡듯 뒤지며 정성스럽게 닦았다.

천옥봉과 벌였을 방사의 흔적까지 놓치지 않고 몸을 뒤졌지만 사망 원인은 발견할 수 없었다.

고개를 갸웃거리는 진가운.

쓰윽!

진가운은 품에서 책을 꺼내 들었다.

사인록(死因錄).

진가운은 급히 사인록의 책장을 넘겼다.

아침에 종이로 표시를 해두었던 부분.

사인록 가운데 급살. 급살 가운데 복상사에 관한 부분이다.

복상사의 경우 다음의 두 가지 가운데 하나의 흔적이 보인다.

하나는 코에 약간 출혈의 흔적을 보이는 경우다. 이것은 방사를 마친 후의 복상사다.

방사를 마친 후에는 하초에 모여 있던 피가 다시 원래의 위치로 돌아간다. 그중 가장 많은 피가 몰리는 곳은 머리다. 머리로 급속히 혈액이 이동하는 중 작은 머리 속의 혈관이 순간적으로 막혀 몰려든 피의 압력에 의해 혈관이 터져 사망하게 된다. 이 경우 풍의 증상과 유사하게 코에서 약간의 흔적을 찾을 수 있다.

다른 하나는 얼굴이 전체적으로 파랗게 질려 마치 질식사와 비슷한 모습을 보이는 경우다. 이는 방사 중의 복상사다.

방사 시에는 혈액의 흐름이 급격히 빨라져 심장의 운동이 촉진되는 바, 무리한 심장의 운동으로 일시적으로 심장이 멈추는 경우가 발생한다. 이런 경우 공기의 공급이 차단되어 심장 마비와 질식이 동시에 오는데 그 경우 교살(絞殺)의 경우와 마찬가지로 얼굴이 창백하게 변한다.

턱!

복상사에 관한 사인록의 기록을 읽은 진가운은 다시 한 번 손태산의 알몸을 자세히 들여다보았다.

'뭐 하는 거야. 시체 앞에서 웬 공부.'

유심히 손태산의 시신을 바라보는 진가운을 예하령이 이상하다는 듯 유심히 바라보았다.

진가운은 고개를 가로저었다.

손태산의 시신에는 사인록에 적힌 중상 두 가지 가운데 어느 것도 보이지 않았다.

'너무나 깨끗하다.'

더욱 의심스러웠다.

다시 한 번 손태산의 몸을 샅샅이 뒤지는 진가운. 그러나 아무리 찾아도 별다른 흔적이 보이지 않았다.

"떨그럭. 은자 삼백 냥 날아갔네."

사인을 밝혀줄 경우 은자 삼백 냥을 받을 수 있었는데 지금의 상태로는 그 은자를 받을 방법이 없었다. 아쉽지만 더 이상은 어쩔 도리가 없다.

포기.

진가운은 수의를 손에 들고 예하령과 함께 입혔다.

베 끈으로 손태산의 몸을 꽁꽁 묶었다.

이제 머리 부분만 고정시키면 염이 끝난다.

혀가 손상되지 않도록 입속에 부드러운 종이를 묶고 입에 재갈을 물리는 것처럼 베 끈으로 동여매는 것으로 얼굴 부위의 염은 시작된다.

"입 벌려."

진가운의 한마디에 예하령이 슬쩍 손태산의 입을 벌렸다.

씨익!

진가운의 입가에 미소가 번졌다.

문에 들어설 때만 해도 시신에 손을 댄다는 사실만으로도 몸서리를 치던 예하령이 지금은 비록 두려운 얼굴을 하고는 있지만 나름대로 한 몫하고 있다는 생각에 만족해하는 진가운이다.

"웃지 말라며."

앙칼진 예하령의 한마디에 진가운은 급히 미소를 지웠다.

진가운은 부드러운 종이를 접어 손태산의 입 안쪽으로 가져갔다.

반짝!

순간 손태산의 입 안에서 반짝이는 물건이 보였다.

"……!"

진가운은 종이를 든 손을 멈추고 급히 손태산의 입으로 눈을 가져갔다.

아무것도 보이지 않는다.

'이상하군.'

그럴 리가 없다는 생각에 진가운은 슬쩍 안력을 돋우어 다시 한 번 손태산의 입 안을 들여다보았다.

'있다.'

바늘.

평범한 사람이라면 죽었다 깨어나도 알아보지 못할 머리카락보다도 가느다란 바늘이 죽은 손태산의 목구멍 안쪽 깊숙한 곳에 박혀 있었다.

"잠깐만 그렇게 잡고 있어."

"뭐 해! 얼른 종이 채우지 않고. 입 냄새 나."

진가운은 손가락을 손태산의 목구멍 깊숙한 곳까지 집어넣었다가 빼냈다.

정말이지 생전 처음 보는 바늘이다.

이렇게 가느다란 바늘을 어떻게 만들었을까 싶을 정도의 가늘고 기다란 바늘이 손가락 사이에서 희미하게 보였다.

쓰윽!

손가락을 눈앞까지 가까이 가져왔다. 안력을 더욱 돋우었다.

희미하게 보이던 바늘이 조금 자세히 보였다.

황금색 세침(細針)!

진가운은 세침을 찬찬히 끝에서 끝까지 살폈다.

'독!'

황금색의 바늘 끝이 약간 검은색으로 변색되어 있다.

촤라라락!

급히 사인록의 책장을 넘겼다.

독살(毒殺). 진가운이 지금 찾아보고 있는 곳은 사인록 사운데 독살 부분이다.

턱.

사인록의 표지를 덮은 진가운은 모든 것이 이해가 되는 듯 고개를 끄덕였다.

'그렇군. 방사를 시작한 순간 남자의 혈액과 기는 그곳에 몰린다. 그런 까닭에 머리는 혈액이 부족한 상태가 된다. 그래서 아무리 무공 고수라 하더라도 그 순간만은 온전한 정신을 가질 수가 없다. 그 순간을 노렸다. 그리고 이 독침으로 보아 독도 극히 적은 분량이다. 그래서 몸에 별다른 표시도 나지 않은 것이다. 그런데 정말 절묘한 시기를 노렸다. 이 독침을 박은 자는 정확히 독침의 독이 모두 뇌로 흘러가게 만들었다. 그것은 사내가 막 방정을 끝냈을 때다. 방정을 끝내는 순간 그곳으로 몰렸던 혈액들의 대부분은 뇌로 흘러간다. 정확히 그 순간을 노렸다. 더구나 확실한 죽음과 죽음의 이유를 남기지 않기 위해 보이지 않는 곳 가운데 뇌와 가장 가까운 부위라고 생각되는, 그러면서도 부드러워 가느다란 침이 가장 잘 박힐 수 있는 목구멍 가장 깊숙한 곳에 정확히 박았다. 범인은 손태산의 입을 자연스럽게 열 수 있는 사람이다. 또한 그의 방정을 가장 잘 알 수 있는 사람이다. 그렇다면…….'

진가운의 머리에 천옥봉의 모습이 그려졌다.

범인은 손태산의 후처인 천옥봉이 분명했다.

방정의 시기를 누구보다 잘 알 수 있고 그의 입과 가장 자연스럽게 접할 수 있는 사람은 천옥봉이다. 더구나 손태산은 천옥봉과의 동침 중 당하지 않았는가.

진가운은 범인이 천옥봉이라고 확신했다.

그러나 그 확신에는 몇 가지 문제가 있다.

첫째는 진가운이 조금 전에 본 천옥봉의 얼굴에는 진심으로 가득 찬 슬픔이 있었다는 것이다. 천옥봉의 모습 그 어디에도 한 점 거짓은 보이지 않았다.

둘째는 바늘과 독이다. 아무리 살펴보아도 손태산을 죽인 바늘과 독은 이곳 중원의 일반적인 곳에서는 구할 수가 없는 것이다. 백 번을 양보해 바늘이야 그렇다 치더라도 독은 문제다. 중원에 있는 어떠한 독도 그렇게 적은 양으로 사람을 죽일 수는 없다.

물론 천옥봉이 아주 치밀하게 준비했다면 어떻게 해서든 구했을지도 모른다. 그런데 가장 큰 문제는 천옥봉이 손태산을 죽일 이유가 없다는 것이다.

이미 손태산의 재산은 전처(前妻)가 살아 있을 당시 그의 큰아들 손충위를 비롯한 자식들에게 넘어간 상태다.

지금 손태산이 죽어봐야 천옥봉에게 들어오는 재산은 한 푼도 없다.

"이거 참 황당하군."

"뭐가?"

진가운의 한마디에 이제까지 꿔다 논 보릿자루처럼 말 한마디 하지 못하고 있던 예하령이 물었다.

"어… 어, 아니야."

진가운이 얼른 얼버무렸지만 예하령의 눈빛에는 의심이 가득하다.

진가운은 급히 바늘을 자신의 옷깃에 꽂고 구겨둔 종이를 손태산의 입으로 가져갔다.

그리고는 베 끈으로 재갈을 물리듯 묶었다.

그렇게 손태산의 시신을 염한 후 진가운은 관을 들고 안으로 들어왔다.

"들어!"

진가운의 말과 함께 예하령이 손태산의 다리 쪽으로 옮겨가 다리 부위를 들었다. 진가운은 머리 부위를 잡고 조심스럽게 들어 올려 관에 시체를 넣었다.

입관과 함께 진가운이 나무못을 들고 뚜껑을 관에 박아 봉했다.

"휴우! 이제 오늘은 끝난 거지?"

"그래."

진가운의 말에 예하령이 다시 숨을 크게 내쉬었다.

"가자!"

진가운과 예하령은 문을 열고 밖으로 나왔다.

"수고 많으셨습니다."

손태산의 장자가 진가운에게 허리를 숙이더니 은자 꾸러미를 내밀었다. 한눈에 보아도 제법 많은 돈이다.

"아… 아닙니다. 은자는 하얀 은자 세 냥입니다. 이렇게 과하게……."

삼십 냥을 건네려던 손충위가 급히 손을 멈췄다.

하얜[白] 은자 세[三] 냥.

백(白)은 곧 백(百)을 의미한다. 그렇다면 삼백 냥이라는 소리다.

역시 아버지 손태산은 평범함 복상사가 아니었다.

진가운을 향해 슬쩍 고개를 돌린 손충위가 고개를 끄덕였다. 진가운 역시 손충위를 향해 고개를 끄덕였다.

"아닙니다. 아버지를 잘 모셔주서서 감사의 뜻으로 드립니다."

진가운이 어쩔 수 없다는 듯 손태산의 장자, 손충위가 내민 은자 꾸러미를 받아 주머니에 넣었다.

마지막으로 가족에게 인사를 하기 위해 고개를 돌린 진가운에게 푸석푸석한 몰골의 천옥봉이 보였다.

"……!"

진가운의 가슴이 덜컹 내려앉았다.

천옥봉의 눈빛!

조금 전 방에 들어설 때 보았던 그 눈빛이 아니다.

약간은 탁기(濁氣)가 서린 그런 흐릿한 눈빛.

'뭔가 다르다.'

진가운은 내색하지 않고 손태산의 다른 아들들과 천옥봉에게 허리를 숙여 인사한 후 수레를 몰고 불이장을 나섰다.

"동업자!"

“왜!”

예하령의 부름에 진가운이 대답하는 순간, 어느새 수레에서 내린 예하령이 진가운에게 손을 불쑥 내밀었다.

“뭐야?”

“같이 일했으니 은자를 나눠야지.”

“네 밥값이야.”

예하령의 얼굴이 일그러졌다.

“제길, 땡전 한 푼 없는데…….”

예하령의 입이 툭 튀어나왔다.

그런 예하령을 보며 싱긋 웃던 진가운은 급히 주머니에서 은자 닷 냥을 꺼내 힘없이 돌아서는 예하령의 앞으로 빠르게 걸어갔다.

진가운이 은자 닷 냥이 들려 있는 손을 예하령에게 내밀었다.

“자!”

“뭐야?”

“용돈. 싫으면 관두고.”

진가운이 짐짓 손을 거두려는 모습을 보이자 예하령은 후닥닥 진가운의 손에 있는 은자 닷 냥을 낚아챘다.

“헤헤. 고마워!”

진가운이 그런 예하령을 보며 피식하고 한번 웃고는 돌아와 말의 고삐를 잡았다.

“푸하하하!”

미친 사람처럼 웃음을 토하는 진가운.

그가 그윽한 시선으로 바라보는 것은 단 한 번의 염으로 어제, 오늘

챙긴 은자 쉰닷 냥이다.

사실 진가운은 오늘도 손충위가 은자 삼십 냥을 또 내놓으리라고는 생각지도 못했다. 어제 선불로 삼십 냥을 내놓았으니 오늘은 그저 일곱 냥이나 내놓을 것으로 생각했다. 그렇지만 손충위는 오늘도 삼십 냥을 내놓았다. 생각보다는 손 씀씀이가 큰 사람이다.

한 번의 염으로 챙긴 은자 쉰닷 냥.

예하령에게 준 은자 닷 냥을 생각하면 조금은 아쉽다. 그렇지만 그것은 미끼다. 다음에 예하령에게 무슨 일이든 시키기 위한 미끼.

그것도 모르고 좋아서 입을 헤 하고 벌리고 서 있던 예하령을 생각하니 더욱 기분이 좋다.

진가운은 급히 은자 스물닷 냥을 어제 손충위로부터 받은 은자 삼십 냥이 들어있는 탁자 서랍에 넣고는 자리에서 황급히 일어났다.

후닥닥!

지금까지 여유를 즐기던 모습과는 달리 몹시 서두르는 기색이 역력하다.

드르륵!

문을 열고 집 밖으로 뛰어나가는 진가운의 발이 보이지 않는다.

진가운이 발이 보이지 않게 급히 달려온 곳은 명의 복환용이 있는 의원이다.

잠시 대문을 바라보던 진가운이 대문으로 다가갔다.

쾅! 쾅! 쾅!

대문을 부술 듯 두드리는 진가운.

"웬 놈이야?"

복환용의 목소리가 대문을 넘어 진가운의 귀를 파고들었다.

진가운이 이상한 표정을 지으며 고개를 갸웃거렸다.

'늙은이가 웬일이야? 이렇게 빨리 알아듣고.'

희한한 일이다. 대문이 부서져도 잘 알아듣지 못하는 복환용이 이렇게 빨리 반응을 보이다니…….

잠시 문을 바라보며 복환용이 나오기를 기다리는 진가운의 귀에 날카롭게 찢어지는 소리가 들렸다.

끼이익!

얼마 전 새로 대문을 만들어서 그런지 문 열리는 소리가 심히 귀를 거스른다.

쓰옥!

문이 열리며 복환용이 문밖으로 얼굴을 삐죽 내밀었다.

자신의 집 문을 두드린 자가 진가운이라는 사실이 불쾌했는지 복환용의 얼굴이 삽시간에 이지러졌다.

"이놈아!"

진가운이 입을 열기도 전에 대뜸 소리부터 지르는 복환용. 그런 복환용을 진가운이 물끄러미 바라보는 사이 복환용의 고함은 계속 이어졌다.

"저녁에 왜 남의 집 대문을 부수고 지랄이야? 누가 급살이라도 맞았어?"

'늙은이가 말을 해도 꼭…….'

진가운은 얼굴을 잔뜩 일그러뜨린 채 고개를 가로저었다.

"그런데 왜 난리 법석이야?"

"물어볼 말이 있어서 왔어."

"뭐야? 이놈아, 보약 해 처먹는다고? 하루 안 처먹는다고 죽는 줄 알아! 내일 아침 날이나 밝으면 올 것이지 그깟 보약 한 첩 지어 처먹으려고 밤중에 남의 집 귀한 대문을 두드려! 이 썩어 문드러질 잡놈아!"

'쌍~ 귀나 고치라니까.'

서서히 복환용에게 다가가는 진가운.

진가운은 급히 복환용의 귀에 입을 대고 목청이 터져라 소리쳤다.

"그게 아니라 물어볼 말이 있어서 왔다고!"

흠칫.

진가운의 고함이 얼마나 컸는지 어지간한 천둥 소리에도 좀처럼 몸을 움직이지 않는 복환용이 깜짝 놀라 몸을 움직거렸다.

그런 복환용을 보며 고소한 표정을 짓는 진가운.

그래도 질문이 있다는 말에 처음처럼 대뜸 화를 내지는 않았다.

"그게 뭔데?"

쓰윽!

진가운은 급히 옷깃에서 세침을 꺼내 들었다.

오늘 낮 불이장 장주 손태산의 염을 하다가 발견한 독침이다.

한참 동안 두 눈을 모으며 얼굴을 찡그린 채 진가운의 손가락을 바라보던 복환용이 버럭 소리를 질렀다.

"이런 망할 놈! 왜 손가락은 세우고 지랄이야, 지랄이."

"그게 아니고 이게 침(針)이야."

"침?"

"그래, 침!"

역시 의원답게 침이라는 말에 복환용이 호기심이 동한 모양이다. 작은 소리도 알아듣고는 복환용이 진가운의 손가락 끝에 얼굴을 바짝 들이밀었다.

"어두워서 안 보여. 안으로 들어와!"

복환용이 자신의 방으로 먼저 걸어 들어갔다.

'망할 놈의 노인네. 이젠 눈까지 맛이 간 거야?'

진가운은 앞서 가는 복환용을 바라보며 얼굴을 몇 번 씰룩거리더니 복환용의 뒤를 따랐다.

"올려놔!"

진가운은 손가락 사이에 있는 눈에 보이지도 않을 가느다란 침을 복환용 앞에 있는 탁자 위에 올려놓았다.

복환용이 눈을 부릅뜨고 자신의 앞에 있는 탁자를 뚫어져라 바라보았다.

탁자 위에는 그야말로 눈이 튀어나올 정도로 자세히 살피지 않으면 보이지도 않을 가느다란 세침 하나가 놓여 있었다.

복환용이 얼굴을 더욱더 탁자에 가까이 들이밀었다.

한참 동안 세침을 바라보던 복환용이 이따금씩 머리를 갸웃거리더니 고개를 슬쩍 들어 진가운을 빤히 쳐다보았다.

"오호~ 참으로 신기한 물건이로고. 그래, 이게 뭐냐?"

진가운의 얼굴 근육들이 꿈틀거리며 곳곳에 내천 자가 그어졌다.

'빌어먹을 돌팔이……'

타닥!

진가운이 탁자 위에 있는 세침을 손가락으로 집어 들고 자리에서 벌떡 일어났다.

부르르르.

떨리는 진가운의 몸뚱이.

"영감! 그건 내가 영감한테 물어본 거잖아!"

진가운은 얼굴이 붉게 변할 정도로 버럭 소리를 질렀다.

기껏 이 세침이 무엇이냐고 물으러 왔건만 오히려 복환용이 자신에게 묻고 있으니 그야말로 환장하기 직전이었다.

"이놈아! 모르면 모른다고 말할 것이지 왜 악은 쓰고 난리야!"

참으로 뻔뻔한 복환용의 일갈이다.

톡톡.

진가운에게 일갈을 토한 복환용이 손가락으로 자신의 탁자 위를 슬쩍 쳤다.

"원숭이 엉덩짝처럼 얼굴 붉히지 말고 다시 올려놔 봐."

"휴우~! 성질 좋은 내가 참는다."

진가운은 잠시 한숨을 내쉬더니 다시 복환용의 앞에 앉았다. 그리고 손가락에 들고 있던 세침을 탁자 위에 올려놓았다.

"이제 가봐!"

"……?"

"이놈아! 이게 무엇인지 내가 알아볼 테니까 네놈은 꺼지라고."

"꼭 알아내야 돼!"

복환용의 입이 귀에 걸렸다.

진가운은 도무지 영문을 알 수 없었다. 꼭 알아내라고 말했는데 복환용의 입이 벌어지는 이유를 아무리 생각해도 알 수가 없었다.

'이 노인네가 갑자기 왜 이래?'

"녀석, 그래도 양심은 있어서. 이런 일에 은자는 무슨……. 물론 주면 사양하지는 않으마. 그러니 나가봐!"
　'망할 늙은이, 내가 언제 은자 준다고 그랬어.'
　더 이상 이곳에 있다가는 속이 터져 죽을 것 같았다.
　"영감! 나 가!"
　"자식이 괜찮다는데도. 오냐. 주면 사양치 않고 받으마."
　꽝!
　방문이 몸을 떤다.

　집으로 돌아와 식사를 하고 나니 벌써 날이 칠흑같이 컴컴하다.
　스르륵!
　소리없이 문이 열리며 진가운이 얼굴을 밖으로 내밀었다.
　도둑고양이처럼 조심조심 문을 열고 예하령과 장 서방의 방을 살피는 진가운.
　씨익!
　입가에 미소를 짓는다.
　이미 잠들어 있는지 예하령과 장 서방이 들어가 있는 방 안에서는 별다르게 움직이는 기색이 보이지 않는다.
　예하령이야 오늘 일진이 고달파서 벌써 곯아떨어졌을 것이고 장 서방은 초저녁잠이 유달리 많은 사람이다.
　자박!
　진가운은 조심스럽게 문밖으로 나왔다. 다시 한 번 주변을 살피는 진가운.
　스륵!
　열 때와 마찬가지로 소리가 나지 않도록 방문을 닫았다.

품을 뒤졌다. 진가운의 손에 들려 있는 것은 과거 금산장에 침입할 때 머리에 뒤집어썼던 복면이다.

그 복면을 버리지 않고 가지고 있다니 그야말로 검소함으로만 따진다면 천하제일이다.

복면을 뒤집어쓰는 진가운.

'제길, 냄새 한번 죽이네.'

검은색이라 색깔의 차이는 없었지만 냄새 하나는 고약하기 짝이 없다. 당장에 냄새 나는 복면을 벗어 던지고 싶었지만 꾹 눌러 참았다.

타다닥!

진가운은 집 마당을 힘차게 가로질러 뛰어가더니 간단하게 담을 넘어 밖으로 나갔다.

턱.

급히 움직이던 진가운의 발길이 멈춘 곳.

불이장.

그곳은 낮에 염을 했던 손태산의 집 불이장이다.

불이장이 한눈에 들여다보이는 곳에 자리한 진가운은 눈을 부릅뜬 채 대문을 바라보았다.

한 시진.

무려 한 시진이 지났지만 불이장의 문은 열리지 않았다. 하긴 아직 상중인데 이런 한밤중에 특별한 일이 없다면 바깥출입을 하지 않는 것이 상례다.

"아아~"

지루해진 진가운이 입이 찢어지도록 하품을 하며 두 손을 하늘로 올렸다.

끼… 이… 익!

'나왔다.'

진가운은 급히 한껏 벌어진 자신의 입을 손으로 틀어막고 불이장 정문을 바라보았다. 아주 조심스럽게 불이장의 대문이 열리더니 한 사람이 좌우를 살피며 밖으로 나왔다.

"……!"

천옥봉.

문을 열고 조심스럽게 좌우를 살피고 있는 사람은 죽은 손태산의 후처(後妻) 천옥봉이다.

천옥봉을 발견한 진가운은 숨을 죽이며 계속 천옥봉을 응시했다.

슬금슬금 밖으로 걸어나오는 천옥봉.

밖에 나와서도 천옥봉은 다시 한 번 좌우를 주의 깊게 살폈다.

천옥봉의 시선이 진가운이 숨어 있는 곳을 둘러보는 순간 진가운은 몸을 흠칫거렸다.

눈빛!

천옥봉의 눈빛이 달빛에 반사되며 반짝였다.

정상적인 사람이라면 어둠 속에서 눈빛이 반짝거리지는 않는다. 그렇지만 천옥봉의 조금 전 눈빛은 분명히 반짝거렸다. 마치 산짐승의 눈빛 같았다.

"뭐야? 정말 구미호야?"

스스로 말했지만 어이가 없다. 지금 세상에 구미호가 어디 있는가? 그리고 설사 있다고 하더라도 구미호가 사람을 독살(毒殺)시킨다는 말은 그야말로 머리털 나고 아직까지 들어보지 못했다.

잠시 주변을 조심스럽게 살피던 천옥봉이 빠른 걸음으로 어디론가 걸어갔다.

슬금슬금.

진가운은 조금 전 천옥봉의 눈빛을 상기하며 더욱 거리를 벌린 상태로 뒤를 쫓았다.

웅비관(雄飛館).

천옥봉이 도착한 곳은 놀랍게도 손태산이 관장으로 있는 웅비관이었다.

웅비관 앞에서 잠시 좌우를 살피던 천옥봉이 급히 안으로 들어갔다.

평소 밤에는 굳게 닫혀 있었던 웅비관 문이 오늘은 열려 있었다.

타닥!

웅비관을 향해 진가운은 급히 달려갔다.

천옥봉이 들어가면서 문을 잠갔는지 힘을 주어 밀어봤지만 웅비관의 문은 열리지 않았다.

잠시 동안 머뭇거리던 진가운은 발을 슬쩍 퉁겨 몸을 솟구쳤다.

슈슉!

진가운의 몸이 하늘 높이 솟아올랐다.

턱.

진가운이 내려선 곳은 웅비관의 지붕이다. 지붕 위에서 몸을 움직여 한가운데로 걸어간 진가운.

진가운은 슬쩍 기와 하나를 들춰내고 무관 안을 들여다보았다.

웅비관 내부가 한눈에 들어왔다.

그곳에는 천옥봉 이외에 한 명이 더 있었다.

검은 무복의 사내.

한참 동안 천옥봉을 바라보던 사내가 슬쩍 고개를 들었다.

"헉!"

진가운은 놀라 급히 얼굴을 지붕에서 멀찍이 떼어냈다.

"휴우."

한숨이 흘러나왔다.

사내의 눈을 보는 순간 몸이 일순간 굳어지는 느낌이 들었다.

얼굴뿐만 아니라 온몸으로 식은땀이 흘러내렸다. 이런 느낌은 처음이다. 명색이 천하제일의 무공을 익혔다는 자신의 몸이 이렇게 일순간에 얼어붙다니…….

스스로 생각해도 부끄러웠는지, 아니면 이상했는지 진가운은 고개를 살짝 흔들었다.

"……!"

진가운의 몸이 더욱 얼어붙었다.

'섭혼술(攝魂術).'

갑자기 섭혼술이 떠올랐다.

언젠가 사부 추전호에게 들은 기억이 떠올랐다.

사람의 심령을 제압하는 사악한 수법.

잠시 숨을 크게 들이쉬고 내쉬며 마음을 안정시킨 진가운은 내력(內力)을 슬쩍 끌어올렸다.

만약 조금 전 보았던 사내의 눈빛이 섭혼술이라면 자신의 마음을 잡을 자신이 없었다.

그렇게 사내의 섭혼술에 대비하고 난 후 진가운은 다시 얼굴을 뚫려

진 지붕으로 가져갔다.

"그래, 그것은 가져왔느냐?"

"예!"

천옥봉이 급히 자신의 품에서 얇은 책 한 권을 꺼내 사내에게 건넸다. 책을 꺼내느라 자신의 가슴이 외간 남자에게 드러났음에도 천옥봉은 전혀 부끄러운 모습이 아니었다.

색기(色氣).

오히려 눈가에 붉은 기운이 도는 것이 음탕하기까지 한 모습이다. 저녁 무렵 지아비의 죽음을 슬퍼하며 한숨 짓던 푸석푸석한 모습은 천옥봉의 얼굴에서 눈을 씻고 찾아도 찾을 수가 없었다.

잠시 지켜보던 진가운은 고개를 끄덕였다.

'그렇군. 섭혼술에 당했어.'

모든 의문이 실타래 풀리듯 순식간에 풀렸다.

천옥봉의 마음을 아는지 모르는지 사내는 천옥봉에게는 아무런 관심을 보이지 않았다. 그가 관심을 갖는 것은 오직 하나, 자신이 지금 손에 쥐고 있는 책뿐이다.

"아이~!"

귀를 간질이는 신음이 진가운의 얼굴을 붉게 달구었다.

와락!

이미 주체할 수 없을 정도로 뜨겁게 달구어졌는지 천옥봉이 사내에게 안겨들었다.

"비켜라!"

서릿발 날리는 차가운 음성.

사내가 달려드는 천옥봉을 그대로 손으로 밀쳤다. 천옥봉이 비틀거리며 뒤로 물러났다.

찌리릿!

순간적으로 천옥봉의 얼굴이 슬쩍 일그러졌다. 하나 그것도 잠시, 이내 사내를 바라보는 천옥봉의 눈에는 열기가 가득하다.

사내가 이제껏 훑어보던 책자를 조심스럽게 품속으로 집어넣었다. 그제야 천옥봉을 향해 따뜻한 미소를 지어 보이는 사내.

"호호호, 수고 많았다."

"아이~ 그러시면."

"와라."

몸을 비비 꼬는 천옥봉을 향해 사내가 양손을 활짝 벌렸다.

그것이 신호라고 생각한 천옥봉이 사내에게 달려들었다.

턱!

사내가 천옥봉의 얼굴을 양손으로 잡더니 천옥봉을 뚫어지게 바라보았다. 일순, 붉게 이글거리며 타오르던 천옥봉의 눈에서 초점이 사라졌다.

"호호호. 일어나라!"

"예, 주인님!"

천옥봉이 자리에서 벌떡 일어났다.

그나마 남아 있던 조금의 이성마저 완전히 사라진 듯 천옥봉의 얼굴 어디에도 생기가 느껴지지 않았다.

"너는 사랑하는 남편을 잃은 여인이다."

"……."

"너는 살고 싶지 않다."

"……."

"너는 죽고자 이곳에 왔다."

주문.

사내의 한마디 한마디는 주문이 되어 천옥봉의 귀에 박혔다.

사내가 바닥을 손으로 가리켰다.

사내가 손으로 가리킨 것은 웅비관의 바닥이 아니라 바닥에 떨어진 기다란 줄이다. 줄을 발견한 천옥봉이 무표정한 얼굴로 바닥에 떨어진 줄을 향해 걸어갔다.

천천히 떨어진 줄을 집어 드는 천옥봉.

회리릭!

척!

천옥봉이 던진 줄이 웅비관을 가로지르는 거대한 통나무에 걸렸다.

"……!"

'저… 저… 저런!'

진가운의 눈이 커졌다.

줄을 통나무에 건 천옥봉이 나무판 하나를 들고 오더니 그 위에 올라서서 자신의 목을 늘어진 줄에 서서히 들이밀었다.

생기없는 눈동자.

천옥봉의 눈동자에는 아직도 생기가 없었다.

'막아야 한다.'

진가운은 천옥봉의 죽음을 막기 위해 자리에서 벌떡 일어났다.

순간.

천옥봉을 주시하던 사내가 황급히 고개를 들어 올렸다.

'헉!'

진가운의 몸이 순간적으로 굳었다. 하나 내력을 미리 끌어올려 준비한 덕분에 몸의 경직이 그리 오래가지는 않았다.

진가운은 다시 몸을 움직였다.

사내가 놀란 듯 순간적으로 입을 슬쩍 벌렸다.

덜그럭!

진가운이 지붕을 뚫고 몸을 내리는 것과 거의 동시에 천옥봉이 발을 대고 있던 나무판을 슬쩍 밀었다.

그와 동시에 사내가 천옥봉의 가슴을 향해 손을 슬쩍 뻗었다.

"커헉!"

목에 매달린 천옥봉의 입에서 작은 외마디가 터져 나오더니 혀가 쭉 앞으로 튀어나왔다.

턱!

휘릭!

진가운이 내려서는 것과 함께 웅비관에 있던 사내가 급히 웅비관 문을 열고 밖으로 튀어나갔다.

"저놈이!"

사내의 뒤를 쫓으려 몸을 움직이려던 진가운은 걸음을 멈추고 조금 전 목을 매단 천옥봉에게 다가갔다.

천옥봉이 목을 맨 지 얼마 되지 않았다는 생각에 어쩌면 아직 죽지 않았을지도 모른다고 생각했다.

'그래, 아직 숨이 붙어 있다면 놈의 정체를 밝히는 것은 어려운 일이 아니다.'

진가운은 천옥봉의 왼쪽 가슴에 슬쩍 귀를 들이댔다.

진가운의 얼굴에 당혹스러운 표정이 보였다.

“심장이 멈췄다.”

진가운은 급히 품에서 얇은 종이를 꺼내 천옥봉의 얼굴에 들이댔다.

장의사가 죽음을 확인하는 방법이다.

진가운이 꺼낸 종이는 여느 종이와는 다르게 아주 얇은 종이다. 만약 일말의 숨결이라도 남아 있다면 종이는 숨결에 날리게 되어 있다.

그러나 아무리 천옥봉의 얼굴 가까이 들이대도 종이는 움직이지 않았다.

‘절명(絶命)이다.’

진가운의 기대와는 달리 천옥봉은 이미 절명했다. 숨이라도 붙어 있다면 귀머거리 명의, 복환용에게 데려가 어떻게든 살릴 수 있을 것으로 생각했었는데…….

‘이상해. 목을 맨 사람이 이렇게 빨리 죽을 수는 없는 법이야.’

진가운이 생각하기에 천옥봉의 죽음은 이해가 되지 않았다.

사람이 목을 매단다고 해도 천옥봉처럼 이렇게 빨리 숨이 끊어질 수는 없는 법이다.

진가운은 슬쩍 줄에 목을 매단 천옥봉을 바라보았다.

“부인, 미안합니다.”

죽은 천옥봉에게 한마디를 건넨 진가운은 천옥봉의 치마 속으로 손을 쑥 집어넣었다.

만약 모르는 사람이 보았다면 진가운이 시간(屍姦)을 하는 것으로 오해할지도 모를 일이다.

진가운은 손을 더욱 치마 속으로 밀어 넣었다.

진가운의 손이 들어간 곳은 여인의 그곳이다. 비록 속옷 위이기는 했지만 그래도 부끄러웠는지 진가운의 얼굴이 슬쩍 붉어졌다.

황급히 손을 뺀 진가운은 방금 천옥봉의 은밀한 곳을 쓰다듬은 자신의 손을 자세히 들여다보았다.

처음과 다름없는 손이다.

진가운이 그럴 줄 알았다며 고개를 끄덕였다.

'질식사가 아니야.'

목을 매 죽은 사람은 반드시 죽음 직전에 이르러 배변(排便)을 하게 된다. 물론 그 양이 그렇게 많지 않아 일반인의 경우 모르는 경우가 많다. 그러나 그것은 틀림없는 사실이다. 그런데 진가운의 손은 뽀송뽀송하다. 그것은 천옥봉의 직접적 사인이 질식사가 아니라는 말이다.

"……!"

잠시 그렇게 서 있던 진가운은 생각난 것이 있는 듯 천옥봉의 윗옷을 슬쩍 손으로 들췄다. 천옥봉의 가슴이 슬쩍 드러났다.

진가운은 천옥봉의 가슴을 안력을 돋우어 자세히 들여다보았다.

"이… 이것은……."

진가운의 떨리는 목소리.

천옥봉의 왼쪽 가슴에 육안으로는 거의 보이지 않을 아주 희미한 뇌전 문양이 보였다.

언젠가 예하령을 사로잡겠다고 시체를 구하다 간신히 염을 해준 적이 있는 사지가 절단난 흑사방 무사의 왼쪽 가슴에서 보았던 그 뇌전 모양이 천옥봉의 왼쪽 가슴에도 새겨져 있는 것이다.

진가운은 천옥봉의 밖으로 튀어나온 왼 가슴을 다시 옷 안으로 밀어넣은 후 옷을 잘 추슬렀다.

진가운은 천옥봉을 향해 똑바로 서더니 고개를 깊숙이 숙였다.

"부인, 부인의 죽음은 정절 때문으로 알려질 것입니다. 단, 부인의 원한은 제가 반드시 갚아드리겠습니다. 부디 극락왕생(極樂往生)하시기를……."

진가운은 서서히 몸을 돌려 웅비관 밖으로 나왔다.

이제 놈을 잡아야 할 차례다. 물론 자신의 일은 불이장 장주 손태산의 죽음의 원인을 밝히는 것으로 끝이다. 그러나 만약 놈을 잡기까지 한다면 손충위의 씀씀이로 보아 그냥 넘어가지는 않을 것 같았다.

씨익!

진가운의 입가에 미소가 번졌다. 잘만 하면 크게 한몫 잡을 일을 드디어 찾은 것이다.

그렇지만 놈의 행적을 찾으려니 막막하기 그지없다.

놈의 얼굴을 자세히 본 것도 아니요, 몸의 소속을 알 수 있는 것도 아니다. 그저 검은 무복을 입은 사내라는 것이었다. 물론 그자의 눈을 본다면 금방 알아낼 수 있겠지만 그렇다고 남창 시내를 돌아다니는 사내들의 눈을 일일이 확인하는 것은 불가능이다.

"휴우, 놈을 어떻게 찾지? 단서라고는 검……!"

우당탕탕!

진가운은 입을 다물더니 도로를 가로질러 부리나케 어디론가 달려갔다.

제법 커다란 장원.

대문 근처에 두 명의 사내가 경계를 서고 있는 곳을 보니 평범한 장원은 아니다. 작은 무림문파처럼 보인다.

흑사방(黑砂幫)!

천옥봉을 죽인 사내가 검은 무복을 입고 있다는 사실에 진가운은 먼저 이곳을 찾았다.

진가운이 이곳을 찾은 이유는 우선 사내가 검은 무복을 입었다는 것이다. 물론 이곳 흑사방 말고도 검은 무복을 입고 있는 문파는 상당히 많다. 군소문파(群小門派) 대부분의 무복이 검은색이다.

그것은 경제적인 이유 때문이다.

흰색 무복의 경우 금방 더럽혀지는 결점이 있어 적어도 서너 벌의 무복을 문파 무사들에게 지급해야 하는 반면 검은 무복의 경우는 두 벌이면 충분하다.

그러나 진가운이 이곳 흑사방을 제일 먼저 의심한 이유는 따로 있었다.

천옥봉의 왼쪽 가슴에서 본 뇌전 문양.

진가운이 흑사방을 찾은 이유다. 뇌전 문양이 가장 먼저 모습을 드러낸 곳이 바로 이곳 흑사방이기 때문이다.

등잔 밑이 어두운 법.

놈은 이곳에서 활동하다가 무엇인가 발각돼 그를 위장하기 위해 흑사방의 무사를 죽이고 사지를 절단해 이를 위장하려 했다는 생각이 강하게 들었다.

일 다경(一茶頃)이 흘렀다.

다다닥!

어디선가 달려오던 흑의 무복의 사내가 급히 흑사방의 담을 넘어 안으로 들어갔다.

진가운의 얼굴이 환해졌다.

역시 놈은 이곳 흑사방의 무사였다.

물론 그 녀석을 정면에서 보지 못해 조금 전 담을 넘은 놈이 천옥봉을 죽음에 이르게 한 사람과 동일인(同一人)인지는 확실치 않지만 진가운은 나름대로 확신했다.

'저놈이 분명하다. 흑사방의 잡놈이 일 장이 넘는 담을 한 번에 저렇게 넘을 수는 없다.'

일단 놈이 속한 곳을 알아낸 것만으로도 수확이라고 생각한 진가운이 몸을 돌렸다.

제8장

뱀을 잡으려면 뱀이 숨어 있는 풀을 먼저 두드려라

"주인님!"

진가운은 침상에서 벌떡 일어났다.

"손님이 찾아오셨습니다."

'손님!'

이른 아침부터 찾아온 손님이라는 말에 진가운은 고개를 끄덕였다.

손충위!

찾은 사람은 손충위가 분명할 것이다.

어젯밤 웅비관에 목을 매달아 죽었으니 그녀의 장례를 치르기 위해 이곳에 들른 것이다.

더구나 어제 아버지의 죽음의 원인을 알아냈다는 뜻으로 하얀 은자 세 냥을 달라고 했으니 눈치가 있는 사람이라면 그것 또한 궁금할 것이다.

진가운은 급히 침상에서 일어나 옷을 갈아입었다.

딸랑!

미약한 방울 소리.

진가운은 슬쩍 바지를 들춰 속옷에 달아둔 복 돈 은자 일곱 냥이 들어 있는 꾸러미를 바라보았다.

정말이지 이 돈은 복 돈임이 분명했다.

그 효력이 즉시 나타나 이제 은자 삼백 냥을 벌게 되었으니 말이다.

턱!

옷을 갈아입은 진가운은 급히 자리에 앉았다.

"들어오시라 하세요."

드르륵!

문이 열리자마자 예상했던 대로 불이장의 신임 장주가 된 손태산의 장자 손충위가 방 안으로 들어왔다.

진가운은 자리에서 일어나 들어오는 손충위를 맞았다.

진가운을 향해 허리를 숙이는 손충위. 그런 손충위를 향해 진가운이 마주 허리를 숙였다.

"앉으시지요."

손충위가 탁자를 앞에 두고 자리에 앉았다. 그런 손충위를 바라보며 진가운이 앉았다.

턱!

품을 뒤지던 손충위가 제법 묵직해 보이는 은자 꾸러미를 진가운 앞, 탁자에 내려놓았다.

반짝!

은자 꾸러미를 바라보는 진가운의 눈이 반짝였다.

탐욕의 눈길.

이글이글 타오르는 것이 분명 탐욕의 눈길이다.

당장에 탁자에 올려진 은자 삼백 냥을 손으로 잡아 자신의 가슴에
집어넣고 싶었다. 그러나 체면이 있지 내놓았다고 바로 날름 은자 꾸
러미를 받을 수는 없는 일 아닌가?

'제길, 그냥 손에다 얹어줄 것이지.'

"흠흠……."

잠시 동안의 침묵이 어색했는지 진가운은 헛기침을 터뜨리며 앞에
있는 손충위를 바라보았다.

"독살입니다."

"……!"

놀란 듯 손충위의 눈이 커졌다.

잠시 뜸을 들이던 진가운은 말을 이었다.

"아버님의 목구멍에 작은 독침이 박혀 있는 것을 확인했습니다."

"새어머니이십니까?"

"그렇습니다. 그렇지만 어머니 혼자는 아닌 듯 보입니다."

"……?"

"사용한 독침과 독이 평범한 것이 아닙니다. 솔직히 아직 그 독과
독침이 무엇인지 저도 모릅니다."

"그렇다면 새어머니 역시 자살은 아니군요.."

"……!"

진가운은 생전 처음 듣는다는 듯 눈을 크게 뜨고 손충위를 바라보았

다. 그런 진가운은 살피지도 않고 손충위가 생각에 잠긴 듯 두 눈을 감고 천천히 고개를 끄덕였다.

손충위가 잠시 생각에 잠긴 사이, 진가운이 말을 이었다.

"어머니는 그냥 정절을 위해 돌아가신 것으로 하시지요."

"……."

말없이 한참 동안 생각에 잠겼던 손충위가 한숨을 한번 내쉬고는 진가운을 바라보며 고개를 끄덕였다.

"그렇게 해야 할 것 같습니다. 돌아가신 아버지를 위해서도 그것이 좋을 듯합니다. 그리고……."

무엇인가 할 말이 있는 듯 진가운을 바라보는 손충위.

처음 진가운을 찾아왔을 때처럼 입술만 달싹거릴 뿐 말을 하지 못하고 있었다.

"하실 말씀이 계시면……."

"범인을 찾아주십시오."

진가운이 벌어지려는 입을 간신히 붙잡았다. 내심 그것을 기대했는데 손충위는 역시 자신을 실망시키지 않았다.

"그런 일은 관에서……."

"아닙니다."

진가운의 말을 자르는 손충위.

진가운이 호기심 가득한 표정으로 고개를 쳐들었다.

"관에서 조사하려면 아버님과 천녀(賤女) 일이 밖으로 알려져야 합니다. 아버지의 명예를 그런 계집으로 더럽힐 수는 없습니다. 하니 그자가 누구인지 알려주십시오. 은자 삼백 냥을 더 드리겠습니다. 알려만 주시면 됩니다. 그러면 제가 알아서 그자를 잡아 아버지의 한을 씻어드리겠습니다.”

천옥봉에 대한 손충위의 호칭이 어느새 새어머니에서 천녀(賤女)로 바뀌었다. 그렇지만 진가운은 그런 호칭에는 신경도 쓰지 않았다.

정말이지 복 많은 사람은 누워 있는 입으로 감이 뚝 하고 떨어지는 모양이다. 은자 삼백 냥이 다시 들어오게 생겼다.

시치미를 뗀 채 한참 동안 고민하는 듯 애써 경극을 펼치던 진가운은 천천히 고개를 끄덕였다.

“좋습니다. 그렇게 하지요.”

“감사합니다.”

손충위가 급히 품에서 은자 삼십 냥을 다시 꺼내 탁자에 올려놓았다.

“이… 이게…….”

“천녀의 장례비입니다. 그럼.”

손충위가 자리에서 일어났다. 손충위를 따라 자리에서 일어나 허리를 숙인 진가운의 입이 좌우로 길게 찢어져 귀에 걸렸다. 그렇지만 불행히도 손충위는 그 모습을 발견하지 못했다.

손태산의 후처 천옥봉의 시신을 염하기 위해 진가운은 수레를 끌고 남창 시내를 걸었다.

“그렇게 사이가 좋더니 끝내 지아비를 따르는구먼.”

“그러게 말이야. 우리 마누라 같으면 내가 죽은 다음날 얼씨구나 좋다 하면서 새서방 들일 생각이나 할 텐데…….”

사람들의 화제는 단연 남편 손태산의 뒤를 따르기 위해 스스로 목을 맨 열녀(烈女) 천옥봉의 이야기다.

불이장에 들자마자 진가운은 천옥봉의 염에 들어갔다.

천옥봉.

그녀에 대한 염은 유난히 길었다.

수세도 예하령과 진가운 둘이 나누어서 했다.

옷을 벗기기 전에는 진가운이 밖으로 드러난 부분을 닦아냈다.

평소 헝겊 두 장이면 모든 수세를 마치던 진가운이 오늘은 밖에 나와 있는 부분의 수세에만 십여 장이 넘는 헝겊을 사용했다.

그리고 평상시 여인의 수세 시에는 그야말로 대충대충 넘어가던 외간 남자에게 보이지 말아야 할 부분은 예하령을 시켜 천옥봉의 옷을 벗기고 깨끗이 닦게 했다.

물론 예하령은 무섭다고 말했지만 진가운은 이곳에서 받은 은자를 모두 예하령에게 주겠다고 꼬드겼다.

그렇게 깨끗이 수세를 한 후 비단 수의를 입혔다.

그리고 염포 역시 평상시와 같은 베가 아니라 비단으로 했다.

지난번 예하령이 보았던 손태산의 염보다 훨씬 정성이 깃든 염이다.

진가운과 예하령은 염을 마치고 오동나무 관에 천옥봉을 입관한 후 불이장을 나왔다. 평상시라면 힘들다고 입이 댓발이나 나와 있을 예하령의 얼굴에 오늘은 웃음이 가득하다.

지난번 진가운의 한 소리를 듣고 '웃지 말아야지'를 머리 속으로 수십 번 되뇌고 또 되뇌었지만 허사다.

이십 냥.

예하령을 이렇게 미소 짓게 하는 것은 은자 이십 냥이다.

슬쩍 손으로 주머니 안에 담겨진 은자 꾸러미를 흔들었다.

짤랑.

은자 소리.

예하령의 입이 더욱 길게 찢어졌다.

'우와! 이게 얼마 만에 만져 보는 거금이냐?

예하령이 생각해 보았지만 이런 거금을 직접 만지는 것은 생전 처음
이다.

'어디에 쓰지?

이제는 이게 고민이다.

고기도 먹어본 사람이 먹는 법이다.

돈도 써본 놈이 쓰는 법이다.

이런 거금을 처음 만져 본 예하령으로서는 이걸 어떻게 써야 할지를
몰랐다. 물론 금산장 주하령으로 살 때만 해도 이까짓 은자 이십 냥은
하루 간식거리도 안 된다. 그러나 그 당시 주하령은 사기만 했을 뿐 돈
은 한 번도 지불해 본 적이 없다.

자신이 사면 호위 무사와 시녀가 알아서 돈을 계산했다.

'오호! 그래. 이번에 비단으로 꽃무늬 치마를 만들어달래야지. 한
벌에 은자 한 냥이니까…….'

"우와~ 이십 벌이다."

"뭐가?"

수레를 끌던 진가운이 예하령의 고함에 궁금한 듯 돌었다. 예하령이
정신을 차리려고 고개를 좌우로 흔들었다.

"……."

"뭐가 이십 벌이야?"

"흠 흠, 넌 알 필요 없어!"

예하령이 대충 얼버무렸다. 그런 예하령을 보며 진가운 역시 미소를 지었다. 열 냥. 예하령에게는 이십 냥이 전부라 했지만 실제로 자신에게도 열 냥이 떨어졌으니 적어도 손해는 보지 않은 셈이다.

진가운의 방.

조금 전, 불이장을 나설 때만 해도 미소가 가득했던 예하령의 얼굴이 곧 폭발이라도 일으킬 듯 짜증으로 가득하다.

"그러니까 뭐야? 나보고 흑사방 그 자식들이 있는 곳을 살펴라. 그리고 눈깔 이상한 새끼가 누군지를 알아봐 달라?"

"그렇지!"

"싫어! 왜 나야?"

예하령이 자리에서 벌떡 일어났다.

사실 진가운도 예하령이 이렇게 나올 줄 알고 있었다. 그렇지만 이 일의 적임자는 단연 예하령이다.

우선 예하령은 기본적인 무공이 있다. 물론 자신이 보기에는 웃기고 있네올시다지만 그래도 무공이라고는 담을 쌓고 생활해 온 장 서방보다는 백배 나은 실력이다.

물론 이유가 이것뿐이라면 진가운은 은자 이십 냥이라는 거금을 미끼로 뿌리지도 않았을 것이다.

은자 이십 냥이면 그래도 이곳 남창에서는 내로라하는 놈에게 일을 부탁할 수 있는 거금이다.

은자를 자신의 목숨보다 중요시하는 진가운이 그 정도를 미끼로 뿌린 것에는 피치 못할 사정이 있다.

섭혼술.

놈이 섭혼술을 사용한다는 점이다.

이 점이 무엇보다 중요하다.

섭혼술은 강시술(殭屍術)과는 다르다. 그러나 둘 다 심령을 제압하는 무공으로서는 유사하다. 단지 섭혼술은 살아 있는 사람의 심령을 일시적으로 제압하는 것이고 강시술은 죽은 자의 심령을 영구적으로 제압한다는 것에 차이가 있다.

눈빛.

강시술이나 섭혼술을 익힌 자의 눈빛은 정상인과는 다르다. 그렇지만 그 눈빛을 쉽게 알아볼 수는 없다.

그런 눈빛을 가장 쉽게 알아볼 수 있는 사람은 그것을 익힌 자들 상호 간이다. 물론 섭혼술을 사용할 때 눈빛을 본다면 진가운 역시 놈을 알아볼 자신이 있지만 평상시의 모습이라면 진가운으로서도 알아볼 자신이 없었다.

"놈은 섭혼술을 익힌 놈이야. 그래서 눈빛이 달라."

진가운의 말에 밖으로 나가려던 예하령이 걸음을 멈췄다.

예하령도 진가운이 왜 자신에게 그런 말을 했는지를 단박에 알아챘다.

'그래도 맨입으로는 어림없지.'

예하령이 몸을 돌렸다.

"그럼 넌……?"

"……."

"넌 뭐 해줄 거야?"

"은자 줬잖아."

"뭐?"

“낮에 은자 이십 냥 줬잖아. 전에도 말했지. 나 자선 사업가 아니라고. 그런 내가 미쳤다고 은자 이십 냥을 네게 주겠어?”

예하령의 일그러진 이마 한복판에 굵은 내천 자가 그려졌다. 어쩐지 구두쇠 진가운이 이십 냥을 선뜻 내준다 싶었다.

‘치사한 자식.’

“싫으면 은자 이십 냥 도로 내놓던지.”

“치사하게 주었다가 다시 뺏는 게 어디 있어.”

“여기 있다.”

획!

진가운의 손이 예하령의 호주머니를 향해 날아왔다. 예하령이 몸을 움직거리며 급히 오른손으로 주머니를 막았다.

턱!

진가운의 손이 호주머니 속으로 들어가는 대신 예하령의 손을 덥석 잡았다.

“왜? 싫으면 내놔!”

진가운의 협박.

씨익!

그런 진가운을 보며 예하령이 가볍게 미소를 지었다.

“누가 웃으래?”

“협상하자.”

“협상? 무슨 협상.”

“아무래도 이번 일은 내가 손해를 보는 것 같아. 그러니까 한 가지 부탁만 들어줘라.”

“부탁?”

“그래, 부탁. 나 빨리 강시 만들어서 그 망할 놈의 영감쟁이, 철시혼 잡아야 하거든. 그러니 강시 재료 좀 빨리 구해줘라.”

진가운이 입을 잠시 다물고 예하령을 바라보았다. 그 일이라면 예하령이 부탁하지 않아도 자신이 서둘러야 할 일이다. 예하령이 빨리 주하령이라는 신분을 되찾아야 자신 역시 안전하게 목숨을 보전하게 된다.

‘그러고 보니 은자에 정신이 팔려 그 일을 까먹고 있었네.’

사실 따지자면 이깟 은자 삼백 냥보다는 예하령에게 강시가 될 연고 없는 건장한 무인의 시신을 찾아주는 것이 급한 일이다. 이 일은 예하령이 자신에게 부탁할 일이 아니라 자신이 예하령에게 부탁할 일일지도 몰랐다.

진가운은 예하령을 보며 고개를 끄덕였다.

예하령의 얼굴이 환하게 밝아졌다.

“정말?”

“그래. 내일부터 염을 하지 않는 시간에 나는 시체를 찾으러 다닐 거야. 그 시간에 넌 흑사방에서 섭혼술을 익힌…….”

“알았어. 다녀올게.”

진가운의 말이 끝나기도 전에 예하령이 밖으로 나갔다.

*　　　*　　　*

흑사방 방주실!

방주, 간유상이 못마땅한 얼굴로 맞은편의 사내를 보고 있다.

사내.

뱀을 잡으려면 뱀이 숨어 있는 풀을 먼저 두드려라　291

흑사방 방주를 마주하고 앉은 사내는 일전에 흑사방 방주를 찾아와 자신이 염한 무덤을 도굴하는 도굴꾼을 잡아달라고 부탁했던 장의사 허영면이다.

"그래, 나머지 잔금은 준비해 오셨소."

허영면이 품에서 천하전장의 삼백 냥 전표가 들어 있는 봉투를 꺼내 들었다.

"흐흐흐."

간유상의 입에서 탐욕스러운 웃음이 흘러나왔다.

간유상의 손이 허영면이 붙잡고 있는 봉투를 향해 천천히 움직였다.

간유상의 손이 봉투에 거의 다 이르렀을 즈음 허영면이 들고 있던 봉투를 재빨리 자신의 품속으로 집어넣었다.

일그러지는 흑사방 방주 간유상의 얼굴.

'이 새끼가 죽으려고 환장을 했나?

"무슨 짓이냐. 지금 대(大)흑사방 방주 간유상을 우롱하는 게냐?"

'웃기네.'

간유상의 호통에도 불구하고 허영면이 슬쩍 웃음을 던졌다.

비웃음.

허영면은 간유상을 비웃고 있었다.

간유상의 눈썹이 부르르 떨렸다. 간유상 역시 허영면의 웃음이 단순한 웃음이 아니라 비웃음이라는 것을 알 수 있었다.

"죽고 싶은 게로구나."

천천히 왼쪽 허리로 오른손을 가져가는 간유상.

척!

간유상의 오른손이 움켜잡은 것은 도병(刀柄)이다.

스르룽!

으슬으슬한 쇳소리와 함께 간유상이 허리에 차고 있던 도를 꺼내 들었다.

"네 이놈~!"

도병을 치켜든 채 자신을 위협하는 간유상을 보고도 허영면은 여전히 웃음을 짓고 있다.

'이 새끼가 정말 죽으려고 작정을 했나?'

실제로 간유상은 허영면을 죽일 생각은 없었다. 이렇게 적당히 위협을 가하면 허영면이 꼬리를 내리고 머리를 방바닥에 박을 줄 알았는데…….

사태가 이렇게 되자 더욱 당황한 것은 도를 머리 위로 치켜든 간유상이다. 슬쩍 고개를 돌렸다. 당황한 표정으로 자신을 바라보고 있는 것은 흑사방 책사 호청지다.

'제길, 여기서 없었던 일로 하고 도를 거두었다가는 저 새끼가 우습게 볼 텐데…….'

간유상이 다시 장의사 허영면을 바라보았다.

태연한 얼굴. 그 모습에 간유상은 애간장이 탔다. 등골을 따라 식은 땀이 흘러내렸다.

'이 망할 자식아, 얼른 잘못했다고 말하고 대가리 박아.'

부르르.

도를 치켜들고 있는 것도 힘이 드는지 간유상의 몸이 부르르 떨렸다. 그런 간유상을 잠시 지켜보던 허영면의 입이 열렸다.

"이보십시오, 방주님! 분명히 제가 말씀드리지 않았습니까? 도굴꾼을 잡아달라고 말입니다. 그런데 잡아달라고 부탁드린 도굴꾼은 잡지

도 않으시고 내게 잔금을 내놓으라고 하시니 이게 무슨 궤변(詭辯)이십
니까?"

간유상이 얼굴을 있는 대로 찡그렸다.

말이야 바른말이다. 간유상이 어쩔 수 없다는 듯 들어 올렸던 도를
거두어 자신의 도집에 넣고 다시 자리에 주저앉았다.

'휴우~ 다행이다.'

겉모습과는 달리 간유상은 다행을 외치고 있었다.

획!

간유상이 고개를 돌려 책사 호청지를 노려보았다.

'왜… 왜 나를 보고 지랄이야.'

호청지가 자신을 바라보는 간유상의 시선을 피해 고개를 돌렸다.

그렇지만 이대로 있다가는 나중에 무슨 봉변을 당할지 몰랐다. 무슨
말이든 해야 할 것 같았다. 호청지가 어쩔 수 없다는 듯 허영면을 향해
입을 놀렸다.

"허허, 지금 허 장의사가 염한 무덤을 도굴하는 자가 있습니까?"

"흠, 아직은……."

"그렇다면 된 것 아니오."

호청지의 말에 허영면의 눈이 동그래졌다.

"되다니 그게 무슨 말이오? 그놈이 언제 또다시 나타나 내가 염한
시신을 도굴할지도 모르는데……."

호청지의 입가에 미소가 번졌다.

"그런 일이 벌어진다면 흑사방이 허 장의사께 받은 육백 냥의 두 배
를 배상하겠소."

'저… 저 미친새끼.'

허영면보다 더 놀란 사람은 흑사방주 간유상이다. 그렇지만 호청지
는 태평한 얼굴이다.

호청지의 태평한 모습에 간유상은 안심했다.

'그래, 호청지 이놈에게 뭔가 수단이 있겠지.'

간유상이 허영면을 향해 손을 내밀었다.

"내 호청지 책사의 말을 지킬 것이니 어서 잔금이나 주시오."

"좋습니다. 그렇다면 그 내용을 한 장 적어주시지요."

잠사 당황하던 간유상이 호청지를 바라보았다.

호청지의 얼굴이 일그러졌다.

호청지는 간유상이 자신을 바라보는 이유를 누구보다 잘 알고 있었
다.

까막눈.

흑사방 방주, 간유상은 일자무식 까막눈이다. 그러니 문서는 네가
적으라는 말이다.

'망할 자식! 명색이 방주라는 작자가 글도 모르는 까막눈이니 이거
야 원.'

더럽지만 간유상은 방주, 자신은 책사이니 어쩔 수 없는 일이다.

호청지가 급히 지필묵(紙筆墨)을 꺼내 조금 전 합의한 내용을 종이에
적어 간유상에게 내밀었다.

"자, 이제 방주님께서 수결(手決)만 하시면 됩니다."

"수… 수… 수결?"

간유상이 당황한 듯 말을 더듬었다.

'아이고, 지겨워. 수결도 모르다니……'

호청지가 자신을 노려보며 있는 대로 인상을 쓰고 있는 간유상에게

급히 붓을 들어 손을 움직이는 시늉을 했다.

알겠다는 듯 고개를 끄덕이는 간유상.

"허허허, 사나이 대장부가 좀스럽게 수결이 뭔가? 이걸로 하세."

푸욱!

간유상이 먹물이 담긴 벼루에 손을 가져가더니 손을 깊숙이 담갔다.

쾅!

호청지가 먹물이 잔뜩 묻은 손을 종이 위에 꽉 눌렀다.

'무식한 놈! 뭐? 사나이가 수결이 뭐냐고? 이 자식아, 붓만 잡으면 손이 덜덜 떨린다고 솔직히 말해.'

호청지가 이렇게 생각에 잠겨 있는 사이 문서를 받아 든 허영면이 품에서 전표를 꺼내 간유상에게 내밀었다.

전표를 보며 만족스러운 표정을 짓고 있는 간유상을 뒤로하고 허영면이 조용히 자리에서 일어나 밖으로 나갔다.

"개새끼!"

허영면이 밖으로 나가자마자 흑사방 방주, 간유상이 자리에서 일어났다. 몸을 한차례 부르르 떨고는 간유상이 아직도 혼자 생각에 잠겨 있는 책사 호청지에게 다가갔다.

퍽!

한참 동안 간유상의 무식을 욕하고 있는 호청지의 머리에 불똥이 튀겼다.

호청지가 급히 고개를 들어 올렸다. 눈까지 시뻘겋게 변한 간유상이 자신을 죽일 듯 노려보고 있었다.

"이 새끼야! 수결도 네가 하면 될 거 아냐?"

"수… 수결은 본인이 해야 합니다."

“…….”

‘씨팔, 그게 그런 거야?’

간유상이 말문이 막혔는지 한동안 입을 열지 못했다.

여전히 자신을 한심하다는 표정으로 바라보는 호청지.

화가 더욱 치밀어 올랐다.

획!

간유상이 발을 번쩍 들어 올리더니 호청지의 옆구리를 그대로 걷어 찼다.

“아이고!”

호청지가 비명을 지르며 방바닥을 굴렀다.

고개를 쳐들고 간유상을 바라보았다.

간유상이 여전히 씩씩거리며 자신에게 다가오고 있었다.

소스라치게 놀라며 몸을 오돌오돌 떠는 흑사방 책사 호청지.

어느새 호청지에게 바짝 다가온 간유상이 다시 발을 들어 올렸다.

“이 새끼야, 뭐 하고 자빠졌어. 빨리 도굴꾼 잡아와야 할 거 아 냐.”

호청지가 자리에서 벌떡 일어났다. 이대로 방에 있다가는 간유상에 게 밟혀 죽거나 맞아 죽을 것 같았다.

후닥닥!

호청지가 문을 열고 죽을힘을 다해 밖으로 나가며 흑사방이 떠나가 도록 소리 질렀다.

“이놈들! 당장 도굴꾼을 잡아오랍신다.”

호청지의 뒤를 이어 간유상이 눈알이 빨개진 채 콧김을 내뿜으며 밖 으로 나왔다.

우당탕탕!

"와아~! 도굴꾼을 잡으랍신다."

간유상의 성난 모습에 흑사방 잡것들이 일제히 소리를 지르며 밖으로 꽁지에 불붙은 멧돼지처럼 미친 듯 달려나갔다.

간유상은 그렇게 미친 듯 방(幇) 밖으로 달려나가는 수하들을 씩씩거리며 바라보았다.

＊　　　　＊　　　　＊

강시의 재료가 될 시체를 구해주겠다는 말에 신이 나서 가운장의점을 나온 예하령은 나오자마자 흑사방이 있는 곳으로 달려갔다.

다루(茶樓)!

예하령이 찾아간 곳은 흑사방 정문이 한눈에 바라다보이는 이층의 다루였다.

차 한 잔을 주문해 놓고 예하령은 계속해서 흑사방의 정문을 살폈다.

그때, 정문이 활짝 열리더니 수십 명의 흑사방 잡것들이 일제히 죽을힘을 다해 밖으로 튀어나왔다.

"저… 저런 망할 자식들."

온몸에서 기운이 쪽 빠졌다.

한 놈 한 놈 나와야 어떻게 얼굴이라도 보고, 그래야 놈들의 눈을 살펴 섭혼술을 익힌 녀석을 찾을 수 있을 텐데 이렇게 미친 듯 떼거지로 달려나오니 방법이 없었다.

"재수 옴 붙었네."

예하령은 다음날을 기약하며 자리에서 일어나 진가운의 집으로 발길을 돌렸다.

"그래서?"

"그래서는 뭐가 그래서야. 그냥 왔지."

"맨손으로?"

"그래, 맨손이다 어쩔래? 눈은 두 갠데 갑자기 수십 명이 우루루 뛰어나오는데 나보고 어떻게 하라고!"

섭혼술을 익힌 자를 찾는 일에 실패한 것에 화가 치밀었는지 예하령이 빽 하고 소리를 질렀다.

예하령의 모습에 진가운은 입을 다물었다.

하긴 갑자기 미친놈들처럼 달려나온 수십 명 가운데 섭혼술을 익힌 한 놈을 무슨 수로 찾는단 말인가?

일단 그곳에 놈이 있다는 것을 알고 있으니 예하령이 시간을 두고 차근차근 살피면 될 일이다.

'그래, 놈이 흑사방에 있는 이유가 분명히 있을 것이다. 더구나 놈은 한 번 발각될 염려가 있었지만 아직도 그곳에 남아 있다. 그것은 놈이 그곳에서 꾀하고 있는 어떤 일이 있다는 뜻. 일단 흑사방을 감시하면서 차근차근 찾으면 될 일이다.'

일단 생각을 정리하니 마음에 여유가 생겼다.

자신은 이제부터 예하령에게 약속한 일을 행하며 기다리면 된다고 생각했다.

"알았어. 나는 내일부터 강시가 될 시체를 찾을 테니까 너는 흑사방이나 잘 감시해."

“알았어.”

예하령이 자리에서 일어났다.

이미 밤이 깊은 시각, 얼른 자신의 방으로 돌아가 잠이라도 청할 모양이다.

흑사방이 보이는 이층 다루(茶樓)!

진가운과 예하령이 다탁(茶卓)을 사이에 둔 채 마주 보고 앉아 있다.

낮에는 강시를 만들 시신을 구하기 위해 진가운이 돌아다니느라 예하령 혼자 이곳을 지켰지만 저녁 무렵 진가운이 이곳에 온 이후 함께 앉아 있는 것이다.

“……”

“……”

마주 앉아 있을 뿐 서로 간에는 아무런 말이 없다. 말이 없을 뿐만 아니라 그들의 시선은 평행선을 달리고 있다.

흑사방 정문.

그들이 보고 있는 곳은 한곳, 바로 흑사방의 정문이다.

은은한 다향(茶香)도, 그리고 앞쪽에서 살랑살랑 들려오는 노랫소리도 들리지 않는지 그저 묵묵히 흑사방을 바라보는 예하령과 진가운.

‘우와! 언제까지 이렇게 놈이 나타나기를 기다리고 있어야만 하는 거야.’

흑사방을 바라보는 예하령은 속이 부글부글 끓었다.

비록 진가운과의 약속 때문에 이곳에 앉아 섭혼술을 익힌 자를 찾고는 있지만 마음은 콩밭이다.

'빨리 그곳에 가야 하는데……'

예하령이 가고 싶은 곳.

그곳은 바로 그의 원수인 의숙 철시혼이 있는 몽환장이다. 그 생각을 하니 더욱 애가 끓는다. 그런 예하령의 애타는 마음도 모르고 오늘도 섭혼술을 익힌 그놈은 모습을 드러내지 않고 있다.

'걸리면 죽는다.'

예하령의 다짐이 무색하게 흑사방 건물들의 불이 일저히 꺼졌다.

자정!

흑사방 취침 시간.

이제나저제나 하며 목을 빼고 흑사방 정문을 바라보던 예하령과 진가운의 고개가 동시에 힘없이 정면으로 돌아왔다.

그제야 서로를 바라보는 두 사람.

오늘도 섭혼술을 익힌 자를 찾지 못해서인지 두 사람의 얼굴 모두 피곤한 기색이 역력하다.

"차라리 먼저 치자!"

퉁명스럽게 내뱉은 예하령의 한마디.

진가운이 무슨 뚱딴지 같은 소리냐는 표정을 지었다.

"그냥 우리가 먼저 치자고. 급하면 그놈도 어쩔 수 없이 본색을 드러낼 거 아냐."

'그렇군.'

듣고 보니 좋은 방법이다.

흑사방 그 싹수머리없는 놈들의 버릇도 고쳐 줄 수도 있고 섭혼술을 익힌 자도 찾을 수 있는 일석이조(一石二鳥)의 묘책이다.

진가운이 감탄한 얼굴로 예하령을 바라보았다.

진가운의 시선이 낯설었는지 예하령이 당황한 표정으로 자신의 얼굴을 손으로 문질렀다.

"왜, 내 얼굴에 뭐 묻었어?"

"아니, 네 머리에서 그런 묘책이 나오다니 신기해서…….."

예하령의 얼굴이 단박에 일그러졌다.

"치이! 내가 손자병법 제십삼계인 타초경사(打草驚蛇)라는 말도 모르는 줄 알아? 그나저나 내 말대로 할 거야?"

"물…….."

진가운은 '론' 자가 나오려는 순간, 급히 입을 손으로 막았다.

'휴우. 큰일 날 뻔했다.'

정말이지 위험한 순간이었다.

물론 진가운도 예하령의 말대로 하고 싶다. 하나 그러다가 만약 잘못돼서 흑사방의 잡놈들을 하나라도 죽인다면 그야말로 큰일이다. 그렇지 않아도 살생의 업보(業報) 때문에 절정고수인 자신이 이렇게 장의사로 썩고 있다는 사실에 속이 끓는 진가운이다. 그런데 흑사방 잡놈 하나의 목숨과 자신의 목숨을 바꾼다면 그 한이 사무쳐서 관에서도 벌떡 일어날 것 같았다.

'우와~ 정말이지 끓는다 끓어.'

사문인 일승문에 대한 욕이 튀어나올 지경이다.

진가운은 간신히 숨을 가다듬었다.

기대 가득한 예하령의 얼굴.

"안 돼!"

"뭐?"

진가운이 내뱉은 의외의 대답에 예하령의 입이 삐죽 튀어나왔다.

조금 전까지만 하더라도 묘책이니 뭐니 떠들던 진가운에게서 지금과 같은 대답이 튀어나올 것이라고는 꿈에도 생각지 못했다.

"병~신!"

"뭐라고?"

진가운은 얼굴이 시뻘게져서 자리에서 벌떡 일어났다.

그런 진가운을 예하령이 고개를 삐딱하게 세우고 바라보았다.

"꼴에 사내라고… 자존심은 있어서. 자존심있는 자식이 죽는 게 그렇게 두려워?"

"닥쳐!"

"진가운, 너나 닥쳐! 두려우면 빠져. 흑사방 자식들은 내가 해결할 거니까. 너는 꽁무니 빼고 뒤에 숨어 있다가 내가 저놈이다 하면 그놈이나 잡아. 알았어?"

예하령이 얘기 끝났다는 듯 의자에서 일어났다.

예하령의 뒤를 바라보는 진가운의 몸이 부들부들 떨렸다.

'망할 계집애. 뭘 안다고 지껄여, 지껄이길. 오냐, 나도 간다. 까짓거 죽이지만 않으면 될 거 아냐.'

"오냐, 나도 간다."

"왜, 무서워 벌벌 떨던 인간이 웬일이야. 어디 뒤라도 봐줄 사람이라도 생각났어?"

한마디를 쏘아붙인 예하령이 의자에서 벌떡 일어나 다루를 나섰다.

"손자병법!"

예하령의 뒷모습을 바라보던 진가운이 난데없이 손자병법을 외치며 자리에서 벌떡 일어나 다루를 나왔다.

불이장.
다루를 나온 진가운이 찾아간 곳은 가운장의점이 아니라 불이장이
다.
불이장 장주실.
심각한 표정으로 진가운의 말을 듣고 있던 신임 장주 손충위가 고개
를 끄덕였다.
"지금 진 장의사의 말씀은 아버님을 시해한 그놈이 흑사방에 숨어
있다는 말씀이십니까?"
"그렇습니다. 틀림없습니다. 그렇지만 제가 힘이 없어 흑사방 안으
로 들어갈 수가 없습니다."
"그것은 걱정하지 마십시오. 그 일은 저희 웅비관의 제자들이 맡을
것입니다. 진 장의사께서는 흑사방에 우리가 들어간 이후 그놈을 찾아
내 주시기만 하면 됩니다."
씨익!
진가운의 입가에 미소가 번졌다.
처음부터 진가운이 노린 것은 이것이었다.
손자병법 제삼계 차도살인지계(借刀殺人之計)!
웅비관의 힘을 빌어 흑사방을 친다.
예하령이 손자병법 제십삼계인 타초경사를 말한 후 잠시의 생각 끝
에 진가운은 차도살인을 생각해 냈다.
그러나 꺼림칙했다. 명색이 사내대장부인 자신이 다른 사람의 힘을
빌어 일을 해결한다는 것이 내키지 않았다.

그러나 진가운은 이내 손충위가 자신을 찾아와 한 이야기를 생각했
다.

"알려만 주시면 됩니다. 그러면 제가 알아서 그자를 잡아 아버지의 한을
씻어드리겠습니다."

그랬다.

손충위와의 약속은 처음부터 그것이었다. 자신은 그저 그자가 누구
인지를 알려주면 되는 것이다. 그자를 잡고 처리하는 것은 처음부터
자신의 일이 아니라 손충위의 일인 것이다.

그렇게 마음먹으니 자신의 생각이 부끄럽지 않았다. 오히려 범인을
잡아주는 것은 손충위에 대한 월권(越權)이라는 생각이 들었다.

그러나 한 가지 걸린다.

그것은 관과의 문제다.

손충위의 태도로 보아 흑사방과 웅비관이 맞부딪치면 피를 보는 것
이 불 보듯 뻔하다. 그렇게 되면 공연히 자신에게 무슨 책임이 있지 않
을까 싶었다.

진가운이 고개를 슬쩍 들어 올렸다.

두 손을 부르르 떨며 입술을 힘껏 깨물고 있는 불이장 장주 손충위.

"저… 그런데."

"무슨 말씀이든 하십시오."

"그렇게 되면 관에서 문제를 삼지 않겠습니까?"

손충위가 고개를 가로저었다.

"아닙니다. 그렇지 않아도 관에서는 흑사방의 해악(害惡)을 듣고 저

희들에게 도와달라는 연락을 몇 번이나 전해왔습니다. 그것은 관과 강호는 서로 간섭하지 않는 것이 불문율이기 때문입니다. 비록 흑사방 그자들이 삼류 무뢰배에 불과하지만 명색이 무림문파입니다. 그래서 관에서 많은 연락이 왔었습니다. 이번에 우리 웅비관이 그들을 친다면 관에서는 오히려 우리 웅비관에 감사하다는 말을 전할 것입니다.”

'됐다.'

이제는 염려할 것이 없었다. 그야말로 순풍에 돛 단 듯 일이 잘 풀려나갔다.

'이거 너무 일이 잘되는 거 아냐.'

오히려 그것이 염려될 정도다.

“알겠습니다. 그럼 내일 저녁 흑사방 앞에서 뵙도록 하겠습니다.”

진가운은 자리에서 일어났다.

진가운을 따라 손충위가 자리에서 일어나며 허리를 숙였다.

흑사방 정문.

오늘도 이곳에는 평상시와 다름없이 두 명의 무사가 정문을 지키고 있다.

오늘 경계의 임무를 맡은 흑사방 무사는 장호(張鎬)와 이평(李平).

두 명 모두 이곳 흑사방에 들어온 지 며칠 되지 않은 신참이다.

이들의 전직은 동네건달.

나흘 전까지만 해도 이들은 남창 외곽의 시장을 무대로 상인들에게 행패를 부리던 놈들이었다.

그런 날건달 장호와 이평이 이곳에 들어와 얌전히 문이나 지키고 있자니 그야말로 따분하기 그지없다.

처음 문을 지키라는 명을 받았을 때만 해도 그들은 가슴이 부풀었다. 지나가다 보면서 속으로 한없이 부러워했던 주루의 문 옆에 멋진 모습으로 서 있는 하오문 제자들과 관아를 지키는 관병을 나름대로 생각했다.

문 앞을 지나는 사람들 중 마음에 들지 않는 사람이 있으면 불러다 신분도 묻고 하는 그런 멋진 수문 제자를 생각했다.

그러나 웬걸?

적막강산(寂寞江山)!

무슨 일인지 해가 떨어지니 이곳 흑사방 정문 앞은 그야말로 적막강산이다.

개미새끼 한 마리 보이지 않는다.

하기야 괜히 얼씬거리다가 흑사방 무사 놈들에게 잡혀 시비라도 벌이면 자기만 손해인데 어떤 정신 나간 사람이 흑사방 앞을 배회하겠는가.

"우와, 짜증나!"

오랜 기다림에 지쳤는지 장호가 먼저 좀이 쑤시는 돋뚱이를 참지 못하고 흔들었다.

옆에 서 있는 이평에게 슬쩍 고개를 돌리는 장호.

"이평, 사람도 없는데 우리 시내에 나가서 술이나 한잔하자."

"술?"

"그래, 술!"

"은자는 있어?"

이평의 말에 장호의 이마 한복판에 내천 자가 그려졌다.

“이봐! 우리가 언제 돈 내고 술 먹었어? 그냥 마시면 되는 거지.”

“하긴.”

잠시 생각에 잠긴 듯하던 이평이 결정을 내렸는지 장호의 어깨를 툭 치더니 나가자는 손짓을 한다.

“가자!”

“가긴 어딜 가?”

이평의 얼굴이 이지러졌다.

조금 전. 자기가 먼저 나가자며 보채던 장호가 갑자기 오리발을 내밀다니…….

‘이 자식이 갑자기 왜 이래? 사람 갖고 장난치나.’

이평이 짜증 가득한 얼굴로 고개를 돌렸다.

저벅저벅!

자기를 향해 걸어오는 두 사람.

“……!”

이평의 눈이 화등잔만하게 커졌다.

그와 함께 이평의 입 사이로 침이 흘러나왔다.

한 놈은 복면을 써서 잘 모르지만 자신을 향해 빙긋 미소를 지으며 다가오고 있는 것은 여인이었다. 비록 그렇게 뛰어난 미모는 아니지만 그래도 나이는 그렇게 들어 보이지 않았다.

예하령.

장호와 이평을 향해 미소를 지어 보이며 다가서는 여인은 본모습을 잃고 평범한 여인의 모습을 한 인피면구를 쓴 예하령이다. 그 옆에 있는 복면을 쓰고 있는 인물은 물론 진가운이다.

‘이게 웬 떡이냐.’

"이봐!"

이평이 급히 옆에 있는 장호를 불렀다. 장호 역시 예하령을 발견한 듯 눈을 부릅뜬 채 전방을 바라보고 있었다.

"누구냐?"

"귀신!"

획!

예하령의 말이 끝남과 동시에 뒤쪽에서 주먹이 날아들었다.

퍽!

이평의 몸이 바닥에 처박혔다.

스르릉.

놀란 장호가 급히 허리에 있는 도를 들었다.

쐐액!

"커헉!"

갑자기 날아든 검 한 자루가 장호의 가슴을 훑어 내리며 스치고 지나갔다.

불에 덴 듯 후끈한 열기와 함께 몸이 기울었다.

정신을 차리려 애썼지만 이미 자신의 몸은 바닥에 쓰러지고 있었다.

'이… 이러면 안 되는데……'

그것이 장호가 이승에서 마지막으로 생각한 것이다.

슥!

비로소 쓰러진 두 사람 앞에 모습을 보이는 사내.

손충위.

불이장의 새로운 장주인 손충위가 오른손에 피 묻은 검을 들고 나타나 바닥에 쓰러진 두 사내를 바라보았다.

"부숴라!"

손충위의 명령과 함께 뒤쪽에서 바람 소리가 일었다.

오십여 명에 이르는 웅비관의 제자들이 일제히 흑사방의 정문을 향해 몸을 부딪쳤다.

콰앙!

굉음(轟音)과 함께 굳게 닫혀 있던 흑사방의 정문이 기우뚱하며 그대로 서서히 넘어갔다.

우두두두.

손충위와 그의 제자들이 일제히 부서진 흑사방의 문을 뒤로하고 흑사방 안으로 몰려들어 갔다.

"어떤 새끼야?"

정문 안쪽을 지키던 흑사방 경비 무사들이 버럭 소리를 지르며 정문으로 달려나왔다.

정문 앞에 서서 다가오는 흑사방의 잡놈들을 바라보는 손충위.

부루루.

돌아가신 아버지가 생각났는지 몸이 흔들리며 경련이 일어났다.

'무서워!'

손충위의 살기에 놀란 예하령이 몸을 흠칫하며 옆에 있는 진가운의 팔을 꽉 움켜잡았다.

"저놈들 모두 날려 버려!"

"와아아아~!"

손충위의 한마디에 웅비관 제자들이 일제히 흑사방의 잡놈들을 향해 득달같이 달려들었다.

채쟁챙!

검과 도가 서로 부딪치며 귀를 찢는 듯한 날카로운 쇳소리가 흑사방 내에 울려 퍼지기 시작했다.

〈1권 끝〉